곁눈질

**김정주**(金貞珠, Kim, Jeong-Joo)
2003년 소설집 『을를에 관한 소묘』를 출간하면서 작품 활동 시작.
한국작가회의 회원.
jj4010@hanmail.net

김정주 소설집 **곁눈질**

**초판 1쇄 인쇄** 2009년 3월 20일
**초판 1쇄 발행** 2009년 3월 25일

**지은이** 김정주 **펴낸이** 공홍 **펴낸곳** 케포이북스 **출판등록** 제22-3210호
**주소** 서울시 서초구 서초동 1599-2 엘지에클라트 302호
**전화** 02-521-7840 **팩스** 02-6442-7840 **전자우편** kephoibooks@korea.com

값 16,000원   ⓒ 김정주, 2009
ISBN 978-89-960412-3-8 03810

이 도서의 국립중앙도서관 출판시도서목록(CIP)은 e-CIP홈페이지(http://www.nl.go.kr/ecip)에서 이용하실 수 있습니다.
(CIP제어번호 : CIP2009000943)

김정주 소설집

# 결

# 눈

# 질

케포이북스
KEPHOI BOOKS

# 작가의 말

궁금증이 많다.
내가 한 말이 눈에 보이는 그 어떤 물체라면,
예를 들어 벽돌이라면,
그것들은 얼마나 높은 빌딩이 되어 있을까.
대기권을 벗어난 높이까지라면?
왓, 반성할 일이다.


탁상용 달력의 숫자로 눈이 간다.
오지 않는 날들이 숫자의 몸으로 손을 까분다.
그래서 나, 숫자 속에 들어있는 나를 또 궁금증으로 기다린다.

두 번째 소설집이 나왔다.
반성할 일을 또 하나 만든 셈이다.
그래도 나, 궁금증으로 숨이 가쁘다.


출판사 식구들, 문우와 선생님들, 가족과 친지들에게 러브레터
를 보낸다.
나를 괴롭히며 때론 간질이던 궁금증에겐 악수를 청한다.
나의 언어들, 나의 약점들에겐 꾸벅.
그런데 날씨가 참 좋다.


2009년 2월,
겨울이 내다보이는 창가에서 김정주

# 차 례

# ☐ 거기, 야적장

1

　추악한 점령군 하나를 만났다. 그는 이름을 달지 않고 나를 불렀다. 내 이메일로 들어온 그의 이름은 이름이라 할 수도 없는 ㅍㅊㅋ이었다. 남자인지 여자인지 가늠할 수 없는 기호는 가면 속의 얼굴만큼이나 답답했다. ㅍㅊㅋ은 무작위로 날리는 스팸메일을 통해 내 이메일로 들어왔으며, 보통 아르바이트의 다섯 배나 되는 금액을 제시했다. 나는 돈을 벌자고 결심한 터였기에 ㅍㅊㅋ의 제의를 수락했다.

　ㅍㅊㅋ이 말하는 아르바이트는 간단했다. 일주일에 한 번 마당을 청소해주는 것이었다. 청소해야 할 마당이 얼마나 넓은지 알

순 없었지만 나는 땀 흘려 일하길 원했고 거기다 보수가 좋다는 게 매력적이었다. 내가 그 일을 하겠다고 하자 ㅍㅊㅋ은 조건을 내걸었다. 청소는 두 시간 내에 마쳐야 하며 설혹 일찍 끝냈다 해도 가서는 안 된다고 했다. 두 시간 내에 가버리면 보수는 없는 걸로 할 터인데 그래도 하겠냐고 물었다. 나는 ㅍㅊㅋ의 조건을 받아들였다. 사실 ㅍㅊㅋ이 제시한 조건은 조건이라 할 수도 없었다. 두 시간 내내 청소만 한다고 해도 그랬고 십 분 내에 마친 다음 나머지 시간을 쉬어도 마찬가지였다. 일단은 할 수 있는 일이 생겼다는 게 중요했고 더불어 돈까지 벌 수 있다는 게 꽤 큰 유혹으로 작용했다. 그랬음에도 마음 한구석이 찜찜한 건 사실이었다. 요즘 같은 세상에 어째서 보통 아르바이트의 다섯 배나 되는 보수를 주겠다는 건지 영 개운치 않았다.

나는 ㅍㅊㅋ이 알려준 장소를 어렵지 않게 찾아냈다. 그곳은 ㅍㅊㅋ이 그토록 세세하게 알려주지 않았더라면 결코 찾아낼 수 없는 곳이었다. 나는 어느 누구에게도 묻지 않고 그 곳에 도착할 수 있었다. 그곳은 도로에서 꽤 떨어져 있는 모텔이었다.

길은 큰길에서 몇 번인가 갈라진 샛길의 샛길이었다. 시골도 아니면서 한참이나 시골 같은, 비포장 길로 접어들었다. 길 양 옆으론 풀들이 무성했고 칠팔백 미터쯤 떨어진 곳엔 철로가 뻗어있었다. 사람이라곤 얼씬도 하지 않는 길을 걸으며 그냥 돌아갈까 하는 생각이 들었다. 일도 좋고 돈도 좋지만 이토록 호젓한 곳엘 무턱대고 간다는 게 꺼림했다. 내가 이럴까 저럴까 하는데 풀숲 저만치로 ㅍㅊㅋ이 말한 모텔이 삐죽이 보였다. 이왕 여기까지 왔으니 가보는 데까지 가보기로 했다.

모텔 주위엔 다른 집들이나 헛간 비슷한 것조차 보이지 않았다. 자랄 대로 자란 풀만이 모텔 주변을 뒤덮고 있었다. 모텔 입구에서서 건물 전체를 훑어보았다. 모텔 입구엔 마당이라고 할 만한 공간은 없었고 영업을 중단했는지 사람이 들락거리는 낌새는 보이지 않았다. 수리는커녕 도색조차 하지 않아 금세라도 허물어질 듯한 모텔은 폐가나 다를 바 없었다. 손님은 고사하고 사람조차 살지 않을 것 같은데 어째서 마당을 청소해 달라고 했는지 의아했다. 어쩌면 새로 영업을 시작하기 위해 마당부터 청소할 수도 있었다. 어쨌거나 현관 유리문을 열고 안으로 들어갔다.

예상대로 모텔은 영업을 하지 않는지 로비엔 그 흔한 벤자민이나 관음죽 화분 하나 없이 썰렁했다. 썰렁하기만 한 건 아니었다. 왠지 모를, 침침하면서도 써늘한 감이 실내를 휘돌고 있었다. 나는 하릴없이 그 자리에서 꼼짝도 못한 채 두껍게 내려앉은 먼지만 마셨다. 얼마나 그렇게 서 있었는지 모를 즈음 주변이 눈에 들어왔다. 벽은 찌들대로 찌들어 색을 알아볼 수 없을 정도였고, 그 아래엔 작고 둥근 테이블 하나가 놓여있었다. 테이블 위엔 A4용지 한 장이 보였는데 나는 A4용지의 글을 읽으며 절로 헛웃음이 났다. 모텔은 비어있습니다. 안으로 들어가지 마시고 뒷마당만 청소해 주십시오. 약속한 대로 두 시간입니다. 일을 끝내도 마당을 벗어나진 마십시오. 이 약속을 지켰을 경우에만 보수를 지불합니다.

웃기는군. 비어있다면서 무슨 감시카메라라도 설치했다는 말이야 뭐야? 아니면 시간을 재는 센서라도 달았다는 말인가? 세상이 각박해도 그렇지 약속을 했으면 믿을 것이지 저만 약속을 지킬 줄 알고 상대방은 지키지 않을 것인 양 다짐에 다짐을 하는 것이 가소로웠다. 더구나 모텔에 있는 물건이라고 해봐야 가져갈 만한 것이라곤 있을 것 같지도 않았다. 아니, 꼭 그렇지만은 않았다. 사람이라곤 하나도 없는 외딴 모텔, 숨어 관계를 맺는 사람들이라 해도 있어야 할 사람이 없다는 게 솔직히 무서웠다. 나는 무서워지는 나를 헛웃음으로라도 메우고 싶었는지도 모른다.

서둘러 로비를 나와 건물 뒤로 갔다. 건물 뒤엔 모텔과는 딴판으로 제법 넓은 잔디가 정갈하게 깔려있었다. 순간 나는 모텔을 잊고 신을 벗었다. 맨발로 잔디를 밟자 까슬까슬한 느낌이 정수리를 찔러댔다. 날카로우면서도 묘하게 좋은 현기증이 났다. 맨발로 잔디 끝까지 걸어갔다. 잔디 끝에는 중간 정도 키의 나무들이 강 쪽을 향해 일렬로 서 있었고 나무 아래엔 나무벤치들이 영화의 한 장면처럼 놓여있었다. 나무와 벤치 바로 아래엔 강으로 내려가는 비탈길도 있었는데 강은 꽤 넓었고 수량도 풍부해보였다. 마당을 청소해야 하는 것도 까맣게 잊고 그 자리에 서서 강물을 내려다보았다. 강물은 숨을 죽이며 조용히 흘렀다. 숨을 죽이며 살아가는 것들은 얼마나 될까. 이렇게 아름다운 것을 아름답게 볼 수만 있다면 굳이 숨을 죽이며 살 까닭은 없었다.

신을 신고 강과 마주보고 있는, 모텔 건물 모퉁이로 갔다. 파란

색 긴 호스가 수도꼭지에 끼워진 채 둥글게 말려있었고 호스 옆엔
누런 고무통 한 개와 거리를 청소할 때 쓰는 연두색 긴 빗자루가
놓여있었다. 호스나 고무통은 언제 썼는지 모르게 바짝 말라 있었
고 빗자루 역시 먼지와 비바람으로 바래있었다. 빗자루를 들고 잔
디 쪽으로 갔다. 청소해야 할 마당이란 잔디를 말했던 듯싶은데
잔디는 청소해야 할 무엇도 없었다. 낙엽이 좀 떨어져 있는 것 말
곤 휴지나 빈 깡통도 보이지 않았다. 잔디 위를 쓱쓱 쓸어댔다. 초
가을의 햇살이 미끄럼을 타고 이마에 꽂혔다. 송글송글 기분 좋게
땀이 맺혔고 위축되었던 감정은 적잖이 홀가분해졌다. 잔디를 다
쓸고 시계를 봤다. 거의 한 시간 가까이 남아있었다.

   잔디마당 끝에 있는 벤치로 갔다. 나무벤치는 등받이가 없는 것
으로 짙은 갈색이 옅은 갈색으로 변해 묵은 정과도 같았다. 나무
벤치에 앉아 강 건너 쪽에 있는 산을 보았다. 해는 정오를 향해 자
라고 있었고 산은 젊은 해를 받으며 초가을을 키웠다. 마음이 산
란해지기 시작했다. 산과 강을 털고 일어났다. 벤치 앞을 왔다 갔
다 하며 시계를 봤다. 두 시간을 채우려면 한참이나 더 있어야 했
다. 다시 신을 벗고 잔디 이 끝에서 저 끝으로, 중앙을 가로지르기
도 하고 가장자리를 따라 돌기도 했다. 시간은 더디게 흘렀다. 벤
치 옆에 딱 하나 놓여있는 평상으로 가 벌렁 누웠다. 하늘은 온통
비어있었다. 나무도 없이, 한 줄기 강물도 없이, 하늘은 아무 것도
담지 않은 채 모든 걸 담고 있었다. 모텔을 올려다보았다. 옥상엔
수건이나 빨래 비슷한 것조차 널려있지 않았다. 모텔은 사람도 없

이 오전에서 오후로 향해 가는 이 적요하기만 시간을 온통 빨아먹고 있었다. 평상에서 일어나 나무 아래로 갔다. 모텔을 등지고 서서 아래를 보다 시계를 보다 했지만 시간은 요지부동이었다. 고개를 돌려 모텔을 봤다. 사람이 없는 것만은 틀림없는데 어쩐지 있는 것 같은 느낌이 들었다. 슬그머니 나무 뒤로 가 몸을 숨긴 채 모텔을 올려다보았다. 죽어있는 듯한 모텔은 흉하게 살아, 초조하게 살아있는 나를 내려다보았다. 나는 자꾸만 으슬으슬해지는 나를 용케도 버티고 있었다.

그날 저녁 ㅍㅊㅋ이 나를 찾았다. 청소를 깨끗이 해 줬고 정한 시간을 벗어나지 않아서 고맙다는 말과 함께 보수는 다음 주에 오면 테이블 위에 놓겠다고 했다. 두 시간 동안 있었다는 걸 어떻게 알고 그런 말을 하는지 참으로 이상했다. 나는 굳이 그럴 게 아니라 통장으로 넣어주면 안 되겠냐고 물었다. 그는 내 의견에는 아무런 대꾸도 없이 다음 주에 오면 그때 주겠으니 그리 알라고만 했다. 나는 더는 뭐라 말하지 않았다. 앉은 자리에서도 얼마든지 송금할 수 있는 것을 모를 리 없을 터인데 무슨 사정이 있긴 있는 모양이었다. 어쩌면 그는 얼굴이나 목소리를 모르면서도 얼마든지 일을 할 수 있는 관계라는 걸 시범적으로 보여주려는지도 몰랐다. 그게 그의 일일 수도 있었다. 어느 회사 어느 단체에서 그런 일감을 주어 그게 성공적으로 이루어질 수 있는지 알아낸 다음 그것에 대한 연구를 하고 있을 수도 있었다. 나는 묵비권과도 같은 프츠크의 태도가 언짢았지만 내버려두었다. 누가 어떤 연구를 하든 말든 나는 할 수 있는 일이 있다는 게 중요했다. 생각은 그랬지만 한편으론 다음 주에 다시 갈 수 있을까 하는 반문이 들었다. 밤이 아니었기에 망정이지 아무도 살지 않는 모텔을 기웃거려야만 한다는 게 무척이나 부담스러웠다. 가든 안 가든 나는 그날 그때 가서 정하기로 했다. 그렇게 미루고 나니 만약 가지 않는다면 오늘 일한 대가는 받지 못한다는 생각이 들었다. 지금까지 나는 열심히 아르바이트를 했고 적은 돈이지만 꼬박꼬박 저축을 했다. 이제 돈은 내게 현실이었으며 가능성이었다. 당장 떠나고 싶을 때 떠날 수 있는 차표이자 과거가 아닌 현재를 원할 수도, 원해도 되는 자유였다. 나를 굳건히 지탱해 줄 돈을, 그것도 땀 흘려 번 돈을 포기하긴 싫었다.

　컴퓨터를 끄고 자리에 누웠다. 푼푼이 모은 돈을 어림해보니 일 년 정도만 더 모으면 그럭저럭 어딘가로 떠날 수 있는 금액이었다. 나는 늘 하던 대로 가고 싶은 곳을 그려보았다. 유혈이 낭자한 화산과 바람이 매장된 빙하의 극점이 보였다. 인간이길 포기할 수밖에 없는 심해로 훨훨 날아가는 나도 보였다. 나는 잔해로 남은 그 시절이 더는 쫓아올 수 없는 곳에 가서, 깊이 숨을 쉬며 야만의 시간들을 버리고 싶었다. 그러기 위해선 어찌됐든 돈은 벌어야 했다.

## 2

모텔 로비 안은 처음에 왔을 때나 지금이나 죽은 듯이 가라앉아 있었다. 누가 다녀간 흔적 같은 건 보이지 않았고 환기되지 못한 공기만이 무겁게 깔려있었다. 다른 것이 있다면 작고 둥근 테이블 위에 놓인 돈 봉투였다. 돈 봉투를 가방에 넣고 테이블에서 몸을 틀었다. 한 발짝을 막 뗀 순간 나는 그 자리에 멈춰 섰다. 내가 선 지점에서 불과 일 미터 정도 떨어진 벽엔 그림 한 장이 붙어있었다. 지난주엔 분명 보지 못하던 그림이었다. 그림과 담을 쌓고 산 게 몇 년 됐다곤 하지만 있던 그림을 놓칠 정도는 아니었다. 반사적으로 그림 앞으로 다가갔다.

사절 크기의 그림은 틀림없이 보지 못하던 것이었다. 그림은 이층으로 올라가는 계단 바로 옆의 벽에 붙어있었는데 높이로 치면 높지도 낮지도 않은, 내 시선과 딱 마주치는 곳이었다. 테이블이 놓인 자리에서 보면 비스듬히 엇갈린 곳이었는데 거리로 쳐도 바로 앞이었다. 그렇게 가깝고도 어색한 자리에 걸린 그림은 보고 싶지 않아도 저절로 보게끔 되어 있는데 보지 못하고 스쳤다는 건 말이 되지 않았다. 나는 누가 이렇게 어울리지도 않는 자리에다 그림을 붙여놓았는지, 그렇다면 누군가가 산다는 말이 되는데 그가 누구인지, 무척이나 궁금했다. 어쩌면 ㅍㅊㅋ이 봉투를 놓고 가면서 붙여놓았을지도 몰랐다. 정지된 모텔을 하나씩 회복시켜

14

다시 영업을 하려고 마당을 청소시키고 그림을 붙여놓았을 수도 있었다. 그렇다면 어째서 저런 어정쩡한 자리에다 붙여놓았으며, 그것도 액자가 아닌 스케치북을 있는 그대로 찢어 붙여놓았는지 알 수 없었다.

그림은 인물화였다. 어쩌면 자화상일지도 모르는 초상화는 색을 전혀 사용하지 않은 연필드로잉이었다. 그림은 벽에 붙어있다기보다 커다란 못에 박혀있었는데, 못이 이마 한 가운데를 뚫고 있었다. 그래 그런지 그림 속의 얼굴은 현상수배범처럼 보였다. 그림 앞으로 바짝 다가가 음울해 보이는 얼굴을 들여다보았다. 남자인지 여자인지 가늠할 수 없는 얼굴은 배경도 여백도 없이 이마, 눈, 코, 입만 커다랗게 그려져 있었다. 연필의 터치를 살폈다. 조금 거칠다 싶었지만 개성이 강해보였다. 나는 그림에서 조금 떨어져서 보다 가까이에서 보다 했다. 그림 속의 인물은 머리칼과 귀, 턱이 그려있지 않아 뭐라 꼬집어 말할 순 없지만 어쩐지 내게 낯익은 느낌을 주었다. 그림을 보다 말고 뒷걸음질을 쳤다. 내가 그림을 보고 있는 게 아니라 그림이 나를 보는 듯한 착각이 들었다.

급히 로비를 나와 뒷마당으로 갔다. 지난주에 했던 것처럼 잔디가 깔린 마당을 쓸기 시작했다. 잔디 위엔 지난번보다 낙엽이 조금 더 떨어져 있는 것 말곤 다른 변화는 없었다. 나는 나무도 해도 바람도 보지 않고 그저 잔디만 내려다보며 쓸었다. 하지만 어쩐지 그림 속의 현상수배범과도 같은 누군가가 나를 지켜보는 듯했다. 나는 보이지 않는 그 시선을 억지로 무시하면서 비질을 마쳤다.

시간은 역시 남아돌았다. 나는 한 시간 이상 남는 시간을 그대로 견딜 것인지 아니면 돈을 마다하고 그냥 가버릴 것인지 정하지 못했다. 지난번에 앉았던 벤치로 가 앉았다. 속은 여울지듯 하는데 가을햇살은 초연하게 내리쪼였다. 잠깐인데도 가을햇살은 여름햇살만큼이나 뜨거웠다. 온몸으로 햇빛을 받고 있자니 한여름의 더위만큼이나 뜨거움이 치받았다.

내 마음이 한여름이었을 때, 나는 그를 용서할 수 없었다. 그는 나를 모욕했고 퇴로마저 끊어버렸다. 나는 끝내 그의 집으로 가 그를 불러냈다. 그는 반바지에 홑겹 점퍼를 아무렇게나 걸치고 나와 집 앞 계단에 앉았다. 그에게서 차가운 바람이 일었다. 단절의 바람, 나는 그 바람을 쐬며 그의 얼굴을 돌려 나를 보게 했다. 그는 뭘 원하는지 묻는 시선으로 나를 보았다. 나는 아무 말도 못한 채 그의 얼굴을 놓았다. 그가 밤하늘로 눈을 돌렸다. 나는 몇 계단 아래로 내려가 앉았다. 계단 옆에 심어져 있던 샐비어가 별이 쏟아내는 빛을 맞으며 떨고 있었다. 나는 샐비어의 목을 꺾어 붉디붉은 비늘을 하나씩 떼어가며 물었다. 기어이 그렇게 하겠다는 거니? 그는 아무런 대꾸도 하지 않았다. 나는 또 하나의 샐비어 목을 끊으며 같은 말을 되풀이했다. 그는 대답 대신 계단을 내려와 내 옆에 앉았다. 어디서 왔는지 모를 사마귀 한 마리가 샐비어 줄기 끝에 죽은 듯 엎드려 있었다. 나는 사마귀를 덥석 잡아 그와 나 사이에 놓고 핸드백을 얹었다. 사마귀가 핸드백의 무게에 눌려 죽길 바라며 핸드백을 지그시 눌렀다. 그는 이런 나를 빤히 쳐다봤다.

핸드백을 치우고 눌려 죽은 사마귀를 집어 그에게 내밀었다. 그는 납작하게 죽은 사마귀를 받아들더니 아작아작 씹어 먹었다. 나를 보며 사마귀를 씹어 먹는 그의 눈엔 냉소가 굳은 석고처럼 들어있었다. 나는 팔짱을 끼고 앉아 그 사마귀가 암놈일 것인지 수놈일 것인지 물었다. 그는 암놈이든 수놈이든 네가 원하는 놈이 아니겠냐고 했다. 나는 아무 말도 못한 채 그를 쏘아보기만 했다. 내 눈엔 어느 새 타들어갈 듯한 눈물이 맺혔다. 그는 사마귀를 먹어준 일이 너한테 해주는 마지막 선심이 될 거라고 말했다. 나는 멈출 수 없이 계속 고개를 끄덕이며 계단에서 일어났다. 이렇게 되리라곤 생각도 못한 일이었다. 어째서 그가 그런 결정을 내렸는지 아무리 생각해도 이해가 가지 않았다. 그는 이제 막 이름을 날릴 수 있는 때였다. 그런 사실을 알면서도 갑자기 떠나겠다는 결정은 나를 떠나겠다는 말과 다를 바 없었다. 더구나 아무 계획도 없이 막연히 어딘가로 떠나겠다는 말은 한마디로 무모한 짓이었다. 그가 없는 텅 빈 작업실. 그의 벗은 몸을 그리던 그 때의 나는, 나의 벗은 몸을 그리던 그 때의 그는, 한때의 열띤 허상에 불과했다. 핏발 서게 서로를 탐닉했던 눈길은 조금도 남아 있지 않았고, 나는 출입구도 비상구도 없는 막다른 곳에서 헐떡일 따름이었다.

후르르 몸을 털며 벤치에서 일어났다. 강물 위로 제법 큰 새 한 마리가 날개를 퍼덕이며 천천히 날았다. 쫓김도 쫓아감도 없이 새는 그렇게 혼자 날개를 저었다. 나는 새를 보며 재빨리 스케치를 했다. 스케치를 하다말고 문득 멈췄다. 그가 질타했던 그 그림들이 여태도 나를 지배하고 있었다. 초상화를 대못으로 쾅쾅 박아놓은 자 역시 내가 그렸던 그런 그림의 어디쯤엔가 속할지도 몰랐다. 강을 보다 말고 모텔을 올려다봤다. 모텔 건물의 유리창은 까만색이 섞인 짙은 갈색으로 안에선 밖이 보이고 밖에선 안이 안 보이는 그런 유리창이었다. 감시하기에 딱 좋은 유리창은 하나같이 강을 향해 있었다. 모텔에서 강을 바라보는 눈, 어두운 유리창을 통해 나를 보는 눈, 빈 모텔에서 누가 강을 볼 것이며 나를 볼 것인가. 새삼 모텔 유리창을 뚫어져라 쳐다보았다. 어둡기만 한 유리창엔 사람은커녕 구름조차 얼비쳐있지 않았다. 마음을 가라앉히고 고개를 돌렸다. 돌리는 순간 무엇인가가 유리창 안에서 어른거렸다. 나는 어른거리는 게 무엇인지 차마 똑바로 보지 못한 채 얼른 시계를 봤다. 약속한 두 시간이 다 되어 있었다. 나는 선뜻해진 마음을 추스르며 달리다시피 모텔을 빠져나왔다.


3


그날 밤 이메일을 뒤져보았으나 ㅍㅊㅋ에게선 아무런 연락이 없었다. 나는 모텔에 누가 살고 있느냐는 내용을 ㅍㅊㅋ에게 보냈다. 며칠이 지나도록 ㅍㅊㅋ에게선 답이 오지 않았다. 혹시나 해서 수신을 체크해 보았다. ㅍㅊㅋ은 내가 이메일을 보낸 직후에 본 것으로 나와 있었다. 기분이 좀 상했지만 이내 접었다.

자리에 누워 다리를 벽에다 올려 세웠다. 뻐근했던 다리가 자르르 풀리기 시작했다. 눈을 감고 통장의 돈을 짚어봤다. 숫자는 분명 늘었지만 는 만큼 기쁘거나 들뜨진 않았다. 내가 원했던 자유가 통장에 차곡차곡 탑을 쌓고 있건만 어째서 이렇게 허전하기만 한 것인지 알 수 없었다. 다리를 내리고 오른 쪽 뺨과 목, 젖가슴, 팔뚝과 다리에 모공소독제 발랐다. 피부는 그때의 상처를 말해주듯 여전히 쭈글쭈글 했다. 나는 일그러진 살에다 베이비오일을 바른 후 아르바이트 정보가 빼곡히 들어있는 A4용지를 집어 들었다. 형광펜으로 줄이 쳐진 아르바이트엔 호프집 홀 서빙과 피시방 아르바이트, 꽃 배달이나 서류배달 혹은 빵집 아르바이트가 들어있었다. 아르바이트는 선택의 자유가 있어 좋긴 했지만 고정적이지 않아 계획을 세울 수가 없었다. 그나마 약간의 고정적인 아르바이트라면 만화를 그려 보내는 일이었다. 그 일은 다른 아르바이트에 비해 보수가 좋은 편이라 그럭저럭 생활비는 충당할 수 있었다. 어쨌거나 나는 정식 직장보다 아르바이트가 좋았다. 언제든 때려 치울 수 있다는 그 홀가분함이 내겐 중요했다. 나는 홀가분해졌다. 그림에서도 놓여났고 그에게서도 풀려났다. 이제 나는 아귀아귀 돈을 버는 그 순간을 즐길 줄도 알았다. 나는 불모지와 다를 바 없던 그 자리를 잊었다. 아, 그러나 나는 잊지 못했다.

나는 그에게 미술대상공모전에 같이 작품을 내보자고 제안했었다. 그는 올해는 쉬고 싶다고 했다. 나는 그러면 내 모델이 되어주지 않겠느냐고 물었다. 그는 공모전에 낼 작품을 위한 것이냐고 했다. 나는 꼭 그런 것만은 아니지만 잘 되면 그래볼까 한다고 대답했다. 그는 어떤 걸 구상하는지 물었다. 나는 누드화를 생각하고 있다고 말했다. 그는 고개를 끄덕였다. 나는 기왕이면 너도 나를 그리는 게 어떻겠냐고 했다. 그는 그것도 나쁘지 않다고 했다.

그가 옷을 벗고 나도 옷을 벗었다. 그가 이젤 앞에 앉아 나를 보았다. 나를 보는 그의 눈빛은 두근거림으로 가득했다. 나는 연필을 쥔 채 그를 보았다. 그의 다리는 탄탄했고 팔의 선은 향기로웠다. 이젤 앞에서 일어나 그에게 다가갔다. 그가 나를 올려다봤다. 나는 그의 뒤로 가 등에 볼을 댔다. 그가 몸을 돌려 내 허리를 안았다. 나는 그의 가슴에 입술을 묻었다. 그가 내 머리칼을 부드럽게 쓸어 내렸다. 나는 나를 원하느냐고 물었다. 그는 그렇다고, 그러나 그게 전부는 아니라고 했다. 나는 그렇게 말하는 그에게 나를 주고 싶었다. 굶주림처럼 늘 헐벗고 있기만 한 그에게, 나는 그의 전부가 되도록 나를 아낌없이 주고 싶었다. 그가 나를 떼 내더니 다시 이젤 쪽으로 몸을 돌렸다. 그는 한쪽 다리를 꼬고 비스듬히 앉은 자세로 나를 그리기 시작했다. 나를 그리고 있는 그는 쓸쓸해 보였고 나는 그런 그를 가슴 뭉클하니 화폭 가득 채웠다.

나는 그가 들어있는 누드화를 그의 이름으로 미술대상공모전에 냈다. 그의 그림이 된 내 그림은 입선을 먹었다. 나는 그에게 누드화를 미술대상공모전에 냈느냐고 물었다. 그는 내지 않았다고 대답했다.

하늘이 파랗게 열리고 숨결마저 파랗게 물이 드는 날이었다. 그는 작업실 간이침대에 누워, 들어간 나를 물끄러미 쳐다보기만 했다. 나는 그의 곁에 앉아 좋은 소식이 있다고 말했다. 그는 당선 소식이냐고 물었다. 나는 그렇다고, 그러나 내가 아니라 네가 되었다고 했다. 그는 입을 꾹 다문 채 한동안 나를 쳐다보기만 했다. 나는 그를 잡아 일으키며 축하주라도 사야 할 게 아니냐고 말했다. 그는 아무 말 없이 창가로 가더니 밖을 내다보기만 했다. 나는 그의 뒤로 가 축하한다고 말하며 그의 허리를 안았다. 그가 돌연 몸을 돌리더니, 지금 무슨 짓을 하고 다니는 거냐고 물었다. 나를 보는 눈빛이 찌를 듯한 파란 하늘보다 더 파랬다. 나는 내가 곧 너인데 누구 이름으로 당선이 되던 그게 무슨 상관이냐고 말했다. 그가 내 어깨를 움켜잡더니, 언제까지 나를 가지고 놀 셈이냐고 했다. 그가 나를 떠다밀 듯이 놓더니 작업실을 나갔다. 나는 나가는 그를 잡고 사랑한다고 말했다. 그가 나를 싸늘하게 쳐다보더니, 그래서 겨우 생각해 낸다는 게 툭하면 내 이름으로 출품하는 거냐고 했다. 나는 너를 잃고 싶지 않으며 내 모든 것을 주고 싶을 뿐이라고 말했다. 그가 나를 노려보며 침을 뱉듯이 말했다. 그림과 네 욕망을 혼동하지 마라.

그와 내가 누렸던 관계는 빠르게 좌초했다. 나는 생각지도 않던 그 낯선 시간의 중심에서 비틀거렸다. 나는 폐막이었으며 배역을 빼앗겼으며 혼자가 되었다. 홀로 절망에 갇힌 나는 어디로 가야했을까. 어디로 가서 이 사랑을 사랑으로 표할 수 있었을까.

그는 작업실에 나오지 않았다. 그가 두고 간 이젤과 작업복이 작업실 한쪽에서 나뒹굴었다. 나는 그의 작업복을 입고 그의 이젤 앞에 앉았다. 연필을 잡고 그를 그리려 하자 막막함이 가슴을 조여 댔다. 그는 어디로 간 것일까. 어디서 무엇을 하고 있기에 이토록 소식이 없는 것일까. 나는 그를 용서하지 않겠다고 다짐했다.

모텔에다 그림을 붙여놓았던 자 역시 어쩌면 나와 같은 자리를 떠안고 있는 사람일 수도 있었다. 담담히 웃을 수 없어 그런 식으로 자신을 은폐시키고 있는지도 몰랐다. 그게 누구이든 그는 연필의 부드러운 감촉을 탔을 터였다. 점 하나로 시작한 선은 무한한 세계를 향해 파동을 일으켰을 것이고, 유연한 떨림과 말로 말을 할 수 없음과 느낌으로 느낄 수 없는 무수한 질들이, 흑연의 깊고 감미로운 색으로 번져갔을 것이었다. 그리운 냄새가 코끝에 맴돌았다. 눈물이 핑 돌았다. 나는 얼굴을 베개에다 묻고 빨리 내일이 오길, 일에 묻힐 수 있는 내일이 오길, 간절히 바랬다.


비포장 소로 양 옆엔 풀들이 웃자란 채 뒤엉켜있었고 풀들에게선 벌써 가을 냄새가 났다. 나는 억세진 풀들을 손으로 쓱쓱 훑기도 하고 훑은 풀을 코에 대기도 하면서 걸었다. 내가 걸어가는 정면엔 아침 해가 자락을 펼쳤고 감나무엔 감이 찢어지게 매달려 있었다.

모텔로 들어가자 지난번과 마찬가지로 작은 테이블 위엔 봉투가 놓여있었다. 나는 돈이 든 봉투를 집어 가방에 넣었다. 가방을 메고 돌아서려는 순간 문득 그림 생각이 났다. 천천히, 아주 천천히 몸을 돌려 계단 옆 벽을 보았다. 벽엔 지난번 것과는 다른 초상화가 걸려있었다. 스케치북을 찢은 채 이마에 대못을 박고 있는 것은 여전했지만 이번 그림에는 머리칼도 턱도, 귀도 있었다. 나는 그림을 찬찬히 들여다보았다. 그림 속의 인물은 여자라거나 남자라고 말할 수 없는 애매한 얼굴이었다. 굳이 말하면, 어떻게 보면 여자이고 어떻게 보면 남자였다. 성이 불분명한 인물화는 우물만큼이나 움푹 팬 볼에 긴 머리칼을 흩날리고 있었다. 턱은 예리한 정과도 같았고 눈은 매의 발톱과도 같았는데 마치 나를 쏘아보듯 일직선이었다. 어디선가 본 듯한, 그러나 본 적이 없는 얼굴은 화살 같은 시선으로 나를 겨냥했다. 목표를 향한 시선은 정확했고 눈에서 나오는 빛은 견딜 수 없이 나를 짓눌렀다.

급히 로비를 나와 뒷마당 잔디로 갔다. 그림의 상이 머릿속을 둥둥 떠다녔다. 나는 상에 떠밀려 허둥허둥 비질만 해댔다. 비질을 하는 내내 나는 종류를 알 수 없는 섬뜩하고도 날이 선 시선을 느꼈다. 훔쳐보는 눈, 지켜보며 관찰하는 눈, 보이지 않으나 보고 있는 눈, 그런 눈이 야비하게 내 뒷목을 눌렀다. 나는 비를 잔디에다 팽개치고 모텔 창을 올려다보았다. 창에선 그 어떤 움직임도 보이지 않았다. 나는 조금 뻣뻣한 걸음걸이로 나무 아래로 가 섰다.

강 저쪽에서 군인들이 도하훈련을 준비하느라 부교를 놓고 있었다. 지휘관으로 보이는 군인이 지휘봉을 들고 반쯤 만든 부교 위를 왔다 갔다 하며 사병들에게 뭔가를 지시했다. 한 소대로 보이는 사병들이 옆에 세워둔 군용트럭에서 드럼통을 내리기도 하고 부교를 고정시키기도 했다. 군용트럭 옆엔 탱크도 한 대 있었고 사병 하나가 탱크 위로 올라갔다. 강 건너에서 보는 탱크나 군용트럭, 얼룩무늬 군복은 전쟁도 훈련도 아닌 한 폭의 그림이었다. 군인들이 강을 가로질러 부교를 놓았다. 물길은 부교가 낸 길과는 방향도 다르게 흘렀다. 그림과는 방향도 다르게 흘러버린 나는 지금 엉뚱한 곳을 내 집인 양 서서 평화롭게까지 보이는 장면을 보고 있었다. 이런 내 모습도 누군가의 눈에는 한 폭의 그림일 터였다. 한가로운 그림이 되어 있을 나, 그런 나를 보고 있을 눈.

고개를 돌려 모텔 유리창을 올려다보았다. 삼층 맨 가장자리 방의 짙은 유리창 안에서 무엇인가가 움직였다. 나는 얼어붙은 채 유리창 안의 움직임에 눈을 꽂았다. 유리창 안에선 시계추의 움직임과도 같은 움직임이 반복되었다. 손짓 같기도 하고 몸짓 같기도 한, 뭐라 설명할 수 없는 움직임이었다. 눈을 돌려 강 쪽 하늘을 보았다. 새도 구름도 보이지 않았다. 다시 모텔 유리창을 올려다보았다. 유리창엔 이상한 움직임은 물론 새의 움직임이나 구름의 움직임 같은 것도 보이지 않았다. 온몸에 힘이 쭉 빠졌다. 내가 보았다고 본 움직임은 누군가가 살고 있을지도 모른다는, 강박감이 만들어낸 착시현상이었을 수도 있다.

나는 조급하게, 그러나 전혀 아무 것도 보지 못한 사람처럼 잔디를 밟고 나왔다. 비포장 소로를 걸으며 자꾸만 뒤를 흘깃거렸다. 손짓 같기도 하고 몸짓 같기도 한 움직임은 감시의 시선이 아니라 구조를 요청하는 몸짓이었는지도 몰랐다. 그렇다면 경찰에 신고해야 하지 않을까 하는 생각이 났다. 비포장 소로를 벗어나 차가 다니는 도로까지 나왔지만 사람의 그림자는 그 어디서도 볼 수 없었다. 도로를 따라 무작정 일 킬로쯤 걷자 구멍가게가 나왔다. 구멍가게로 들어가 모텔에 사람이 사는지 물었다. 구멍가게를 지키고 있던 할머니는 모텔이라는 말조차 금시초문인지 그런 건 모른다고 했다. 나는 다른 사람을 만날 수 있을까 해서 한동안 구멍가게 앞에 서 있었지만 이따금 차들만 오갈 뿐 사람은 볼 수 없었다.

4

나는 ㅍㅊㅋ에게 모텔에 누가 살고 있는지 알려주지 않으면 가지 않겠다는 이메일을 띄웠다. 사람이 살지 않는다던 곳에선 갈 때마다 그림이 바뀌었고 뭔가 알 수 없는 움직임이 잡혔다. 상상력을 좋게 발휘하면 ㅍㅊㅋ은 퍼포먼스를 하고 있을 수도 있었다. 인간의 공포감이 어떤 것인지, 어느 대상과 환경에 따라 어떻게 반응하는지, 행위를 통해 보여주려는 것일지도 몰랐다. 빈 공간이라고 제시한 다음 비어있지 않음을 은연중 흘렸을 때, 그 사실을 느끼는 자가 보이는 행동과 변화는 충분히 퍼포먼스로 해볼 만했다. 그래서 ㅍㅊㅋ은 다른 아르바이트에 비해 높은 액수를, 그것도 후불제로 주고 있는지도 몰랐다. 아무리 그렇다 해도 나는 ㅍㅊㅋ에게서 연락이 오지 않으면 가지 않겠다고 별렀다.

이메일을 보낸 후 하루가 멀다 하고 답을 기다렸지만 ㅍㅊㅋ에게선 답이 없었다. 물론 수신체크에는 메일을 보낸 직후에 본 걸로 나와 있었다. 나는 모텔을 가기 전날 밤, 똑같은 메일을 ㅍㅊㅋ에게 보냈다. ㅍㅊㅋ은 금세 답을 보내왔다. 사람은 살지 않으며 가고 싶지 않으면 가지 않아도 된다고 했다. 사람이 살지 않는다는 답을 받으니 마음이 놓였다. 거기다 가고 싶지 않으면 가지 않아도 된다는 말은, 사람이 살지 않는다는 답보다 더 확실한 답이었다. 나는 모텔로 가기로 결정했다.

비포장 소로엔 밀짚모자를 쓴 중년의 남자가 바퀴가 세 개 달린 수레를 밀고 오고 있었다. 수레엔 잡풀이 잔뜩 실려 있었는데 사료로 쓰려는 듯했다. 남자는 내 옆을 지나가면서 내 아래위를 훑어보았다. 나는 몇 걸음 가다 말고 남자 뒤를 쫓아갔다. 남자가 의혹에 찬 눈으로 나를 보았다. 나는 모텔을 가리키며 혹시 사람이 사는지 물었다. 남자는 잘 모르겠다는 말만 던지더니 무뚝뚝하게 돌아섰다. 나는 계속 남자를 쫓아가며 모텔에서 사람을 본 적이 있는지 물었다. 남자는 모텔에 다닌 적이 없어서 잘 모르겠다고 퉁명스레 답했다.

남자를 포기하고 모텔로 갔다. 모텔 로비엔 변함없이 돈 봉투와 새로운 그림이 붙어있었다. 그림 앞으로 갔다. 이번에도 그림 속의 인물은 남자도 여자도 아닌 얼굴이었다. 그렇게 모호한 얼굴이었지만 표정만은 원망과 부르짖음에 타들어갔다. 입술은 비틀려 턱 아래까지 내려와 있었고 머리칼은 없었다. 온몸이 가시로 뭉쳐 있는 성게와도 같은, 아니면 상상 속의 우주인처럼, 민머리엔 머리칼 대신 안테나 같은 뿔이 빈틈없이 꽂혀있었다. 꽂혀있다기보다 솟아있다는 말이 맞았다. 분노로 이글이글 삐죽삐죽 솟아있는 그 그림 앞에서 나는 꼼짝도 하지 못했다. 보면 볼수록 그림은 어디선가 본 듯한, 어쩌면 만나봤을 수도 있는 그런 생생함이 들어 있었다. 지난번 그림이나 지금의 그림도 보기에 따라선 만화에 나오는 무사나 그와 비슷한 캐릭터로도 볼 수 있었다. 편하게 보자면 판타지를 품고 있는, 시공간을 넘나드는 흔하다면 흔한 그런 이미지였다. 그러나 초상화는 너무나 꽉 짜여져 있었다. 만화나 판타지에서 볼 수 없는 어떤 절대성이 극명하게 드러났다. 일그러질 대로 일그러져 더는 일그러질 수 없는 얼굴과 곡선도 없이 그저 비틀린 입술로 세상을 조롱하는 듯한 분위기가 그랬다.

나는 자해와도 같은 그 그림에 진저리를 치며 돌아섰다. 누가 그렸는지는 몰라도 그린 자는 뚜렷한 목적을 가지고 있는 듯했다. 매주 그림을 바꾸어 거는 자가 그림을 그리는 자와 동일인인지는 모르지만 그, 혹은 그들은 기괴한 농담을 즐기듯 익명의 그림으로 자신을 소통시키고 있었다. 청소는 빌미에 불과했다는 것을 일찌감치 알아챘어야 했다.

뒷마당으로 나왔지만 청소는 하지 않았다. 신을 벗고 잔디 여기저기를 걷다 모텔 삼층을 올려다보았다. 손짓인지 몸짓인지 모를 움직임 같은 건 보이지 않았다. 보이지 않았음에도 나는 나를 보고 있다는 것을 소름끼치게 느꼈다. 나는 잔디 복판으로 가 강 쪽이 아닌 모텔 삼층을 향해 비스듬히 누웠다. 벨라스케스의 〈거울 앞에 누운 비너스〉에 나오는 모델처럼, 나는 오른쪽 팔로 머리를 괴고 옆으로 누운 자세를 취했다. 눈에 띄기를 거부하는 화가는, 프츠ㅋ과도 같이 불투명하기 짝이 없는 화가는, 〈거울 앞에 누운 비너스〉로 나를 그리고 있을 터였다. 4B연필을 집어 들고 흑연의 속살을 느끼며 순간을 잡기 위해 종이 위를 빠르게 달릴 것이었다. 갑자기 속 어디선가 흐느낌 같기도 한, 울컹울컹 한 것이 올라왔다.

나는 〈거울 앞에 누운 비너스〉를 버리고 강 쪽으로 돌아앉았다. 강을 낀 철길 저 쪽에서 화차가 지나갔다. 화차는 시멘트를 운송하는 차로 회색의 둥그런 탱크를 줄줄이 달고 갔다. 그림책에 나오는 긴 애벌레처럼 시각을 미화시키며 화폭을 손짓했다. 내 캔버스를 장식하던 것들도 저 화차처럼 아무 의심 없이 마음 놓고 아껴도 될 것들이었다. 내 그림은 절뚝이지도 않았고 아슬아슬하지도 않았다. 위험한 여백 같은 건 일 제곱평방미터도 없었으며 평화를 상징하는 것들로 가득했다. 그러나 평화는 가슴에 차오르지 않았다. 잃어버린 사랑은 허물어진 나를 일으켜 세워주지도 않았고 극도의 우울과 한없는 침묵만을 던져주었다.

화차는 시야에서 멀어진 지 오래였다. 울컥대던 가슴은 진정되기는커녕 더 울컥댔다. 강에서 돌아서 삼층 유리창을 빤히 올려다봤다. 그날의 내가 느꼈던 그 막다른 문이 나를 잡아챘다. 나는 정신없이 모텔을 빠져 나오며 기어이 그날로 돌아가고야 말았다.


그날 그 밤은 동이 트지 않았다. 밤은 쳇바퀴 돌듯 영원히 돌기만 할 뿐 내게 그림다운 그림을 주지 않았다. 그는 낙후된 집을 보듯 내가 그린 풍경화를 보며 이제 자신은 그림을 그리지 않는다고 했다. 나는 오랜만에 나타난 그를 보면서도 웃지 못했다. 그림을 뺀 그는 생각할 수도 없었고, 사랑을 배제한 그는 내게 아무런 의미가 없었다. 어쩌면 나는 그가 있었기에 그림을 그릴 수 있었는지도 몰랐다. 그러나 지금 그는 그림을 그리지 않는다고 했다. 그림을 그리지 않는 그를 계속 사랑할 수 있을지 가슴이 내려앉았다. 그는 회화 쪽이 아니라 아상블라주를 택했다고 했다. 그가 택한 널빤지와 아크릴은 자극과 쇼크, 변화와 변용을 수용했다는 말이자 곧 나를 떠났다는 말이었다. 이제 그는 나를 완벽하게 버렸다. 그리움이나 아쉬움, 미련 같은 것은 원래부터 없었다는 듯, 그는 자기만의 세계를 찾아 가버렸다.

내 세계는 그 어디에도 없었다. 그가 없는 그림은 그저 그런 붓

질에 불과할 뿐 에너지도 울림도 없었다. 나는 서로의 누드화를 그리던 때를 생각하며 같이 대형판화를 해 보는 게 어떻겠냐고 제안했다. 그는 어이없다는 표정을 지으며 아직도 누군가가 필요하냐고 물었다. 나는 무슨 소릴 하는지 모르겠다고 대꾸했다. 그는 나를 빤히 쳐다보며, 네가 너를 모르면 누가 알겠느냐고 했다. 나는 내가 알고 있는 건 아직도 너를 사랑하는 것이라고 했다. 그는 비웃음이 꾸역꾸역 올라오는 표정을 그대로 드러내며 말했다. 네 입에서 나오는 사랑이라는 그 말, 참 듣기 거북하다. 아직도 모르겠냐? 너는 나를 사랑한 게 아니라 너 자신을 사랑했어. 내 이름으로 출품했다 해서 내 그림이 될 수 없다는 걸 내가 모르겠냐 네가 모르겠냐. 넌 네 이름으로 출품해서 떨어지면 그런 너 자신을 용납할 수 없었던 거야. 사랑이라는 만병통치약으로, 그 방패로, 불안에 떠는 너를 중독시키고 마비시킨 거지. 자기애 만한 사랑이 어디 있겠냐. 그 살인적인 자기애 말이다.

나는 부르르 떨며 간이침대에 털썩 주저앉았다. 그는 아무렇지도 않은 목소리로 이별주나 마시자며 가지고 온 술병을 꺼냈다. 나는 그가 비닐봉지에서 꺼내는 소주병을 멀거니 쳐다보기만 했다. 그가 종이컵에다 술을 가득 따라 주었다. 그와 나는 물감통을 앞에 두고 술을 나누기 시작했다. 그와 나눈 이별주는 음산하기 짝이 없었다. 그는 휘청거리는 몸으로 내가 그린 풍경화 앞으로 다가갔다. 그가 내 풍경화에다 술을 끼얹으며 말했다. 이게 그림이냐? 너 참 잔인하다. 이따위로 그리면 내가 네 곁에 있어줄 줄 알았냐? 그는 종이컵을 집어던지더니 까만색 물감을 짜 풍경화에다 마구 문대기 시작했다. 내 그림은 색을 잃고 까맣게 죽어갔다. 나는 비틀대며 일어나 까만색 물감을 집어 그의 입술에 대고 문댔다. 그가 까만 입술로 킬킬대며 말했다. 나는 내 이름으로 살 테니 너도 네 이름으로 살아라.

까만색으로 도배를 한 나와 그에겐 새벽이 오지 않았다. 아침도 점심도 저녁도 그 다음날도 오지 않았다. 나는 술에 취할 대로 취한 눈으로 까만색 풍경화를 보았다. 나는 아무것도 아니었다. 그에게도 내게도, 나는 아무것도 아니었다. 나는 까만색 풍경화에다 불을 붙였다. 캔버스는 기름을 튀며 불꽃을 날렸고 그를 필요로 하던 풍경화는 말없이 타들어갔다. 나는 내장이 다 쏟아질 것 같은 멀미를 느끼며 불타는 그림 위에 엎어졌다. 불꽃이 타닥타닥 나를 집어삼켰다. 끝, 세상은 끝이었다.

생각에 잠겼던 나는 소스라치게 놀랐다. 끝이었던 이후 나는 누구와도 연락을 하지 않은 채 그곳을 떠났다. 헌데 나를 까뒤집어 놓기로 작정한 듯한 그 초상화들은 대체 무엇이란 말인가.

나는 떨리는 손으로 ㅍㅊㅋ에게 이메일을 띄웠다. 너는 누구니. 누구이기에 나를 부르니. 내가 이메일을 보내자마자 답이 왔다. 나는 답을 열다 말고 되돌아온 이메일을 멍하니 쳐다보았다. ㅍㅊㅋ은 내 이메일주소에다 수신거부를 걸어놓은 게 틀림없었다. 추악한 정복자. 얼굴도 목소리도 모르는 이 불투명한 기호는 어느새 일방통행으로 나를 지휘했다. 나는 이 가상공간의 조종자를 찾아 헐떡헐떡 집을 나섰다.


5


　오전만 해도 청명했던 하늘은 무겁게 흐려져 있었고 비라도 뿌릴 듯 바람마저 차갑게 불었다. 모텔로 난 소로로 접어들자 바람은 더욱 거세어졌다. 앞섶을 여미며 잡풀로 우거진 소로를 달렸다. 바로 앞에 모텔이 보이자 나는 그 자리에 서서 거센 바람을 맞고 있는 모텔을 쳐다보았다. 모텔은 괴기영화에서보다 한층 더 으스스했다. 모텔 삼층을 올려다보았지만 앞쪽에는 창이 없어서 그런지 불빛은 보이지 않았다. 점점 어둠을 먹고 있는 모텔은 어둠보다 더한 눈으로 나를 옥죄었다.

　성큼성큼 모텔로 들어갔다. 사람의 기척이나 빛이라 할 수 있는 그 어떤 것도 보이지 않았다. 한동안 그 자리에 서서 어둠에 눈이 익길 기다렸다. 어둠 속에서 희미하게 전기 스위치가 보였다. 스위치를 올리자 로비는 간신히 부연 빛으로 실내를 밝혔다. 나는 대뜸 그림이 걸린 곳으로 가보았다. 벽엔 오전에 보았던 그림과는 다른 그림이 붙어있었다. 그림 속의 사람은 점에 가까울 만큼 아주 작았다. 사람이 작았다기보다 화폭을 거의 다 차지한 벌레 한 마리가 사람보다 컸다. 벌레는 커다란 사마귀였다. 그림의 사람은 엄청나게 큰 사마귀를 입에 문 채 갈기갈기 찢긴 눈으로 나를 보았다. 나는 와들와들 떨며 까만 동자에 눈을 맞췄다. 흑점은 냉동된 열망과 연소되지 못한 사랑으로 이글거렸다.

그림을 뜯어 들고 경중경중 이층 계단을 밟았다. 계단 옆의 낡은 창이 바람에 덜컹댔다. 숨을 몰아쉬며 삼층으로 올라가는 계단 바로 앞까지 갔다. 계단 중간 한가운데엔 출입금지라고 쓴 종이 팻말이 놓여있었다. 종이 팻말은 네모난 백지가 아니라 까맣게 입술을 그려 오려 낸 것이었다. 커다랗고 까만색 입술 복판엔 출입금지라는 글자가 써있었는데, 마치 까만색 입술이 출입금지라는 글자를 물고있는 듯했다. 금지판을 들고 삼층 계단을 마저 올라갔다. 삼층 복도 맨끝의 방 앞에 섰을 때 나는 열기인지 한기인지 모를 것에 부들부들 떨었다. 방 안에 들어있을 무엇이, 나를 여기까지 오게 한 무엇이, 과연 어떤 것인지 숨이 막혔다. 눈을 감았다. 저 먼 어디에선가 끄악끄악 목이 타들어가는 소리가 났다. 그것은 닫힌 방 안에서 나는 듯도 했고 감은 내 눈 속에서 나는 듯도 했다. 방문에 귀를 댔다. 끄악끄악 소리가 간헐적으로 났다. 무어라 표현할 수 없는 그 소리가 애절하게 나를 불렀다. 나는 왈칵 문을 열고 안으로 들어갔다.

방 안은 한눈에 다 들어올 정도의 넓이였지만 한눈에 들어오지 않았다. 조명은 어두컴컴했으며 무엇부터 봐야할지 모를 정도로 방 안은 여러 개의 이젤과 종이 더미로 난장판이었다. 나는 방 안에 들어섰으나 들어서지 않은 자세로 우두커니 섰다. 세상을 등졌으나 등지지 않은 폭력자 하나를 찾아 달려왔지만 내 앞엔 아무도 없었다. 나는 사마귀가 든 초상화와 까만색 입술을 구겨 아무데나 던졌다. 장애물을 넘어가듯 널려있는 물건들을 밟거나 피해가며 이젤 앞으로 갔다. 이젤 위엔 스케치북이 놓여있었고 스케치북 위엔 반쪽 밖에 없는, 남자이기도 하고 여자이기도 한 얼굴이 뎅그렁 철로 위에 누워있었고, 헤아릴 수 없이 많은 레일이 부릅뜬 눈이며 얼굴 위로 얼기설기 그어져 있었다. 철길에 치인 반쪽의 얼굴은 칼로 북북 그은 듯한 터치였으며 온통 갈가마귀의 울음소리로 그득했다. 쓰러져 신음하고 있는 저 인간, 낮은 목소리조차 내지 못해 의문의 부호로 나를 부른 저 인간.

나는 그림을 보다 말고 주변을 둘러봤다. 노트북과 모공소독제와 베이비오일, 돈 봉투와 수십 장 넘게 보이는 〈거울 앞에 누운 비너스〉와 등을 돌리고 앉거나 잔디 위를 걷는 여자, 강을 바라보거나 잔디를 쓰는 여자의 그림들이 아무렇게나 흩어져있었다. 나는 금세라도 질식할 것만 같아 창을 열었다. 두꺼운 바람이 난폭하게 얼굴을 후려쳤다. 화끈거리는 얼굴로 뒤를 돌아보았다. 바로 맞은편에 전신거울이 보였고 거울 안엔 일그러진 몸체 하나가 들어있었다. 나는 자화상들이 뒹구는 속에서 신문지 한 장을 집어들었다. 거울 속의 몸체를 응시하며 매끄럽다고 할 수 없는 윤곽을 신문지 위에다 그리기 시작했다. 나풀거리는 나, 페로몬을 가득 담은 나, 아기를 안고 있는 그윽한 성모의 나, 대신 화농이 질질 흐르는 내가 드러났다. 나는 열기로 엉겨붙은 내 오른쪽 뺨에다 그의 오른쪽 뺨을 그려 넣었다. 그의 뺨이 되어버린 내 뺨에선 안쓰러운 웃음이 새어나왔다. 나는 스팸메일과도 같은 자화상을 휙 날렸다. 나인지 그인지 모를 얼굴이 너불너불 침대 위로 떨어졌다. 화상으로 찌그러진 내 몸에서 함몰된 웃음이 터져 나왔다. 나는 부비트랩을 칭칭 감고 자폭하는 자와도 같이 징그럽고 또 징그러운 그림을 향해 엎어졌다. 신문지의 자화상이 내 몸에 눌려 와 작거렸다. 차디찬 몸을 신문지의 자화상에다 비벼댔다. 열상으로 막혀버린 점막과 폐쇄된 표면을 뚫고, 살점과 핏줄마저 파먹으려 나는 미친 듯이 자화상을 파고들었다. *끄악끄악,* 바람 소리 같기도 하고 짐승의 울음소리 같기도 한 소리가 어디에선가 났다. ㅍㅊㅋ의 말대로 이곳엔 사람이 살지 않았다. 사람도 짐승도 아닌 괴물 하나가 괴물로 울부짖을 따름이었다.

　나는 부스스 일어나 신문지의 자화상을 들고 아래층 로비로 내려갔다. 계단인지 복도인지 모를 곳에서 또 한 번 *끄악끄악* 소리가 났다. 추악한 점령군 하나가 흡충이 되어 신음하는 소리였다. 나는 그 소리를 깊이 들이마시며 그림을 못질했다. 그림 그 어디에선가 *끄악끄악* 살이 타들어가는 소리가 났다. ❑

## ◧ 닉스에게 로그인

이곳이 낯익다. 아하, 참으로 낯익다. 이 퀴퀴한 냄새며 질척한 흐름이 속일 수 없이 보인다. 질겅질겅 껌을 씹듯 복도를 걸어간다. 이곳이 몇 번째 오는 곳이더라? 헤아릴 수 없이 많기도 하고 처음이기도 하다. 컴컴하게 고여 있는 공기며 그 속에 눅진하게 눌러 붙은 이 냄새야말로 모텔 냄새이며 곧 너의 냄새다. 태어날 때부터 너는 이런 침침한 냄새와 근친상간을 했다. 말이 너무 심했나? 심한 김에 톡 까놓고 말하자. 네 나이는 삼십 대 초반이다. 서른하나 무슨 띠, 서른넷 무슨 띠, 이런 정확한 숫자가 아니라 그저 뭉뚱그려 말하는 게 네 나이다. 참 이상도 하지. 누가 올렸는지는 몰라도, 호적에 올라있는 나이와는 상관없이, 네 나이는 너를 보는 사람들이 정한다. 십대로 보든 오십대로 보든 너로선 그게 그거다. 자, 그럼 네가 그렇거나 말거나 날라리로 살겠다고 작정한 게 어떤 것인지 말해보자. 너는 오늘이 고양이 발정 난 소리로 보인다. 기대치가 상승했으니 그럴 만도 하다. 그러면 어제는? 기분이 꿀꿀했으니 자장면이다. 너는 생선과 물고기를 구분하지 않는다. 그럴 필요가 없으니 이 얼마나 산뜻한 일이냐. 수돗물소리를 삼각형이라 해도 되고, 야채장수 떠드는 소리를 쓴맛이라 해도 된다. 시각을 제외한 모든 청각과 미각, 후각과 통각은 너의 눈이다. 그러므로 너는 뭐든 원하는 대로 할 수 있는 프리맨이며, 한마디로 늘어지게 호강하고 있는 것이다.

너는 시간의 주머니를 뒤적거리며 아침이 들어있는지 저녁이 들어있는지 헤아리지 않는다. 한 계절만 있는 곳처럼 너는 늘 밤이다. 밤으로 살아서 그런지 넌 욕심쟁이다. 욕심은 컴컴한 너를 닮아 끝이 없다. 끝이 없다는 게 다행이다. 끝을 보면 더 살 이유가 없어지므로 너는 끝까지 욕심을 잡고 떼를 쓴다. 심심할 때면 너는 콧구멍을 후비거나 코털을 잡아 뽑으며 욕심의 공로에 표창장을 수여한다. 오늘, 너는 그 잘생긴 욕심이 제대로 진행될지 아닐지 기대와 함께 약간은 긴장한다.

너는 밤 같은 너를 끌고 밤 같은 복도를 걸어간다. 이제 초보는 아니다. 휘청거리거나 더듬거리거나 외우지 않아도, 네 수족이 되어버린 감각은 정확한 센서로 너를 인도한다. 이마에 와 닿는 공기가 습습하다. 팔목 사이로 스쳐가는 냄새가 끈끈하다. 코끝에 내려앉은 먼지가 어제의 모텔에서보다 무겁다. 이정도면 늙은 너구리도 무색하다. 너는 양복 안주머니에서 휴대용 머리빗을 꺼낸다. 머리빗은 보나마나 갈색이다. 빨강이든 파랑이든 네가 갈색으로 정했으면 갈색이다. 너는 객실로 들어가기 전, 갈색 빗으로 머리를 빗는다. 머리를 다 빗자 너는 오늘의 손님을 갈색9번이라고 정한다.

사실, 색만큼 너를 괴롭히는 건 없다. 볼 수 없는 자에게 색이란 무한한 열등감이자 패배감이다. 그나마 각이나 네모, 세모, 원, 뿔의 모양은 만져가면서라도 배울 수 있지만 색은 아무리 설명해도 이해하지 못한다. 냄새 또한 이런 걸 구린내라고 한다, 저런 걸 입냄새라고 한다, 외우면 되지만 색은 그럴 수도 없다. 색에 대한 보복 심리인지 아니면 손님들이 이름을 말하지 않아서 그런지, 너는 손님에게 색을 붙이는 걸로 손님을 기억하려 한다.

이 일을 처음 시작한 날, 너는 중년의 여자를 흰색이라 불렀다. 두 번째 받은 환갑 나이의 여자는 주황색으로 칠했다. 세 번째 할아버지는 빨강이다. 일이 점점 늘자 너는 한정된 색만으로는 손님을 기억하기 어렵다는 걸 깨닫는다. 색을 세분화하자. 너는 어제 첫 손님은 보라23, 삼년 전 첫 손님은 노랑15, 엊그제 마지막 손님은 분홍11로 정했다. 과연 이런 식으로 이름을 붙인다는 게 무슨 도움이 될지 알 수 없지만, 너는 너만의 방식을 고수한다. 치적이라면 과한 표현이 되겠지만, 아무튼 너는 네가 받은 손님의 수를 곡창에 쌓는 쌀가마처럼 차곡차곡 쟁여두고 싶어 한다. 너만이 인정하는 너만의 능력인 셈인데, 이제 너는 손님이 늘어도 헷갈릴 걱정 따윈 하지 않는다. 색에다 숫자만 붙이면 네 욕심만큼이나 무한하기 때문이다.

너는 갈색9번이 들어있는 룸 앞에 선다. 들어가기 전, 너는 입고 있는 옷을 한 번 훑어본다. 아이보리 색 양복에 옅은 보라색 와이셔츠, 가지색 넥타이가 썩 잘 어울린다. 아니, 어울린다고 한다. 이 옷은 오늘의 손님을 위해 특별히 백화점에까지 납시어 장만한 것이다. 너는 잘 차려입은 옷이 꽤나 만족스럽다. 거기다 요즘 새로 나온 스킨로션까지 듬뿍 발랐으니 사모님을 모시기로는 그만이다. 지금까지의 경험으로 봐, 이만한 성의에 넘어가지 않은 사모님은 그리 많지 않다. 반응을 봐가며 슬슬 좋은 정보도 캐내고, 잘만하면 수익도 챙길 수 있다 싶으니 순간 너의 마음은 뜨거워진다.

똑똑!

안에서, 문이 열려있다고 말한다. 문을 열자 비릿하고도 쿰쿰한 냄새가 전신을 찌른다. 이 냄새야말로 자연의 냄새이며 생존에 필요한 환경 친화적 냄새이다. 너는 너의 냄새를 들이키며 천연덕스러운 인사를 던진다.

"안녕하십니까? 좋은 날씨죠?"

갈색9번은 아무 대답도 하지 않는다. 말이 필요 없는 눈으로 너를 보고 있다는 게 네 눈에 또렷이 잡힌다. 너는 거만하게 엎드려 있는 갈색9번을 탐색한다. 가진 자들에게서 드러나는 퉁퉁하고 기름진 냄새가 네 몸에 착 감긴다. 아주 좋은 기류이다. 강남 사모님만 상대하겠다고 선언한 후, 알선업체에 서슴없이 뒷돈까지 건넨 건 탁월한 선택이다. 그런 점에서 너는 너를 자부한다.

"오래 기다리셨습니까? 늦은 건 아니죠?"

너는 사근사근 말하며 양복저고리를 벗는다. 갈색9번이 응 인지 어 인지 모를 소리로 대꾸하며 너를 본다. 너는 가슴을 펴고 당당한 걸음걸이로 룸 구석에 세워진 옷걸이로 간다. 갈색9번이 해부도를 들여다보듯 너를 본다. 너는 태연하게, 노련한 솜씨로, 옷걸이에다 양복저고리를 건다. 갈색9번이 그런 너를 채점한다. 목소리가 좋아. 군살도 없이 몸매가 탄탄하군. 천박해 뵈지도 않고 눈 뜬 사람보다 더 잘 생겼어. 갈색9번이 매긴 점수는 A+이다.

너는 갈색9번의 눈에 충분히 서비스를 해준 다음, 갈색9번이 엎드려 있는 곳으로 간다. 갈색9번에게서 구찌 향수냄새가 난다. 같은 회사제품이라도 살 냄새와 섞인 향수냄새는 그 사람만의 독특한 체취로 작용한다. 너는 갈색9번의 체취를 전신에 입력하며 갈색9번을 뜯어본다. 갈색9번은 보약과 보석을 좋아한다. 그만큼 몸을 중요시하며 과시욕도 세다. 골프와 헬스는 기본이요, 자기보다 낫다 싶은 여자는 무슨 꼬투리를 잡아서라도 매장시키는, 천상천하유아독존병도 대단하다. 그럴 때는 독버섯 같은 독선도 서슴지 않는데, 대신 자신을 띄워주는 사람에겐 그럴 수 없이 인자한 어머니다.

너는 갈색9번에 관한 데이터를 작성한 후 갈색9번의 머리맡으로 가 앉는다.

"어디 불편한 데는 없으십니까? 말씀해 주시면 참고하겠습니다."

말을 하며 너는 지구본을 감싸듯 갈색9번의 머리를 두 손으로 감싼다.

"아니, 쉬러 왔어."

갈색9번이 처음으로 입을 뗀다. 오냐, 잘 됐다. 어디가 쑤시네 결리네 구질구질하게 늘어놓는 것보다 이 얼마나 명쾌하고 부티 나는 말인가. 너는 손바닥으로 머리 전체를 누르듯이 감싼 채 열 손가락 끝으로 관자놀이를 꾹꾹 누르기 시작한다.

"아, 예, 잘 오셨습니다. 편히 쉴 수 있게 잘 모시겠습니다."

갈색9번은 아무 대꾸 없이 네 손에 머리를 맡긴다. 너는 작은 지구본을 조심스레 다룬다. 축구공과 비슷하긴 하나 세상이 다 들어있으니 그래야 한다. 세상이라는 포괄적인 용어를 풀어 말하면, 돈줄과 연줄이요 몰캉몰캉한 유혹과 말랑말랑한 감성이다. 특히 유동성이 강한 이 액상의 감정들은 손끝만 잘 타도 물꼬가 터진 듯 콸콸 퀄퀄 흐르게 마련이다. 너는 그 점을 잘 꿰고 있기에 있는 실력 없는 실력을 다 해 갈색9번의 혈과 근육을 눌러주기도 하고 풀어주기도 한다. 너의 성의에도 갈색9번은 말이 없다. 이쯤해서 너는 향료 좋은 조미료를 아낌없이 친다.

"사모님은 귀골이십니다. 지금까지 여러 손님들을 대해봤지만 이렇게 귀티 나는 두상은 처음입니다. 성골의 피를 타고 나신 거 같습니다."

성골까지 운운하다니 너는 꽤나 변죽이 좋다. 하긴 그렇다. 귀골이라는 게 하루아침에 생기는 것도 아니요, 가지고 싶다고 24시간 불 밝힌 편의점을 들락거린다고 사올 수 있는 것도 아니다. 대대로 세월과 세월을 더하고 곱해야 나올까말까 한 게 바로 이 귀골과 귀티다. 그 중간에 나누기나 빼기가 들어가도 이 귀골 귀티님은 명을 부지하기 힘들다. 그런 계보에 의해 이 귀골 귀티님은 토종 중의 상 토종 자리를 고수한다. 불로초보다 귀한 이런 귀골 귀티님을 선뜻 선사하니, 너는 사랑받기 위해 태어난 사람이다.

갈색9번의 입이 소리 없이 나팔 모양으로 벌어진다. 이에 너는 자신감으로 충만해지고, 너의 손은 늠름한 기상으로 갈색9번의 어깨로 내려간다. 손바닥으로 양 어깻죽지 사이를 훑듯이 누르며 너는 으레 하던 말을 뱉는다.

"승모근이 좀 뭉쳐있습니다. 아프다 싶더라도 참으십시오."

갈색9번이 짧게 으, 하더니 시원하다고 말한다. 너는 다시 한번 같은 동작을 되풀이한다. 너의 동작은 성실하다. 얄팍하게 안마 시늉만 내는 게 아니라 살을 하나의 인격으로 대한다. 안마를 받는 손님은 안마사의 작은 동작 하나에도 예민하다. 적당히 시간을 때우려는 것인지 혼신을 다 하는 것인지 안마사보다 더 잘 안다. 너는 노글노글하게 퍼지는 여자의 살 냄새를 맡으며 주먹 쥔 손으로 등 한가운데를 위에서부터 아래로 훑듯이 누른다.

여자의 살 냄새만큼 황홀한 것도 드물다. 그 냄새는 절대 늙지 않는다. 항상 맛있고 재미나고 물리는 법이 없다. 늘 청춘이며 행진곡이며 세상의 모든 것을 평정한 에센스다. 너는 순간 눈이 밝아진다. 네 눈은 두 개가 아니라 네 개가 된다. 아니, 여섯 개, 여덟 개, 열 개 …… 많은 눈을 달고 너는 숨이 막히게 달린다. 어디로? 컴퓨터 앞으로. 너는 컴퓨터를 켠다. '오빠한테만 보여줄 거양~'라는 글귀가 너를 사정없이 당긴다. 클릭. 캥캥 인지 앵앵 인지 모를 소리들이 몸을 달고 네게 달려든다. 너는 떠억 벌어진 체구로 그 소리들을 끌어안는다. 이때처럼 인정이 팍팍 생기는 적도 드물다. 너는 태평양 인도양을 합친 것보다 더 넓어진 몸과 마음으로 그 묘한 소리를 안고 뒹군다. 네가 뒹구는 곳은 지중해 어느 섬의 모래사장이다. 야자수가 너른 이파리를 해풍에 휘휘 날린다. '오빠한테만'이 모래사장에서 일어나더니 나 잡아봐라 하고 뛴다. 너는 '오빠한테만'을 잡으려 가제트 형사처럼 두 팔을 쭉쭉 늘여 뻗으며 뜀박질을 한다. '오빠한테만'이 그 유명한 S라인을 야자수 뒤로 숨긴다. 너는 야자수로 뒤로 달려간다. '오빠한테만'이 메롱! 하더니 야자수를 끼고 앞 쪽으로 도망간다. 야자수를 사이에 두고 지구상에 단 둘이 된 너와 '오빠한테만'은 잡을똥말똥, 잡힐똥말똥, 약을 올리다 말다 한다. 그러길 한참. 조금 더 하면 오빠가 삐질지도 모르므로 '오빠한테만'이 까꿍! 하고 손가락을 브이자로 펴보인다. 너는 각본대로 '오빠한테만'을 잡아 바닥에 쓰러뜨린다. '오빠한테만'이 S라인을 팔딱팔딱 뒤튼다. 너는 S라인을 물씬물씬 누르다 진력이 나면 내려가다 하면서, 쪽쪽거리기도 하고 짭짭거리기도 하고 별별 짓을 다 한다. 네겐 갑자기 많은 눈이 생겼으므로, 주체할 수 없이 많은 눈이 달렸으므로, '오빠한테만'이 뭘 어떻게 하는지, 일일이, 섬세하게, 예리하게, 몽땅 다 보인다. 그러다, 그러다 …… 넌 '오빠한테만'의 귓불 뒤, 머리칼로 가려진 부분에서 ♡ 문신을 본다. ♡ 이게 뭐지? 귀걸이인가 귓밥인가? 에이 눈이 많으니까 성가시군. 너는 눈을 감는다. 아니, 절로 감긴다.

다시 현실이다. 네 손은 갈색9번의 엉덩이 바로 위에서 멈춘 채 그대로다. 이래서 사색이 길면 곤란하다. 갈색9번이 15% 코맹맹이의 목소리로, 힘들면 쉬엄쉬엄해도 좋다고 말한다. 너는 25% 코맹맹이를 받아주는 목소리로 대꾸한다.

"천만에요, 제가 잠시 쉬는 건 힘들어서가 아니라 사모님을 생각해섭니다. 사모님처럼 일해본 적이 없는 분이 한꺼번에 안마를 받으시면 피곤해지십니다."

임기응변이 제법이다. 너는 이럴 때의 네가 그 어느 때의 너보다 맘에 든다. 깜찍하지, 똑똑하지, 센스 있지, 순발력 좋지, 이만한 인물을 찾기란 그리 쉬운 게 아니다. 갈색9번 역시 이런 네게 반했는지 너를 더욱더 고품격으로 격상시키는, 손님이라면 하지 않아도 될 말까지 한다.

"선글라스가 잘 어울려."

이 정도 쯤이야. 국어대사전에 적혀있는 말의 분량만큼이나 들어온 터라 새삼스러울 건 없다. 그렇다고 냉큼, 그렇다 말다요, 할 너도 아니다. 다른 때 같으면 그 말을 안 해 줬다간 지옥의 사자가 수갑을 쩔렁거리며 KTX를 타고 올 것이라고 말했겠지만, 지금은 상대가 상대인지라 너는 눈칫밥 9단의 경력을 발휘한다. 해야 할 말과 하지 말아야 할 말을 구분하는 것은 물론, 겸손까지 제사상 앞에 돗자리 펴듯 좌르륵 펼친다.

"과찬의 말씀이십니다. 소경한테 선글라스라니요."

솔직히 말하자. 같은 색안경이라도 눈이 있는 사람이 쓰면 선글라스가 되고 소경이 쓰면 색안경이 된다. 그렇다면 눈도 없는 네가 군이 선글라스용 색안경을 쓰는 까닭은 어디에 있는가. 멋이 있는지 없는지 볼 수도 없는 처지에, 거기다 여름이면 줄줄 흘러내리지, 겨울이면 땡땡 얼어붙지, 그런 안경이 뭐가 좋다고 쓰고 다니는가. 고민할 건 없다. 답은 이미 2000년하고도 395년 전에 나와 있으니, 나온 답대로 말하면 너는 너를 위해서가 아니라 너를 보는 사람들을 위해 선글라스용 색안경을 쓴다. 이를 숙명이라고 한다면 너는 숙명이다. 선글라스용 색안경은 이러한 너를 커버해주기도 하지만 지금처럼 오버하게도 만든다.

"배우해도 되겠어."

배우라 …… 너는 시차를 초월해 배우가 된다. 까만 안경을 쓰고 너는 척척 패를 돌린다. 네 주변엔 너와 같은 종류의 안경을 쓴 선수들이 진을 치고 패를 훑어본다. 너는 잽싸게 다른 사람들의 패를 읽는다. 화투 뒷면에 보이지 않게 마킹된 것이 너의 까만 안경에 잡힌다. 너는 의뭉스레 똥껍데기를 낸다. 뻑뻑 담배를 빨던 선수가 똥을 친다. 너의 설계대로 여지없이 설사를 한다. 오른쪽 검지가 잘린 선수가 삼광을 치고 또 설사를 한다. 너는 똥을 먹고 패를 깐다. 오우, 삼이 나온다. 너는 설사한 것들을 싹쓸이하며 상대방의 피를 한 장씩 뺏어온다. 고우! 고우! 너는 큰소리로 선수들을 제압한다. 선수들이 경탄과 질투로 넋을 잃는다. 너는 점 10만원짜리 고스톱에서 의기양양, 타짜가 된다. 너는 신선한 웃음을 날리며 돈이 든 포대자루를 어깨에 걸머진다. 선수들이 까만 안경을 와락 벗더니 네 앞을 가로막는다. 장님새끼가 맞는지 보자. 선수들이 달려들어 네 안경을 벗기고 네 눈을 들여다본다. 질기게 감긴 눈은 네가 소경임을 증명해 보인다. 어라? 진짜 장님이네. 근데 이게 어떻게 된 일이지? 선수들이 자신의 까만 안경을 벗어 발로 콱 밟아버린다. 잘 깼다. 너는 깨진 안경을 저걱저걱 밟으며 무궁화 다섯 개가 반짝반짝 구릿빛을 반사하는 호텔로 돌아온다. 컷! 잘 했어! 감독의 외침에도 너는 배우용 웃음을 그치지 못한 채 길게, 아주 길게 끈다.

갈색9번이 옆으로 돌아눕는다. 타짜의 꿈이 아작 난다. 너는 백번을 꿔도 또 꾸고 싶은 장밋빛 스크린을 접고 갈색9번의 허리를 잡는다.

"배우라니요. 장님이 배우 하면 그 영화사 망합니다."

현실은 이래서 잔혹하다. 환장하게 의젓하기만 한 말로 너는 잔혹한 현실에 반쯤 포복한다. 꿈에서처럼 기분 나는 대로 깝쭉거렸다간 그길로 퇴출이요, 담요를 준비할 새도 없이 칼바람을 맞는다.

갈색9번은 인생을 달관하려는 너의 자세와는 달리 여유만만으로 말의 방향을 튼다.

"돈 잘 버나봐. 태그호이어 선글라스에 태그호이어 시계, 짝퉁 아닌 거 알아."

명품은 명품을 알아보고 귀족은 귀족을 알아본다. 그래서 너는 땡빚을 얻어 명품을 구입한다. 대를 이어도 갚을까 말까한 액수지만 이럴 때의 보람은 천천만만이다. 행여, 장님이 뭘 안다고 명품이냐고 생각한다면 그거야말로 오산이다. 장님이기에 아니, 장님일수록 시설비에 투자해야 한다는 건 초등학교 교과서 첫 장에 나와야 할 지침이다. 자신을 재테크하는 것이야말로 자산 중의 자산이며 실속 중의 실속이다. 이런 이치를 일찌감치 깨달아 너는 언니야에게 일수 도장까지 찍어가며 명품을 사들인다. 너의 노력은 가상하다. 눈물 없이는 도저히 봐 줄 수 없는 노력이기에 천지가 진동할 만큼 사모님들이 혹한다.

너는 이 기회를 계속 차고 나가기로 한다. 헌데, 이 작업은 민감성이 생명이라 조금이라도 어긋나면 궁상을 다발로 떠안고 쪽박을 찰 수도 있고, 잘만 하면 일수돈 갚는 것은 심심풀이 육담이 될 수도 있다. 너는 신중에 신중을 기해 살짝 포석을 깐다.

"돈을 잘 벌다니요, 게다가 저 같은 게 뭘 알아서 이런 걸 살 수 있겠습니까. 안마 받으신 어느 사모님이 고맙다며 선물해 준 겁니다."

전해 내려오는 말엔 이런 말이 있다. 옷 잘 입은 거지가 얻어먹기도 잘 한다는 말. 지금의 너는 비록 거지는 아니지만 그 말에 빗댄 심정이다. 과연 전설인지 교훈인지 모를 그 말이 실효를 거둘 것인지 아닌지 너는 예의 주시한다. 너로선 신세를 흥하게 할 것인지 망하게 할 것인지 모를 밑밥을 던졌으나 갈색9번은 숨소리도 내지 않는다. 으아, 미친다. 쪽박을 깨겠다는 건지 알았으니 그 사모님보다 더 큰 걸 사주겠다는 건지, 바야흐로 너는 초조해진다. 시간은 마실이라도 갔는지 딱 멈춰버리고 네 겨드랑이와 이마, 발바닥에선 침묵의 시간의 두세 드럼쯤 되는 양의 땀이 폭폭 솟는다.

얼마나 시간이 흘렀을까 …… 그것은 신만이 안다.

그 긴긴 동안 너의 잔머리는 어디로 진화했을까. 잔머리가 초음속으로 달리고 달려 도착한 곳엔 산천초목 대신, 오아시스 대신, 그보다 더 좋은 살이 있었다. 살의 고백이라고, 너는 일찌감치 터득한 고백 중의 백미가 떠오른다. 갈색9번의 허리는 뻣뻣했고 그 굳은 근육에서 너는 갈색9번의 비밀을 알아챘다. 골프와 헬스로 다져지긴 했지만 쾌락으로 다져진 허리는 아니다. 너는 이 슬픈 허리에 순간 동정심이 인다. 그렇다고 덥석덥석 아는 척을 했다간 명품 선물 사건에서처럼 침묵이라는 값비싼 대가를 치러야 한다. 거기다 재수 없으면 자존심 박살죄, 사모님 모욕죄로 고소당할 수도 있다. 모든 것은 때가 있는 법. 특히 살의 고백은 더욱 더 때를 타야 하는 법. 사모님 쪽에서 다리 긁는 소리라도 내야 눈 껌뻑이는 시늉이라도 낼 수 있는 것이다.

너는 손바닥으로 갈색9번의 허리를 야물게 주무른다. 네 손은 하나의 끈처럼 갈색9번의 살과 연결된다. 이럴 때 이성은 어떨지 몰라도 감성만큼은 동지가 된다. 너 따로 나 따로 각개전투를 벌이는 게 아니라 너와 내가 합동작전을 수행하는 것이다. 하나가 돼서 좋은 건 많다. 첫째는 싸울 일이 없다. 둘째는 이것일까 저것일까 갈등하지 않아도 된다. 셋째는 싸움도 갈등도 없으니 하는 것마다 신속하다. 안 싸워서 좋아, 시간 절약해서 좋아, 좋은 것투성이다. 그래서 모두가 다 통일, 통일, 외치는가보다. 비록 개성은 살릴 수 없을지언정 이만한 프리패스도 없다. 그러나 갈색9번은 네 손길을 제대로 타지 않았는지 살의 고백은커녕 뚱딴지같은 말만 한다.

"눈은 언제 그렇게 됐어?"

너를 보는 이들이 공통으로 궁금해 하는 점이자 차마 물어보지 못하는 말이다. 이는 교양 때문이다. 이럴 때의 교양은 네겐 별 쓸모가 없다. 너는 눈이 멀었다고 좌절하거나 비통해한 적이 없다. 세상은 태어날 때부터 닫혀있었으니, 보는 것과 보이지 않는 것의 차이는 네게 아무런 의미가 없다. 의미 없는 것과 백날 씨름을 해봐야 그거야말로 시간 낭비다. 너는 애초 빛이 없으므로 없는 것으로 자연스레 산다. 그래 그런지 너는 깨달은 게 많다. 세상 사람들은 쓸 데 없는 것이라도 소유하길 원한다. 고로 너는 세상과 합류하기 위해 하나라도 가지고 있는 쪽을, 없으면 있는 척이라도 하는 쪽을 택한다. 하여, 너는 늘 준비한 대본을 화끈하고도 깔끔하게 읊는다.

"대학 2학년 때 화학실험을 하다 이렇게 됐습니다. 덕분에 군 면제도 받고 좀 좋습니까? 허허."

대답이 걸작이다. 학교 근처에도 못 가본 이력에 들은풍월을 써먹다니, 게다가 군 면제라 좋다구나 허풍까지 떨다니, 듣는 사람 듣는 부담까지 꽉 줄여준다. 너의 화려하고도 유려한 답에 갈색9번이 피식 소리 나지 않게 웃는다.

"유머가 좋군. 한창 나이에 눈을 잃었으니 충격이 컸겠어."

갈색9번이 옆으로 누웠던 자세를 바꿔 똑바로 눕는다. 너는 살의 고백을 듣기 위해 슬슬 장딴지로 간다. 여긴 조심스런 곳이다. 그저 장딴지가 아니라 배와 연결된 허벅지로, 포르노라 찍힐 수도 있는 미묘한 곳이다. 너는 될 수 있으면 건조하게, 사무적인 손길로 갈색9번의 장딴지를 주무른다. 살의 화음을 듣기 위한 테크닉으로는 빵점이나 다 그럴 만한 이유가 있다. 아무리 무미건조하게 주무른다 해도 장딴지에 포진하고 있는 몽실몽실한 욕구는 그 누구도 거역하기 힘들다. 오히려 냉담한 듯이 주무를수록 감질나게 마련이다. 감질을 감질로 느끼다보면 사인을 하게 되고, 그 순간을 잡아채면 어느 순간부턴 흐흥흐흥 콧바람이 봄바람으로 살랑거리게 된다. 너는 그 때를 노리며, 다른 한편으론 그 쏠쏠한 재미를 넘겨 짚어가며, 젠틀한 프로로 나간다.

"첨엔 그랬는데 나중엔 잘 됐다 싶더군요. 어차피 질리게 본 세상, 더 볼 게 뭐가 있나 그런 생각이 들었지요."

도를 한 번 반쯤 깨친 자의 말인가 염세주의자의 말인가. 아니면 신비주의자의 말? 갈색9번이 이번엔 피식이 아니라 뱀의 미소를 휘릭 던진다.

"그래서?"

허걱, 졸지에 너는 뒤통수가 뜨끈해진다. 갈색9번은 아줌마가 아니라 사모님이시다. 그것도 강남 사모님이시다. 강남 사모님을 가볍게 보면 안 된다. 돈만 있다고 강남 사모님이 되는 게 아니다. 너는 이 야유 섞인 기습에 어휘법을 바꿀 필요성이 절실해진다.

"그러니까 제 말은 소경이 된 저 자신을 빨리 인정하고 한시바삐 눈 먼 것에 적응하고 싶었다는 얘깁니다."

꼴깍, 마른침이 넘어가다 걸린다. 건실성, 진실성, 침착성이 시험대 위에서 결과를 기다린다. 에라 모르겠다. 너는 급한 마음에 손맛을 이용하기로 한다. 이 손맛이라는 것은 살과 살이 맞닿을 때 일어나는 현상으로, 금단현상까지 갈 수 있는, 길들여지면 벗어나기 힘든 마력의 것이다. 너는 손맛을 주는 요리사로 갈색9번의 허벅지 안쪽을 파고든다. 미열과도 같은 열이 가운 밖으로 스며 나온다. 네 손은 뜨거워지고 네 마음은 결과를 향해 짝사랑으로 달뜬다. 짝사랑은 그래서 짝사랑이라고 차갑게 일러준다.

"잘난 친구군."

아아아~ 아, 아, 아.

그동안 기출문제로 백점만점을 받았던 시기는 먼 옛날 얘기다. 이렇게 의사소통이 되지 않는 걸로 봐 너의 시대는 한물갔다는 신호다. 너는 입을 다문다. 섣부른 말은 해충이 되어 너를 갉아먹을지도 모르고, 카멜레온의 혓바닥이 되어 날름 집어삼킬지도 모른다. 인생의 미식가이며 탐미주의자가 사모님께 욕을 당한다. 전문인의 명예가 추락당하고 발언의 자유가 바닥나게 밑진다. 이대로 있을 수만은 없지. 너는 길게, 마음에 욕창이 생길 정도로 길게 엎어졌던 네게 편자를 쾅쾅 박는다.

"주제넘은 얘기가 될지 모르겠지만, 사모님은 매력이 철철 넘치십니다. 몸도 그렇지만 말씀하시는 게 아주 매력적이십니다."

말 한 마디에 천 냥이나 되는 빚을 갚았다는 말은 사실인가 아닌가? 확인할 길은 바로 지금. 너는 건방지다, 시건방지다, 꼴깝을 떤다, 이런 따위의 부정을 싹 갈아엎을, 싱싱하고도 통통한 말의 씨를 뿌렸다. 자, 기다려보자. 씨앗은 좋은 토양을 만나면 속성으로 자랄 것이고 열매 또한 탐스럽게 주렁주렁 맺을 것이다. 그런 열매를 따 로또를 사면 대박일 것이요, 그 대박으로 해외 부동산에 투자를 하면 그 또한 대박일 것이요, 그 대박으로 작은 나라를 사면 역시나 대박일 것이다. 너는 작은 나라의 왕이 되어 신하와 시녀가 줄줄이 대기하고 있는 왕궁에서 명령을 내린다. 저 같잖은 사모님을 시베리아로 보내 정신이 번쩍 들게 석탄을 캐게 하라! 예이~ 보내기 전에 저 돼먹지 못한 사모님의 혀를 싹 뽑아버려라! 예이~ 커, 좋다. 왕은 이래서 좋은 것이로구나.

"그래애? 그렇다는 얘기 자주 들어."

크하, 역사적인 너의 꿈은 알알이, 산산이, 부서진다. 너는 하릴

없이 산산이 부서진 이름이여, 허공중에 헤어진 이름이여를 부를
일만 남는다. 대체 이 사모님은 왜 이런가. 무엇이 문제인가. 너는
모처럼 번민에 빠진다. 이 번민이라는 건 도무지 달갑지가 않다.
일단은 이것이라는 답도 주지 않으면서 이것일까 저것일까 혼란
만 가중시킨다. 차라리 게다짝를 딸깍딸깍 끌고 달리기 주자로 나
서는 편이 훨씬 낫다. 너는 번민하기를 때려치운다. 비생산적인
생각에 골몰할 시간이 있으면 사모님 후릴 방법을 모색하는 게 발
전적이다. 너는 이렇게 결정했음에도 딱히 할 말을 찾지 못한다.
말을 찾지 못하자 네 손은 저절로 무릎 뒤쪽으로 간다. 오금 한 가
운데, 옴폭한 곳이 손에 잡힌다. 여긴 급소다. 급소만큼 멋들어진
곳도 드물다. 인생의 참맛은 바로 이런 급소에 있다. 마른하늘에
도 날벼락이며 여우비가 숨어있듯, 멀쩡한 몸에도 급소라는 게 숨
어있다. 성질나는 대로 하면 당장이라도 혈을 잡아버리고 싶지만
너는 슬쩍 지나치는 걸로 너를 다스린다.

"꿈이 뭐지?"

인색을 인색으로 떨던 갈색9번이 어째 꿈 얘길 다 한다. 밉살스
럽기로 치면 시베리아도 아깝고 혀를 뽑는 것도 과분한데, 요상하
게도 황송해진다. 아무튼 반갑다. 너는 까칠한 분위기를 일소시킬
이 한마디에 감격한다. 이것만 봐도 너는 너만 모르는, 아주 어수
룩한 아마추어다.

"꿈이라니요 희망을 말씀하시는 겁니까?"

너는 종종 꿈을 꾼다. 네 꿈은 검게 덩어리진 물체가 여기를 툭

치다 저기를 툭 치는 게 전부다. 형체를 본 적이 없으니 꿈에서조차 형체가 없는 건 당연하다. 너는 꿈속에서 꿈밖으로 나오지 못한다. 네 꿈엔 창이 없다. 창이 없으니 창 밖도 없다. 너는 창이 없는 욕망에 갇혀 깨어나지 못한다. 깨지 못하니 나가지도 못하고 들어오지도 못한다. 아하, 너는 욕망의 덩어리를 안고 끙끙댈 따름이구나.

"글쎄요. 일감이나 떨어지지 않았으면 합니다."

너는 결코 유창하다 할 수 없는 말을 상식적으로 한다. 이제 일감 따위에 연연해하는 너는 아니다. 안마라는 본업으로 상승을 꿈꾸었던 때도 까마득하다. 지금의 너는 일수를 찍어가며 뒷돈을 대고 시설비에 투자할 만큼 안마가 아닌 다른 일을 꿈꾼다. 프리미엄이 붙은 너를, 너 자체가 프리미엄인 너를 원한다. 너는 소박한 네가 끔찍하게 싫어졌으며 혐오스럽기까지 하다. 네게 있어 수단과 방법이란, 가려가며 하라는 뜻이 아니라 가리지 말고 하라는 잠언이다. 갈색9번은 이런 네 속을 훤히 보고 있다는 듯, 관록이 만만찮은 어투로 말한다.

"일감? 내 앞에서 지금 일감 타령하는 거야?"

뜨끔, 너는 너보다 잘난 인간 앞에서 쩔쩔맨다. 세상은 그렇다. 나만 보고 있으면 나만 보이고, 너만 보고 있으면 너만 보인다. 너는 죽어라 너만 보며 살아왔는지도 모른다. 너로 보여 지는 너를 위해, 너는 지팡이도 버렸다. 톡톡, 보도블록을 두드리며 길을 찾는 그 지팡이 소리야말로 인생이 미숙하다는 광고이자 인격마저 구기는 소리다. 너는 절대 지팡이로 다니지 않으며, 색안경 역시 맹인용 색안경이 아닌 선글라스용을 쓴다. 헌데 갈색9번은 너보다 한참이나 위인 듯 선배의 선배인 듯, 군더더기를 생략한다. 이런 대선배 앞에선 그저 마음을 조아리고 앞섶을 여미는 게 제대로 된 자세다.

"아, 예, 일감 빼면 …… 운전하는 겁니다. 결혼도 하고 운전도 하고 근사하게 살아보는 겁니다."

안 보이는 자가 못할 건 없다. 너는 핸들을 잡고 씽씽 쌩쌩 고속도로를 달린다. 옆 차선을 달리던 아가씨가 네 운전 솜씨에 침을 흘린다. 너는 휴게소에 차를 세운다. 옆 차선의 아가씨가 네 차 옆에 주차하려는데 몹시도 버벅거린다. 너는 차에서 내려 도도한 걸음걸이로 휴게소로 간다. 아가씨가 너를 불러 주차 좀 도와달라고 말한다. 너는 사내다움을 과시하며 단번에 아가씨의 차를 주차해준다. 아가씨가 홀딱 반한 낯빛으로 네 뒤를 쫑쫑쫑 쫓아온다. 너는 아가씨는 안중에도 없다는 듯 휴게소로 들어가 메뉴를 훑어본다. 아가씨는 주차해 줘 고맙다며 네게 밥을 산다. 너는 아가씨와 마주앉아 밥을 먹는다. 아가씨가 이것도 인연이라며 명함을 건넨다. 모 방송사 사회부 기자 김 아무개. 머시 기자라고라? 아가씨가 너의 놀란 가슴에 다시 한 번 부채질한다. 미담사례를 취재하러 가던 중인데 잘 됐네요. 댁을 쌩초보 운전자의 차에 치일 뻔한 장애인을 구한 사람이라고 기사를 쓰고 싶은데 안 될까요? 안 될 것도 없지. 너는 사회면 톱기사로 장식되고 더불어 여기저기 강연에도 나가고 광고모델도 된다. 그런 인연이 덕이 되어 너는 아가씨와 결혼을 하고 보건복지부 장관이 된다. 장관이 된 너는 겨울이면 멋과 분위기의 총체 야간 스키를 타러가고, 여름이면 스킨스쿠버를 하러 간다. 설원은 너를 눈의 신으로 받들고, 물은 물의 신으로 너를 추앙한다. 너는 그 속을 날아다니며 소설도 <u>쓰고</u> 그림도 그리고 연주도 한다. 너의 소설은 베스트셀러가 되어 전 세계로 번역되고, 너의 그림은 박수근이나 이중섭보다 더 많은 위작을 만들어 내게 하고, 너의 연주는 오이스트라흐보다 뛰어나 모든 신들이 기립 박수를 친다. 너는 장하고 또 장한 인물이 되어 브리태니커 사전에 오른다. 오르려는 바로 그 찰나, 와장창 판 깨는 소리가 난다.

"꿈도 좋지만 운전? 맹인전용도로도 없고 맹인용 자동차도 없는데 너무 추상적이지 않아? 좀더 구체적인 거 없어?"

화다닥, 너는 말의 물벼락을 맞고 정신을 차린다. 꿈은 희망의 문패지만 현실성 없는 꿈은 꿈이 아니란다. 너는 노골적으로 나가기 전, 워밍업 차원에서 한편의 서정시를 읊은 것뿐인데 갈색9번은 너무하다. 아마도 갈색9번의 컬러는 서정시가 아닌 생활시였던 모양이다. 아니, 시가 아니라 기계였던가 보다. 치수에 맞게 자르고 찍어내고 납품하는 기계. 그제야 너는 안심하고 너를 출고하기로 한다.

"구체적인 게 왜 없겠습니까. 부동산으로 한몫 잡는 것이지요."

월급쟁이가 무슨 수로 집 한 채 마련하냐, 평생 저축해봐야 전

세금 조달하기도 벅차다, 재개발 아파트를 잡으려 해도 얼마간의 종자돈이라도 있어 한다 …… . 이런 말은 결국 부익부빈익빈을 압축한 말이다. 수많은 경제원칙을 제치고 항상 일위를 고수하는 생활의 경제 언어는 바로 이 부익부빈익빈이다. 그 요원한 성은 가시덤불에 덮여있지도 않고 철의 장막에 둘러싸여 있지도 않다. 그럼에도 정복하기는커녕 쉽게 넘볼 수조차 없다. 이것이 미스터리다. 그것이 알고 싶다의 미스터리다. 너는 그 미스터리를, 피라미드와도 같은 그 미스터리를 깨는 첫 번째 사람이 되고자 한다.

"그럼 구체적인 방법도 가지고 있겠군?"

네 답은 사모님을 확실하게 동요시킨 듯이 보인다. 지금으로선 그렇다. 그러나 너는 지금 너무 들뜬 나머지 다른 면을 간과한다. 즉, '그럼 구체적인 방법도 가지고 있겠군?'에서의 '군?'은 그저 마침표로 끝나는 '군.'과는 다르다. 어디 들어보자는 듯이, 네 따위가 뭘 알아서 사모님도 난공불락으로 여기는 부동산에 얼쩡거리나 내심 뒤틀린 표현이다. 헌데 너는 아직 그 행간의 의미를 깨닫지 못한다. 다만, 무슨 말로 구체적인 방법을 제시해야 할 것인지 똥 마려운 강아지 꼴이 된다. 사모님을 꼬셔서 놀리는 땅 한 뙈기라도 얻어 볼까 한다는 말은 차마 못하겠고, 그저 친구의 얘기로 떠넘긴다.

"제 친구가, 그러니까 맹인 친구가 있습니다. 그 친군 안마를 해 주면서 어느 사모님을 알게 됐습니다. 그 사모님은 그 친구에게 노는 땅 100평을 줄 테니 그걸 밑천 삼아 빌딩을 사보라고 했더랍니다. 그 친군 그 땅을 조각조각 쪼개 팔아 웃돈을 얹어 팔았습니다. 그뿐만이 아니라 그 돈으로 경매 난 부동산을 사들여 톡톡히 재미도 보았습니다. 그 사모님이 실험삼아 던진 말에 그 친군 진짜 빌딩 갑부가 된 겁니다. 지금 그 친군 돈을 세느라 지문이 닳아 돈 세는 기계를 사들였답니다. 그 친구, 수완도 좋았지만 그런 사모님을 만난 게 운이 좋았던 겁니다."

너는 사뭇 진지하다. 그러나 갈색9번은 너의 장황한 공상소설에도 머뭇거리지 않는다. 속이 시원하다 못해 시릴 정도의 결재를 썩썩 해치운다.

"흐흠, 그 얘긴 친구 얘기가 아니라 군의 얘기 아냐? 그렇게 되었으면 좋겠다는? 어떻든 좋은 생각이군. 군이 원한다면 100평이 아니라 1000평도 줄 수 있어. 내가 누군지 알아? 안마나 잘 해."

오오, 달링! 달링! 결국 최종 목적은 살이었다. 그 단순한 사실을 어쩌자고 이제야 알아챘는지, 어쩌자고 그 많은 사람 중에, 그 많은 꿈 중에, 갈색9번과 네가 이렇게 맞아떨어지는지, 인생은 불가사의하다.

너는 사력을 다해 갈색9번의 엉덩이로 돌진한다. 갈색9번의 엉덩이를 주무르면 주무를수록 너는 그 예쁜 엉덩이에 숨이 넘어간다. 숨이 넘어가지 않음 어쩔 것인가. 부동산이 들어있고 글래머 아가씨와 보건복지부장관과 왕의 왕이 들어있는데, 호 불면 날아갈세라 후 불면 깨질세라 어여쁘게 어루만진다. 이럴 줄 알았으면 진즉에 알아 모시는 건데 공연히 매너 차린답시고 뜸만 들인 게 아깝다. 생각해 보면 딱히 아깝기만 한 건 아니다. 모름지기 모든 일엔 순서가 있고 기초공사가 있다. 터전을 닦아놓지도 않은 채 천방지축 날뛰기만 한다면 그거야말로 날림공사다. 적어도 너는 날림공사를 강행하는 강심장은 아니다. 성실과 노력으로 최선을 다하는, 아주 진중하고 과묵한 사람이다. 너는 새삼 네게 뿌듯해진다. 이 사모님을 양어머니로 삼아 말아? 애인으로 삼아 말아? 양어머니도 좋고 애인도 좋다. 수륙양용에 전천후에 다다익선이라는 말이 있듯, 무엇이든 많을수록 좋다. 그제야 너는 세상 사람들을 가슴 깊이 이해한다. 더불어 고소하고 넉넉해진 마음으로 세상의 모든 악까지도 포용하기로 한다. 오, 세상은 아름다워라.

크하, 크하, 너는 신바람 나는 손길로 갈색9번의 몸 구석구석을 주무른다. 드디어 배다. 갈색9번의 배는 출렁출렁 넓기도 넓다. 타이타닉과 퀸엘리자베스와 엔터프라이즈가 종횡무진 들락거려도 끄떡없을 정도다. 너는 두 손으로 넓고 넓은 갈색9번의 배를 훑는다. 공손히, 아주 공손히. 공손히 배만 훑다보니 심심해진 탓일까. 느닷없이 갈색9번의 뱃속엔 무엇이 들어있을까 궁금해진다. 삼계탕? 뱀탕? 비아그라 먹은 웅담? 그 웅담을 먹은 초나라의 우여인이 투실투실해진 얼굴로 영특해진 온달에게 아양을 떤다. 온달이 다국적기업을 거느리겠다고 기염을 토하자, 양귀비가 아편을 빡빡 피며 노세노세 젊어서 노세를 리메이크로 부른다. 이에 우 여인이 운동장만큼이나 넓은 배로 양귀비를 납작 깔아뭉갠다. 온달은 박수를 치며 버버리 코트 주머니에서 태그호이어 선글라스를 꺼내 쓴다. 우 여인이 씩씩거리며 일어나 신권을 빡빡하게 넣은 MCM블랙 비세토스 지갑을 온달에게 쥐어준다. 그것으로는 턱없이 모자란다는 걸 너무나 잘 아는지라, 우 여인은 하녀들에게 손짓하며 지시한다. 애들아, 이 양반에게 얼음 동동 띄운 식혜 한 사발 갖다 드리고 저 화초장에 있는 땅문서 좀 꺼내 와라.

"핸드백 가져와봐. 조기 옷걸이에 걸어 논 거."

이크, 겁나라. 갈색9번은 잠망경과 현미경과 천체망원경을 동원한 것일까. 어쩌면 접신을 하고 있었는지도 모른다. 하여간 기쁘다.

"옙!"

너는 씩씩하게 일어나 날개 걸음으로 옷걸이로 간다. 네 손에 잡힌 악어핸드백의 감촉, 질감 한번 끝내준다. 너는 악어핸드백을 갈색9번에게 건넨다. 공손히, 아주 공손히. 갈색9번이 딸깍, 핸드백을 연다. 이렇게 고혹적인 소리는 듣다듣다 첨이다. 살이 내는 소리도 좋긴 하나 이 딸깍 소리에 비하면 소음이다. 너는 귀를 쫑긋, 오감을 동원한다.

"이게 요즘 한창 뜨는 서해안 땅이 들어있는 문서야."

"예에~"

너는 침이 질질 흐르는 목소리로 납죽 긴다. 그토록 갖고 싶던 땅이 저 종이쪽지에 들어있단다. 갈색9번은 벌써 이분의 일쯤 너의 은인이 된 셈이니 나머지 이분의 일마저 은인이 되어 준다면 땅, 땅, 땅, 땅은 너의 것이 될 것이며, 땅땅거리며 떵떵거리며 사는 건 시간문제다. 헌데 어쩐 일인지 부스럭부스럭 종이 접는 소리가 나는가 싶더니 딸깍, 핸드백 닫는 소리가 난다. 너는 두 번째 나는 딸깍, 소리에 그만 졸도하고 싶어진다. 이걸로 끝이란 말인가. 도장을 찍으라는 소리는 나지 않고 충고인지 조언인지 모를 소리만 난다.

"잘 해봐. 다 하기 나름이라는 말도 있잖아?"

아, 이럴 수가. 그제야 너는 너를 깨닫는다. 너는 너무 공손했다. 갈색9번이 살을 고백할 수 없을 정도로, 살을 고백하면 고백하는 자신이 부끄럼을 탈 정도로, 너는 너무 예의가 발랐다. 시설비를 투자한 것도 까맣게 잊고 그저 몽상 만화나 그리고 있었으니, 너는 손톱이라도 물어뜯어가며 십 박 십일일쯤 반성해야 한다.

영차, 영차, 너는 있는 재주 없는 재주를 동원해 갈색9번의 성으로 진격한다. 이번엔 가슴이다. 뭉실 솟은 가슴은 엉덩이를 축소시킨 것과 진배없다. 너는 한때는 뜨거웠을 갈색9번의 가슴에 몰입한다. 드디어 살의 소리가 나기 시작한다. 갈색9번이 원했던 건 바로 이 소리다. 몸의 모든 관을 타고 마치 트림처럼 나오는 소리에 갈색9번은 도취한다. 마침내 갈색9번이 살갗을 쓰다듬는 듯한 목소리로 옷걸이 쪽을 가리킨다.

"핸 …… 드 …… 백 …… 핸 …… 드 …… 백 …… "

아, 핸드백! 그 기름진 땅이, 높고 높은 빌딩이, 저 쬐끄만한 핸드백에 들어있다는구나. 너는 종이보다 가볍게 일어나 비행기보다 빠르게 핸드백을 가져온다. 딸깍, 핸드백 여는 소리가 짤랑짤랑 네 귀를 꼬집는다. 세상엔 이렇게 사랑스런 소리도 있다. 이런 소리를 몰라보는 사람이야말로 장님이며 귀머거리다. 너는 땅과 빌딩이 나 여기 있어요, 어서 날 좀 차지해줘요, 애걸복걸하는 소리를 들으며 갈색9번의 말씀을 경청한다.

"이 서류에 도장만 찍으면 이 땅은 군의 땅이 되는 거야. 오케이?"

부르르 떨리는 몸. 서운했던 마음은 언제 그랬냐싶게 네게 등을 돌린다. 너는 부르릉 부르릉 시동이 걸린 차로 진정, 진정하기가 어려워진다. 너는 고개가 떨어져라 끄덕이며 갈색9번의 허벅지 깊은 곳, 치골과 미골근으로 들어간다. 갈색9번은 거칠어진 너를 내치지도 제지하지도 않는다. 너는 이미 걸린 시동을 기점으로 빠르게 출발한다. 좌회전과 우회전, 유턴과 후진을 반복하지만 정차나 주차는 하지 않는다. 그저 땀에 땀을 흘리며 주행에만 전념한다. 갈색9번이 비포장도로를 달릴 때와 같은 소리를 내뱉는다.

"으—음— 조오아, 딱이야. 난 그깟 태그호이어 따위로 장난치진 않아."

움찔, 너는 많이 놀란다. 거칠다는 것과 터프하다는 것의 차이가 어떤 것인지 알 수 없음에 놀라고, 태그호이어 따위로 장난치지 않겠다는, 헌법에 버금가는 소리에 놀란다. 세상이 이렇게 긍정적이기만 하다면 밥걱정은 하지 않아도 되고 애정의 삼각관계니 불륜이니 떠들어대지 않아도 된다. 주행의 목적은 이렇듯 달리고 달리는 가운데 목적지와의 거리를 좁힌다. 목적지에 닿기만 해

봐라. 너는 열심히 주행에 너를 바친다.

"으—으—으음 핸 …… 드 …… 백 …… "

이번에야말로 진짜다. 지금까지 쉬지 않고 주행을 했으니 보상을 바란다고 죄가 되진 않을 것이다. 너는 토끼 귀보다 더 길어진 귀를 얼른 접고 물 찬 제비로 핸드백을 가져온다. 딸각, 그리고 부스럭부스럭.

"이 땅 말인데, 눈독 들이는 자들이 어찌나 많은지. 구매한 지 얼마 되지도 않았는데 스물다섯 배나 뛰었어. 앞으로 이백오십 배 뛰는 건 식은 죽 먹기야. 군이 끝까지 나를 감동시킨다면 이까짓 거야 껌 값이지. 내가 누군지 안다면."

그걸로 끝. 갈색9번은 다시 딸각, 땅문서를 핸드백에다 넣는다. 보아하니 뜸을 들이다 못해 두껍게 누룽지가 앉을 때까지 갈 참인 듯하나 그렇다고 실망할 너도 아니다. 결정적인 순간은 있을 것이고 그때 가서 빡빡 긁어먹어도 늦지는 않다. 더욱이 주행을 마치지도 않았으니 감동시킬 과제가 남아있는데다, 주행 끝에 느긋하게 긁어먹는 것 또한 별미 중의 산 별미가 될 것이다.

너는 다시 살을 리드하러 간다. 갈색9번의 턱을 거쳐 뒷목에 이르자 너는 미리부터 후끈 달아오른다. 뒷머리에서 뒷목으로 넘어가는 바로 그 경계는 급소이자 황홀경에 이르는 부분이다. 그 부분을 짧고 세게 누르면 정신은 잃고 몸은 가볍게 뜬다. 오르가즘과는 다르나 오르가즘과는 비교할 수 없이 전신이 강하고 몽롱하게 취하게 된다. 너는 잠시 망설인다. 몸을 감동시키는 부분이야 얼마든지 알지만 이 부분은 아무래도 생략하는 게 좋다. 정석대로, 너는 꾸준하게 고속도로를 달려 막다른 골목에 주차한다. 갈색9번이 괴성에 가까운 소리를 내더니 씩씩 쌕쌕 숨을 몰아쉰다. 너의 주행은 성공이다. 이제 너는 너의 희망, 곧 딸깍에 숨이 딸깍 넘어갈 차례다. 서서히 갈색9번의 숨이 잦아든다. 숨이 잦아들어 숨소리도 나지 않을 즈음까지 기다려보지만 핸드백 가져오라는 소리는 나지 않는다. 할 수 없다. 너는 인류가 갖고 있는 모든 참을성을 소집해 립 서비스로 마무리를 한다.

"사모님은 신체 나이가 소녀이십니다. 제가 부족한 점이 많아 사모님을 잘 모셨는지 모르겠습니다."

갈색9번은 응 인지 어 인지 모를 대답을 하며 부스스 일어난다. 너는 언제쯤 핸드백 가져오라는 분부가 내릴까 목이 늘어진다. 야속하게도 핸드백 분부는 없고 옷 입는 소리만이 천둥소리로 난다. 이렇게 절망적인 소리도 있을까. 너는 마음을 갈퀴는 소리에 진저리를 치며 갈색9번 앞에 무릎을 탁 꿇는다.

"싸모니임 ……"

너의 콧소리는 가볍지 않다. 듣기에 따라선 처량 맞기도 한데 마지막 연출이니 그럴 만도 하다. 사람의 마음을 맞추는 것은 요리의 간을 맞추는 것보다 까다로워, 나노 초를 사이에 두고 애정이 짜증과 분노 혹은 지겨움과 권태로 바뀌는 수가 있다. 마음의 다리란 다족류와도 같이 수없이 많아, 그 많은 다리들이 제 각각 경련을 일으킬 때면 준비할 새도 없이 낭떠러지로 떨어지게 된다.

헌데 부실하기 짝이 없어 보이는 허족일지라도 일단 작동하는 그 순간만큼은 실세로 위세를 떨치기도 하니, 가볍게 나와야 할 콧소리마저 무겁게 나온다.

갈색9번이 딸깍, 핸드백을 연다. 덜덜덜. 혼이 떠는 소리가 파동에 파동을 일으킨다. 너는 지문이 닳을 걱정에 눈앞이 흐려지는데 갈색9번은 부스럭부스럭 대신 지갑을 연다.

"수고했어. 근데 감동이 부족했어."

갈색9번이 지폐 몇 장인가를 방바닥에다 날린다. 뭐가 어째? 감동이 부족? 너는 벌떡 일어나 갈색9번의 앞을 가로막는다.

"감동이 부족했다니요. 저는 희망과 꿈을 몽땅 팔아가며 사모님을 모셨습니다. 돈 몇 푼 받자고 그랬겠습니까."

너의 말은 처절하다. 희망과 꿈을 팔았을 때보다 처절하다. 그러나 그 처절은 너의 것이지 갈색9번의 것은 아니다.

"왜? 수표라도 기대했나? 웃기는군. 이거 비키지 못해? 내가 누군 줄 알고 감히."

갈색9번이 너를 밀친다. 너는 양팔을 벌려 갈색9번의 앞을 막아선다. 갈색9번이 막 간 칼날의 음성으로 여지없이 너를 벤다.

"비키지 않음 어쩔 건데? 어차피 군은 내 아들이 아니야. 내 아들이 아닌데 어찌 감동하겠나? 내 아들은 태어날 때부터 앞을 못 봐. 헌데 군은 대학 때 소경이 됐다며? 난 내가 버린 아들을 찾으면 주려고 땅문서를 가지고 다녀. 이제 좀 감이 잡히나?"

감동은 감동이다. 이만한 감동은 천지간에 날벼락 감동이다. 이럴 때 다큐멘터리 피디는 어딜 가서 코빼기도 보이지 않는단 말인가. 없는 피디 기다리느니 관절염 걸릴 때를 기다리는 게 빠르다. 일순 너는, 기다림을 팽개치고 갈색9번을 와락 얼싸안고 흐느끼기 시작한다.

"으흐흐흑, 어머니! 제가 바로 어머니의 아들이에요. 아까 대학 때 눈이 멀었다고 한 말은 거짓말이었어요. 저는 태어날 때부터 눈이 멀었어요. 저야말로 어머니를 찾기 위해 안마를 시작한 거예요. 으흐흑, 어머니! 어머니의 아들을 잘 보세요."

너는 너의 뺨을 찰싹찰싹 때려가며 너의 얼굴을 갈색9번에게 들이민다. 갈색9번이 너를 떼어내며 생선 비린내 같은 웃음을 흘린다.

"그래? 근데 말이야, 내 아들은 아무나 될 수 없어. 내 아들은 귀까지 먹었거든."

무슨 말이 이런 말도 있단 말인가. 너는 떵한 머리로 절벽 같은 눈을 갈색9번에게 꽂는다. 환호가 보장될 미래가, 끗발 좋게 펼쳐질 꿈이, 독극물 같은 말에 녹아 흐칠흐칠 풀어진다. 단내 나게 안마하던 손길이 거꾸러지고, 간택당한 자로서 더 없이 간드랑거렸던 때는 있지도 않다.

갈색9번이 너를 밀치며 문 쪽으로 간다. 속았다! 너는 황급히 갈색9번에게로 간다. 갈색9번이 문손잡이를 비튼다. 너는 갈색9번의 뒤로 가서 한 팔로 갈색9번의 목을 휘어 감는다. 갈색9번이 윽, 외마디를 지른다. 너는 갈색9번의 뒷목의 혈을 짧고 강하게 누른다. 갈색9번의 목이 힘없이 푹 꺾인다. 너는 갈색9번이 바닥에 쓰러지는 대로 내버려둔다. 참고 참았던 욕이 목줄을 타고 거침없이 쏟아져 나온다.

"이런 거지발싸개 할망구야! 꿩도 먹고 알도 먹고 깃털마저 뽑아 모자여 외투까지 해 입으시겠다? 나야말로 누군 줄 알고 고따구로 나오시나?"

너는 쓰러져 있는 갈색9번을 홈 패인 눈으로 노려본다. 세상이 싱겁기로 이렇게 억지로 싱거우면 안 된다. 세상이 짜기로 이렇게 주름살투성이로 짜면 안 된다. 이윽고, 너는 갈색9번이 꼭 쥐고 있던 악어핸드백을 낚아채 땅문서를 꺼낸다. 땅문서로 휠휠 부채질을 해가며 복도를 걸어 나오는데, 미치게 웃음이 터져 나온다. 세상이 어찌 이리 귀엽고 어찌 이리 살 만하더냐. 클클클!


우르르 철썩철썩 쏴아, 우르르 철썩철썩, 쏴아 ……. 

아까부터 너는 바닷가에 서서 간 내에 온몸이 찌들어 있다. '오빠한테만'이 할끔, 너를 보며 중얼거린다.

"이상하다, 여기가 맞는데 …… 오빠, 여기가 오빠 땅 맞아?"

너는 입도 무겁게 고개만 끄덕인다. '오빠한테만'이 땅문서를 앞뒤로 넘겨보며 또 중얼거린다.

"번지는 맞는데 아무리 찾아봐도 땅이 없어. 바닷물밖엔."

너는 '오빠한테만'이 들고 있던 땅문서를 빼앗아 들여다본다. 질기도록 캄캄한 눈엔 아무 것도 보이는 게 없다. '오빠한테만'이

쫑알거리며 네 속을 뒤집어놓는다.

"바닷물에다 어떻게 별장 같은 집을 지어?"

너는 땅문서를 와락 구기며 침을 퉤 뱉는다.

"기다려봐. 물이 빠지면 개펄이라도 나올 거 아냐."

바닷물이 빠지고 개펄이 나오고, 다시 바닷물이 차고 개펄이 나오는 동안, '오빠한테만'은 네 팔에 매달려 발을 동동 구르는데, 너는 오빠의 카리스마를 유지하려 무진장 애를 쓴다. 네 속을 아는지 모르는지 파도 소리는 야속하게도 우렁차기만 하다. 너는 콧잔등까지 흘러내린 태그호이어를 치켜 올리며 갈색9번을 작신 두들겨 패는 장면에 눈이 번쩍 뜨인다. ◻

닉스(Nyx) : 그리스 신화에 나오는 밤의 여신.

## ■ 왜냐고 물으신다면

유감스럽게도 이 원룸 욕실엔 욕조가 없다. 때문에 물이 가득 담긴 욕조에 몸을 푹 담글 수가 없다. 욕조 안에서 시뻘겋게 동맥을 끊기도 어렵다. 그래서 다행일 수도 있고 불행일 수도 있다. 욕조가 없다는 사실은 행운과도 같이 벌어질 일조차 허용하지 않는다. 예를 들면 이렇다. 욕조 주인은 물이 가득 담긴 욕조에 누워 공상을 떤다. 이때 침입자가 살금살금 다가온다. 주인은 침입자를 보곤 욕조에서 뛰쳐나오려 한다. 침입자는 그런 주인을 죽이려하고 주인은 침입자를 막으려 물을 튀기며 싸운다. 마침내 주인은 물이 가득 담긴 욕조 속에다 침입자를 처박는다. 침입자가 버둥거

리는 틈을 타 주인은 콘센트에 꽂혀있던 드라이어를 작동시켜 욕
조 속에다 던진다. 만약 안전차단기가 없거나 고장난 집이라면,
물먹은 전기 드라이어는 전기를 마구 뿜어대고 침입자는 전기에
찔려 죽고 말게 될 것이다.

　여기 미성트윈힐스 B동 101호에는 욕조가 없다. 그래서 다행일
수도 있고 불행일 수도 있다. 나는 원룸 한 복판에 멀거니 앉아 공
상도 아니고 상상도 아닌 생각을 하다 만다. 실내기온이 차츰 올라
간다. 부스스 일어나 문이란 문은 죄다 닫는다. 여름 한복판에서
실내가 견딜 수 없이 더워진다. 팬티와 브래지어만 빼고 옷을 훌훌
벗는다. 15평을 달구는 열기가 인정사정없이 전신을 파고든다. 겨
드랑이와 이마에서 땀이 흘러내린다. 나는 15평 원룸을 통째로 욕
조 삼아 반신욕을 한다. 말이 좋아 반신욕이지 지금과도 같은 반신
욕은 그저 기분 나쁘게 꿉꿉하고 지저분한 열기일 뿐이다.

　팬티와 브래지어 차림으로 시간이 가는지 서는지 모르게 실내
를 왔다 갔다 한다. 땀이 미끌미끌 온몸을 타고 흘러내린다. 땀 속
을 헤엄치다말고 문득 그 자리에 서서 풍만한 뱃살을 내려다본다.
울퉁불퉁한 뱃살이 꿉꿉하고 지저분한 열기보다 더 기분 나쁘다.
도저히 내 살이라고는 믿어지지 않는 이 뱃살을 한 움큼 잡아본
다. 삼겹살, 아니 오겹살쯤 되는 살덩이 속에서 뭉글뭉글 더운 김
이 올라온다. 김을 타고 표피세포를 장악했던 놈이 힛, 웃는다. 놈
을 노려보며 악랄하게 다시 한 번 뱃살을 잡아본다. 진피세포를
갉아먹던 년이 호홋, 웃는다. 웃고 있는 이 살덩이를 살짝 구울까

태우며 구울까 하다 그만 놓아버린다. 오곡백과와 미움이 뒤엉킨 뱃살이 출렁 내려앉는다.

뒤룩뒤룩 베란다로 나간다. 때가 잔뜩 낀 분홍색 버티컬이 한 치의 틈도 없이 내려져 있다. 버티컬을 살짝 들추고 밖을 내다본다. 하나같이 충북 번호판을 달고 일렬종대로 서 있는 차들 가운데 번호도 선명한 8603 서울 번호판 소나타가 햇빛을 받아 반짝인다.

버티컬을 살그머니 놓고 안으로 들어간다. 찜질방보다 더 더워진 실내에서 멍하니 선다. 할 일이 없다. 내겐 이 시간 이 순간에 해야 할 일이 도무지 없다. 아니 있긴 있다. 생각이라는 것, 고놈의 것이 또 몽실몽실 떠오른다. 이 원룸에서 한 달을 채울 수 있을까 두 달을 채울 수 있을까. 아니 일 년? 일년은 너무 과하다. 두어 달만 살아도 잘 사는 편이다. 두어 달 안에 나는 죽지 않을까? 만약 여기서 죽게 된다면, 만약 여기서 영영 나가지 못하게 된다면, 만약 여기서 새로운 일을 겪게 된다면 …… 만약이라는 가정법을 써서 생각했지만 만약이 진짜가 될 가능성은 얼마든지 있다. 하지만 여기서 죽는다, 여기서 영영 나가지 못하게 된다, 이 두 가지 사실은 현실성이 희박하다. 왜냐하면 욕조가 없기 때문이다. 욕조가 없는 죽음은 내게 종이인형의 죽음만도 못하다. 결국 가능성이란 여기서 새로운 일을 겪게 된다면 이다.

새로운 일, 새로운 일 …… 땀으로 멱을 감으며 새로운 일을 구상한다. 그렇다! 그게 바로 새로운 일이다. 땀으로 범벅이 된 몸에다 서둘러 티셔츠와 반바지를 주워 입는다. 옷이 몸에 질척질척

달라붙고 땀은 옷을 벗었을 때보다 더욱 왕성하게 피지선을 뚫는다. 모공을 뚫은 땀은 손톱 발톱 끝에서마저 흘러나온다. 옳거니, 하고 굵은 땀을 입고 소리 나지 않게 현관문을 연다. 문을 아주 조금 열고 겨우 얼굴만 내밀어 바로 건너편 102호를 본다. 102호는 굳게 닫힌 채 기척이 없다.

문을 활짝 열고 성큼성큼 102호 앞으로 간다. 102호에 귀를 대도 들리는 소리는 아무 것도 없다. 102호의 벨을 누른다. 안에서 누구시냐고 묻는다. 앞집에 사는 사람이라고 대답한다. 문이 열리고 까만색 반바지에 흰색 긴 팔 폴로 티셔츠 차림의 남자가 나온다. 안녕하세요? 요기 101호에 사는 사람인데요, 선풍기 좀 빌릴까 해서요. 남자는 이 더위에도 땀 한 방울 흘린 기색 없이 땀으로 홀딱 젖은 나를 훑어본다. 남자는 한눈에 보기에도 성의가 없어 보이는, 시큰둥한 투로 그렇게 하라며 안으로 들어간다. 남자가 들어오라는 소리를 하지 않았음에도 나는 남자의 집안으로 들어간다.

남자가 베란다 수납장에서 선풍기를 꺼내는 동안 실내를 둘러본다. 더블침대와 소파, 공기청정기와 주방을 꽉 채운 그릇들, 수납장을 채우다 못해 베란다 빨래걸이에까지 걸려있는 옷들, 모던한 슬림형 컴퓨터. 모니터에는 숫자가 잔뜩 적힌 표 그림이 화면을 가득 채운다. 나는 커서가 깜박이며 보여주는 숫자에 눈을 박는다. 남자는 숫자에 정신을 팔고 있는 내게 선풍기를 가져가라고 말한다. 선풍기를 받아들며 남자에게 말을 붙인다. 무슨 사업 같은 걸 하시나 봐요? 예, 그렇습니다. 사업이라면 어떤 …… 인터넷 경매도 하고 돈이 되는 이런 저런 것들을 합니다. 나는 연신 고개를 끄덕이며 낯 두껍게 묻는다. 혼자 사세요? 예, 그렇습니다. 혼자 사는 사람치곤 살림이 꽤 많네요. 그런 셈 …… 이지요. 살림이 다 새것 같은데 모두 새로 산 것인가요? 예, 그렇습니다. 시간이 나면 우리 집에도 좀 놀러오세요. 드디어 남자가 약간은 귀찮다는 듯, 고개를 끄덕인다. 나는 남자가 준 선풍기를 들고 101호로 돌아온다.

살림살이라곤 하나도 없는, 텅 빈 원룸 복판에 서서 선풍기가 든 박스를 내려다본다. 선풍기는 새로 사서 한 번도 뜯지 않은 것인지 박스엔 굵고 노란 줄이 탄탄하게 묶여있다. 나는 선풍기 박스를 벗기지 않은 채 가져다 놓은 그 자리에 그대로 둔다.

할 일이 없으므로 방바닥에 누워 등판을 탁본해본다. 두툼한 등판엔 먼지조차 찍혀 나오지 않는다. 자세를 바꿔 엎드려본다. 앞가슴에 찍혀 나올 건더기 같은 것도 없다. 쓸데없는 생각들을 탁본해 보기로 한다. 이 원룸은 원래 이천만 원을 보증금으로 내고 들어오는 임대아파트인데 그 임대를 임대했다. 즉 임대 주인에게 보증금 오백만 원에 월 이십팔만 원을 주기로 하고 임대한 것이다. 이런 사실은 다시 생각해야할 만큼 중요한 게 아니다. 중요하지도 않은 사실을 마치 중요한 것인 양 열심히 생각한다. 그래야 한다. 그렇게라도 해야 시간을 죽일 수 있다. 시간을 죽이는 소리가 난다.

벌떡 일어나 차 시동 소리가 나는 쪽으로 달려간다. 땟국이 줄 줄 흐르는 버티컬을 살짝 들춘다. 8603 서울 번호판 소나타가 후진하는가 싶더니 홱 가버린다. 갑자기 전의를 잃은 병사와도 같이 기운이 탁 떨어진다. 새로운 일이란 너무도 새롭지 못했다. 고작 선풍기 한 대를 빌린 것이 새로운 일이라면, 그래도 내겐 새로운 일이다. 버려도 시원찮을 버티컬을 주루룩 잡아당겨 옆으로 민 다음 베란다 문을 활짝 연다. 활짝 열린 청주, 나는 청주 시민도 아니면서 청주 시내 미성트윈힐스 B동 101호에 와 산다.

아무리 둘러봐도 욕조는 보이지 않는다. 욕조가 없는 욕실은 상상이 들어있지 않은 동화책이다. 상상이 꼼짝도 하지 않는 이 메마르고 삭막한 욕실에서 샤워기를 들고 수도꼭지를 튼다. 찬물이 더위에 익을 대로 익은 몸에 와다닥 소름을 돋운다. 이런 자극은 새로운 일에 좋게 작용할 것인가 나쁘게 작용할 것인가. 이런 자극은 새로운 일을 선하게 끌고 갈 것인가 악하게 끌고 갈 것인가. 선과 악을 떠나 나는 욕조 없는 욕실을 만든 시공자를 탓하며 샤워를 마친다.

욕실을 나와 현관문을 활짝 열고 도어스토퍼로 고정시킨다. 앞 베란다 쪽과 복도 쪽에서 바람이 맞닥뜨린다. 바람이 만나는 그 중간 지점에 멍하니 선다. 102호의 문은 굳게 닫힌 채 꿈쩍도 하지 않는다. 앞 베란다로 나가 바깥을 살핀다. 8603 소나타는 보이지 않는다.

안으로 들어와 두 팔을 축 늘어뜨린 채 마치 고릴라처럼 왔다 갔다 한다. 붙박이 장롱에 붙은 거울이 비대한 몸을 집어삼킨다. 두껍게 겹이 진 뱃살, 몽땅한 다리, 결코 매끄럽다고 할 수 없는 피부가 혼자 보기엔 아깝다. 이런 환상의 삼박자 때문에 여기 청주 미성트윈힐스로 오게 되었을 수도 있다. 이런 생각은 자격지심일 지도 모른다. 이런 자격지심을 끌어내 잡아먹을 일마저 없다면 전혀 할 일이 없게 된다. 할 일 없이, 나는 왜 여기까지 왔을까. 그렇다. 할 일이 없기 때문에, 할 일이 없다는, 오직 그 하나의 이유를 달고 여기 청주 미성트윈힐스까지 왔다.

거울을 보는 것도 때려치운다. 거울 속엔 늘 같은 얼굴과 같은 생각만 들어있다. 나는 새로운 것을 원한다. 그렇다고 새로운 얼굴과 새로운 목소리, 새로운 생각을 말하는 건 아니다. 습관과도 같은 얼굴, 혹은 목소리, 또는 생각이라도 나를 충동질할 만한 변화를 말한다. 찬물로 샤워를 했음에도 서서히 지쳐간다. 이는 새로운 일을 만나지 못했기 때문에 오는 증세다. 문득 박스를 벗기지 않은 선풍기가 눈에 들어온다. 새로운 일을 찾아 선풍기 박스를 뜯는다.

당당히 '품' 자를 단 선풍기가 옅은 옥색을 드러낸다. 미풍이라 써진 버튼을 눌러본다. 미풍이라 지명된 바람이 미풍을 흉내 내며 분다. 미풍을 끄고 약풍을 눌러본다. 이런 바람을 약풍이라 하는지는 모르겠지만, 아무튼 약풍이라 지칭된 바람이 분다. 약풍을 끄고 강풍을 눌러본다. 강풍이라는 바람이 미풍과 약풍을 누르고 제법 세게 분다. 미풍, 약풍, 강풍을 차례로 누르다 거꾸로 누르다 한다. 이 짓도 싫증이 난다. 에라 모르겠다. 이번엔 이 버튼 저 버튼을 뒤죽박죽 누르기도 하고 두 버튼을 한꺼번에 누르기도 한다. 바람은 바람을 가지고 장난을 치는 나를 내버려둔다. 내 장난을 저지하지 못하는 바람에게 짜증이 난다. 정지버튼을 누른다. 바람은 일시에 사라지고 실내에는 바람이 불기 전보다 더욱 더 고요해진다. 발칵 일어나는 걸로 질식시킬 듯한 고요함을 짓밟는다. 내게 짓밟힌 고요함은 그래도 끄떡없다며 나를 짓누른다.

선풍기를 원룸 복판에다 옮겨놓는다. 이걸로 질식시킬 듯한 고요함에 두 번째 복수를 가한다. 두 번씩이나 복수를 했음에도 견딜 수 없이 뒤틀린다. 뒤틀린 눈에 미풍, 약풍, 강풍이 가득 들어온다. 발가락으로 미풍, 약풍, 강풍 버튼을 눌렀다 껐다 눌렀다 껐다 한다. '품' 자를 단 선풍기는 손가락이 아닌 발가락마저 용납해준다. 그래서 '품' 자를 달게 되었는지도 모른다. '품' 자를 단 선풍기는 '품' 자를 단 죄로 내 저질적인 변덕을 받아준다. 다 받아주니 한없이 따분해진다. 따분해지는 걸 보니 새로운 일로 선풍기를 가지고 놀던 짓은 이미 끝났다는 표시다. 다음엔 뭘 할까 싶은 바로 그 순간, 102호 남자가 내 쪽을 힐끗 보며 102호 문 앞에 선다. 나는 뛰듯이, 그러나 겉으론 천천히, 102호 남자에게로 간다.

저기 …… 다리미 좀 빌려줄 수 있어요? 남자는 푹푹 찌는 더위에도 폴로 긴 팔 티셔츠 깃을 올리고 하루 종일 땀 한 방울 흘린 기색이 없다. 남자가 조금 얄미워진다. 이 한여름에도 저렇게 빳드르르 하다는 것만으로도 남자는 미움을 받아도 싸다. 남자는 내가 어떻게 생각하는지 알 바 없다는 듯 선선히 그렇게 하라고 한다.

　남자를 따라 102호 안으로 들어간다. 남자가 붙박이장에서 다리미 박스를 꺼낸다. 나는 소파 한가운데에 앉아 남자가 주는 다리미 박스를 받아 옆에다 놓는다. 참 잘 생기셨네요. 나이가 …… 서른 살쯤으로 보이는데 …… 결코 잘 생겼다고 할 수 없는 남자는 어떻게 나이를 그렇게 콕 찍어 알아맞힐 수 있냐며 감탄한다. 나는 이 나이까지 살다보니 사람을 보면 어느 정도 나이가 보인다고 말한다. 남자가 컴퓨터 의자에 앉으며 내 나이를 묻는다. 나는 남자의 등판에 대고 쉰두 살이라고 대답한다. 그러니까 나는 댁한테 한참 누나인 셈이네. 앞으로 누나라고 부르면 되겠네. 나는 벌써부터 반말을 해가며 거침없이 누나라는 명세표를 남자에게 던진다. 남자는 내가 던진 누나를 누님이라 고쳐 부르며, 혼자 사냐고 묻는다. 나는 그렇다고 대답한다. 남자가 빙글, 내 쪽으로 의자를 돌린다. 그 나이에 왜 혼자 삽니까? 이혼을 당했으니까. 당한 게 아니라 자초한 건 아닙니까? 그렇게 말하는 동생은 어째서 혼자 살아? 저도 이혼했으니까요. 한 게 아니라 조장한 건 아니구? 아니요, 절대 그렇지 않습니다. 남자가 손사래까지 치며 열변을 토한다. 누님, 나 말이에요, 그렇게 나쁜 놈 아니에요. 나야말로 와이프를 사랑한 놈이에요. 어쩔 수 없어 이혼을 하긴 했지만 지금도 와이프를 생각하면 가슴이 아파요. 남자는 무척이나 고민이 된다는 투로 머리칼을 쓸어 올리며 한숨마저 쉰다. 그렇게 가슴

아프면 아프지 않게 하면 될 게 아냐? 다시 합치는 걸 말하는 겁니까? 엉! 그렇게 할까 수없이 생각했지만 한 번 헤어지고 나니 그게 잘 안 됩디다. 다른 여자가 생겨서 그런 건 아냐? 그렇죠, 다른 여자가 생겨서 그렇죠. 지금도 그 여자와 사귀고 있는 중이야? 아니요, 그 여자완 사 년을 동거했는데 일 년 전에 헤어졌어요. 동거하던 집에선 그 여자가 생각나 이 원룸 저 원룸으로 이사를 다니게 됐는데 사람의 마음이라는 게 뜻대로 되지 않더라구요. 그 여자 사진 좀 보여줄 수 있어? 남자는 조금 머뭇거리는 듯하더니 지갑에서 사진 한 장을 꺼낸다. 사진 속의 여자는 이십 대 초반으로 보이는데 남자는 여자가 올해 서른 살이라고 말한다. 나는 여자의 얼굴을 독기 어린 눈으로 보는 것과는 달리, 샘이 나는 눈으로 보는 것과는 달리, 여유만만하게 보며 말한다. 탤런트보다 예쁘다아, 다시 잡아! 남자가 고개를 갸웃 한다. 글쎄 그것이 …… 여자가 마음을 독하게 먹고 갔기 때문에 다시 잡긴 어려울 거예요. 나는 별로 잘 생기지도 않은 남자를 있는 대로 부추긴다. 무슨 소리야? 여자도 예쁘지만 동생은 여자보다 더 잘생겼는데 뭘 그래. 문제는 동생이 너무 잘 생겼다는 거야. 여자들이 동생하고 살면 의부증 같은 게 들 것 같아. 맞지? 전 부인도 그래서 헤어진 거지? 남자가 헤벌쭉 벌어진 입을 다물지 못한다. 나는 남자의 흥이 떨어지는 걸 원치 않았으므로 흥이 고조될 만한 말을 늘어놓는다. 전 부인도 그렇지만 동거녀도 참 그렇다. 이렇게 잘 생기고 분위기도 좋은 남자를 놓치다니 …… 돈도 잘 버는 것 같은데 …… 헤벌쭉 벌어진 남자의 입이 한참이나 더 벌어진다. 나는 벌어진 입을 꽉꽉 채울 수 있는 그 어떤 게 있었으면 하는 바람이 간절해진다. 벌어진 입에서 단 한 마디도 튀어나올 수 없게 할, 둥근 바늘뭉치 같은 게 머릿속을 떠다닌다. 남자는 히죽히죽 웃어가며 누님은 자리를 깔아도 되겠다고 말한다. 나는 자리를 깔면 고객이 되어 줄 거냐고 묻는다. 남자는 그걸 말이라고 하냐며 아는 사람들을 다 동원해 누님의 사업을 번창시켜 줄 수도 있다고 말한다. 나는 말이 이렇게까지 났으니 우리 본격적으로 자리 한 번 깔아보는 게 어떻겠냐고 제안한다. 남자는 누님 실력대로 하시라며 주방으로 간다.

남자가 냉장고에서 캔 맥주 두 개를 꺼내온다. 남자는 초록색 글씨의 맥주와 파란색 글씨의 맥주를 들이밀며 어떤 걸로 드시겠냐고 묻는다. 나는 초록색을 잡는다. 남자는 그럴 줄 알았다며 파란색을 들고 컴퓨터 의자에 앉는다. 나는 맥주가 왜 두 종류인지 묻는다. 남자는 동거했던 여자가 바로 그 맥주를 좋아했다고 말한다.

나는 남자의 동거녀가 좋아했다는 맥주를 까 꿀꺽꿀꺽 마신다. 남자가 그런 나를 빤히 쳐다본다. 내가 보기에 남자는 맥주 마시는 내 모습을 보며 동거녀의 얼굴을 오버랩 시키는 듯하다. 나는 사진 속의 동거녀가 어떤 모습으로 마셨을까 궁리한다. 긴 머리를 살짝 뒤로 젖히는 듯하다가 고개를 약간 위로 치켜든 채 남자를 보며 마셨을 그림이 떠오른다. 남자의 동거녀를 흉내 낼까 하다 그만둔다. 고개를 약간 들고 남자를 보며 마시는 건 할 수 있지만 결정적으로 안 되는 건 긴 머리가 없다는 점이다. 쇼트커트 머리를 살짝 뒤로 젖히는 흉내를 내 봐야 머리가 잘 안 돌아간다거나 혹은 머리에 쥐가 났다거나 아무튼 머리에 질병이 있다는 오해를 줄 확률이 높으므로 그런 짓은 하지 않기로 한다.

결론을 이렇게 냈으므로 나는 나만의 개성을 살려보기로 한다. 퉁퉁한 뱃살과 허벅지를 있는 그대로 노출시키면서, 미에 대해선 일찌감치 포기한, 여자가 아니라 누님이라는, 그러나 다른 한편에 선 살을 가진, 살만이 보여줄 수 있는 섹시함을 드러내고자 한다. 작전을 실행하기에 앞서 두터운 뱃살과 허벅지가 잘 노출될 수 있는지 살펴본다. 정조대는 저리 가라로 신체를 옷으로 중무장한 꼬락서니가 노출은커녕 노발대발해도 시원찮을 차림새다. 긴 바지에다 목까지 단추를 꼭꼭 채운 티셔츠, 거기다 양말까지…… 장갑을 끼거나 모자를 쓰지 않은 것만도 다행이다. 나는 이런 내 모습에 질려 그만 자리를 박차고 일어난다. 남자가 발작과도 같이 일어나는 나를 멀뚱히 쳐다본다. 나는 먹다 만 맥주를 그 자리에 두고 101호 내 원룸으로 돌아온다.

밤비가 소리만으로도 황홀하게 내린다. 원룸 복판에 둔 선풍기 옆에 나란히 누워 밤비가 흐느끼는 소리를 듣는다. 빗속엔 뱃살도 없고 흥분도 없다. 이혼도 없고 누락된 소외감도 없다. 부식되어 파기시켜야만 할 정신 같은 것도 없고 욕심이 부딪히는 소리도 없다. 밤비는 푸르게 누워있는 논이나 눈시울을 적시게 하는 쓸쓸한 바람과도 같이 조용히 나를 유혹한다. 나를 유혹하는 것은 나만을 유혹하는 게 아니라 만인을 유혹한다. 유혹이 유혹이 되지 못하는 유혹에 말려 방바닥에다 탁본만 찍어댄다. 찍혀 나오는 것이라곤 권태뿐이다.

밤비에 젖다 말고 나와 나란히 있는 선풍기를 튼다. 습습한 공기가 선풍기 날개에 말려 부서진다. 선풍기를 회전으로 튼다. 밤비를 먹은 공기가 사방으로 튀면서 잘려나간다. 갑자기 시시껄렁한 생각이 난다. 이 곤두박질치는 머리를 회전하는 저 선풍기 날개에다 들이대면 어떻게 될까.

후다닥 일어나 회전으로 튼 선풍기를 그대로 놔 둔 채 102호로 간다. 저기 …… 망치 좀 빌릴 수 있을까? 남자는 이 야밤에 뭘 하려고 망치를 빌리러 왔는지 묻지 않는다. 묻지 않는 남자가 밉살스러워진다. 남자는 외국인들이 흔히 하는 제스처로 양어깨를 약간 으쓱 하더니 안으로 들어간다.

남자가 들어오라는 소리를 하지 않았음에도 안으로 들어간다. 남자가 베란다 수납장에서 망치를 찾아들고 나온다. 남자 손에 들린 망치는 겨우 못 하나를 박을까말까 할 정도밖엔 되지 않는, 장난감에 가까운 망치다. 소파 한가운데에 털썩 주저앉아 남자가 준 망치를 옆에다 놓는다. 아까 내가 먹다 남긴 맥주 있지? 그거 줘. 나는 마치 내 집에서 내 식구에게 말하듯 한다. 남자는 그런 나를 상관하지 않겠다는 듯 아무렇지도 않은 표정으로 냉장고 문을 연다. 남자가 새 맥주를 내민다. 나는 먹다 남긴 맥주는 어따 됐냐고 묻는다. 남자는 김이 빠져 버렸다고 대꾸한다. 남자가 할 일 다 했다는 듯 컴퓨터 의자에 앉아 마우스를 잡는다. 모니터 안엔 도표와 숫자로 가득한데 남자는 그 속을 마우스로 헤집고 다닌다.

나는 숫자와 도표에서 멀리 떨어진 채 알루미늄의 그 산뜻하고 차가운 감촉을 만지며 맥주를 딴다. 남자는 말이 없고 밤비만 우두둑 소리를 내며 내린다. 남자가 모니터에 눈을 박은 채, 갈 때에는 놓고 간 다리미도 가져가라고 한다. 남자는 나를 떠다민다. 그런 남자를 거리낄 것 없이 노려본다. 내 시선이 아팠는지 남자가 천천히 몸을 돌린다.

나는 짐짓 베란다 쪽으로 시선을 돌린다. 어두컴컴한 빗소리가 성대를 열고 마음껏 소리를 뽑아낸다. 남자는 내가 빗소리에 취한 것으로 여겼는지 곰삭은 어투로 말한다. 밤에 내리는 비는 사람을 잡는다니까. 누님, 남자 붙여 줘? 나는 천천히 고개를 돌린다. 그래, 붙여줘라. 씩씩거리고 싶어 죽을 지경이다. 그러는 동생은 마누라도 없고 동거녀도 없이 무슨 재미로 재미를 보지? 남자가 힛, 웃더니 가려운 데 긁어줘서 고맙다는 식으로 대꾸한다. 내가 좀 잘 생겼어야지. 나, 나가면 놀 데 억수로 많아. 따라댕기는 년들 땜에 허구헌 날 보약이며 몸살약 달고 살잖아. 남자는 방귀 깨나 뀐다. 아는 척 좀 해 줬더니 맨땅인지 진땅인지 구분하지 못한다. 아니, 구분하고 싶어 하지 않거나 구분하지 못하는 척을 하고 있을 수도 있다. 그게 사실이라면 남자는 나를 놀리고 있는 중이다. 나는 할 일이 없었으므로 기꺼이 남자의 놀림감이 되어주기로 한다. 하긴, 동생 말이 맞아. 그래서 이렇게 호젓한 원룸을 얻어 사는가

보지? 그 숱한 여자들 중 맘에 드는 아가씨 있음 데리고 와서 ……
남자는 어이가 없다는 듯 끌끌 혀까지 찬다. 나 참, 누님도 알고 보
니 되게 순진하네. 이런 원룸에다 섣불리 여자 델구 오면 늘러 붙
어 어쩌라고? 남자는 여자를, 아니 세상을, 통째로 섭렵한 듯한 자
세다.

나는 더블침대를 보며 맥주를 벌컥벌컥 마신다. 꾹꾹 눌렀던 메
스꺼움이 거품을 타고 올라온다. 남자를 빤히 보며 끄윽 소리 나게
트림을 한다. 남자는 트림 따윈 안중에도 없다는 듯 다시 컴퓨터로
몸을 돌린다. 남자가 도표와 숫자로 들어가고 나는 남자와 컴퓨터
로부터 외따로 떨어진다. 외따로 떨어진다는 게 참을 수 없다.

망치와 다리미를 들고 102호를 나온다. 남자는 내가 나가든 말든
쳐다보지 않는다. 나는 102호 문이 닫히지 않게 도어스토퍼를 펴
고정시킨 다음 내 집 문도 닫히지 않게 도어스토퍼로 고정시킨다.

망치와 뜯지도 않은 새 다리미 박스를 선풍기 옆에 나란히 놓고
그 옆에 눕는다. 또다시 할 일이 없어졌으므로 시시껄렁한 생각이
든다. 선풍기와 망치와 다리미, 이 세 개는 삼각관계를 이룰 수 있
을까 없을까. 이 세 개는 서로가 서로에게 도움을 줄 수 있을까 해
를 줄 수 있을까. 세 개 중 나는 망치에 해당될까 다리미에 해당될
까 선풍기에 해당될까.

선풍기가 이쪽에서 저쪽으로 회전을 거듭한다. 회전에 회전을
거듭하는 선풍기 바람을 쐬며 건너편 102호를 본다. 남자는 여전
히 컴퓨터 의자에 앉아 문이 열렸는지 닫혔는지 모르는 눈치다.

남자는 돈이 되는 일이라면 이것저것 한다고 했는데, 도표와 숫자는 남자에게 뭉텅뭉텅 돈을 나누어 줄 것인가 뭉텅뭉텅 베어갈 것인가? 남자가 버는 돈은 건전한가 불건전한가? 남자가 소비하는 돈은 유쾌한가 불쾌한가?

남자가 건전하지도 불건전하지도 않은 얼굴로 고개를 돌린다. 나는 벌렁 누운 채 남자와 눈을 마주치려 한다. 남자가 컴퓨터 의자에서 일어난다. 가만히 누워 남자가 걸어오는 발걸음을 센다. 하나, 둘, 셋, 넷 …… 남자는 문을 반쯤 닫는가 싶더니 다시 연다.

남자가 내 원룸, 101호 앞에 선다. 나는 선풍기 옆에, 망치 옆에, 다리미 옆에 누운 채 남자의 목소리를 듣는다. 누님은 하루 종일 뭐 하며 지내? 살림이라곤 하나도 없는 걸 보니 누가 잡으러 오면 요땡 하고 도망치려나 부지? 나는 부스스 일어나 앉으며 들어오라고 손을 까분다. 요땡 하고 도망가려는 게 아니라 요땡 하고 도망가는 놈 잡으려구 그런다는 생각은 안 들어?

남자는 주춤주춤 내 원룸 복판 쪽으로 오면서 그런 비밀을 가지고 사는 줄은 미처 몰랐다고 응수한다. 나는 선풍기가 쏟아내는 바람을 맞으며 남자의 이름을 묻는다. 남자는 선풍기 바람이 닿지 않는 쪽으로 가 앉으며 대꾸한다. 이름 따윈 알아서 뭐하게요? 왜, 중매라도 서 주시게? 중매? 그것도 좋지. 어떤 타입을 원해? 설마 나 같은 여자는 아닐 테고. 남자가 힛, 웃더니 말을 돌린다. 나는 됐고요, 누님은 뭘 먹고 살아? 뭘 먹긴 뭘 먹어 사람들이 먹는 걸 먹고 살지. 혼자 살려면 하는 일이 있어야 먹고살 텐데 하는 일도 없는 걸 보면 돈 많이 벌어났는가 보네. 누가 뒷돈을 대줘. 그게 누군데요? 전 남편. 아이도 없는데 이혼한 와이프한테 돈을 대주는 남자라 …… 쓸개가 빠졌든지 돈이 남아돌든지 둘 중 하나겠네요. 쓸개도 빠지고 돈도 남아도는 모양이지. 나도 이혼한 와이프한테 생활비를 대주고 있는데 쓸개가 빠지기로 작정해서예요. 어떤 이유에서 쓸개가 빠지기로 작정했는데? 일종의 도덕적 부채감 뭐 그런 거 비슷한 걸 거예요. 도덕적 부채감까지 들먹이는 걸 보니 무슨 큰 죄라도 지었나봐? 글쎄 그렇게 되나? 와이프는 잘 살아보겠다고 있는 재산 없는 재산 다 털어 주식을 했는데 깡통만 차게 됐거든요. 깡통만 찬 게 아니라 일가친척들한테 빚마저 져 어쩔 수 없이 이혼하게 된 거예요. 처음엔 서류상 이혼을 하고 나중에 일이 수습되면 다시 합치려고 했는데 시간이 지나다 보니 그게 잘 안되더라구요. 새 여자가 생겨서 그런 거야? 그렇기도 하지만 중요한 건 다시 합칠 마음이 없어졌다는 거죠. 그럼 사진의 그 여자와 다시 합치고 싶은 거야? 그렇죠. 그래서 정신적 부채감만 더 늘어 생활비를 끊지 못하는 형편이죠. 나는 불현듯, 말하고 있는 남자의 입을 망치로 쾅쾅 박고 싶은 충동이 인다.

남자와 나는 더는 말이 없고 선풍기만 혼자 돌아간다. 남자는 선풍기 바람이 닿지 않는, 선풍기 바로 뒤에 앉아, 선풍기 옆에 놓인 망치를 보고 망치 옆에 놓인 다리미를 보더니 다리미 옆에 있는 나는 보지 않는다. 남자는 망치와 다리미를 보면서도 왜 사용하지도 않을 걸 빌려왔는지 묻지 않는다. 선풍기 바람이 주방 쪽에 잠시 머물다 다시 내 쪽으로 온다. 선풍기가 잠깐 내게 바람을 주는가 싶더니 이내 저쪽으로 달아난다. 선풍기 바람은 남자 쪽으로 가더니 남자에게서 한참이나 떨어진 곳에서 돌아 나온다. 회전의 버튼을 타도 백팔십도 수평 이상은 돌지 못하는 선풍기가 밉살스러워진다. 나는 고약해진 눈을 숨김없이 드러내며 말한다. 삼백육십 도 돌아가는 선풍기는 왜 만들지 않는 걸까? 남자는 선풍기 뒤에서 일어나며 대꾸한다. 나같이 선풍기 바람을 싫어하는 인간들을 생각해서겠죠. 남자는 끝까지 선풍기 바람을 쐬지 않고 문쪽으로 간다. 갑자기 멀미 비슷한, 어지럼증 비슷한 것이 울컥 올라온다. 돌아가는 선풍기를 정지시킨다. 뒤까지 돌아가지 못하는 선풍기는 고철덩어리다.

일어나자마자 문부터 연다. 102호의 문은 여리고성 만큼이나 견고하다. 문을 활짝 열어 도어스토퍼로 고정시킨 다음 베란다로 간다. 버티컬을 주루룩 당겨 옆으로 젖힌 다음 주차장을 본다. 8603 서울 번호판 소나타는 어제 주차해 놓은 그대로다. 다시 문으로 가 102호를 본다. 102호의 문은 여전히 철벽이다.

안으로 들어와 원룸 복판에서 두 팔을 축 늘어뜨린 채 마냥 서 있기만 한다. 기쁘지가 않다. 그렇다고 슬픈 것도 아니다. 이렇게 기쁘지도 슬프지도 않은 시간이 계속된다면 머지않아 사막이 될 것이다. 선풍기와 망치, 그리고 다리미를 가져다 놓아봐야 재미없긴 마찬가지다. 나는 방 한 가운데, 선풍기와 나란히 눕는다. 선풍기 철망 속으로 손가락을 넣어 날개를 돌려본다. 날개가 조금 옆으로 움직이는가 싶더니 이내 멈춘다. 선풍기는 내 손가락이 필요한 게 아니라 미풍과 약풍과 강풍이 필요하다. 나는 미풍도 약풍도 강풍도 아니면서 바람이 그리워진다.

벌떡 일어나 8603 소나타가 그대로 있나 확인한다. 8603 소나타는 아침 해를 뜨겁게 반사시키며 더위를 예보한다. 버티컬을 달고 방안 이쪽저쪽을 천 번쯤 돈다. 이렇게 돌다 돌아버리는 건 싫다. 살금살금 102호 앞으로 간다. 102호의 문이 두꺼운 얼굴로 나를 비웃는다. 주먹 쥔 손으로 문이 부서져라 두드린다. 저기 …… 커피 있음 조금만 나눠 주라! 기다렸다는 듯이 문이 열린다. 남자는 막 외출하려던 참인지 난감한 표정이다.

나는 빗쟁이모양 남자를 밀치고 안으로 들어간다. 남자는 급히 나가야 한다고 조금 서두는 듯이 말한다. 나는 귀가 먹은 양 소파 한가운데로 가 앉는다. 남자는 할 수 없다는 듯, 구두를 벗고 주방으로 간다. 남자가 커피병을 꺼내 탁 소리 나게 식탁에 놓는다. 나는 커피만 없는 게 아니라 설탕도 프림도 커피 잔도 물 끓일 주전자도 없다고 말한다. 남자가 짧게 한숨을 쉬더니 주방 수납장 여기저기를 거칠게 뒤진다. 남자는 아예 쟁반에다 커피 병과 설탕 병, 프림 병과 주전자, 커피 잔과 말하지도 않은 티스푼까지 놓는다. 남자가, 다리를 척 꼬고 팔짱을 낀 채 앉아있는 내 가슴팍에다 커피 쟁반을 쑤셔 넣듯이 들이민다. 남자는 싸늘해진 얼굴로 홱 돌아서더니 구두를 신는다.

나는 내 원룸에 와서도 한동안 커피 쟁반을 든 채 서 있기만 한다. 선풍기와 망치, 다리미가 눈에 들어온다. 커피 쟁반을 선풍기 옆에 놓는다. 살림살이들이 하나씩 늘어나는데 늘어나는 만큼 이상하게도 허전하다. 선풍기를 틀어주며 땀을 식혀줄 사람이 없고, 망치로 못을 박아 그림을 걸고 그걸 빌미로 웃거나 다툴 만한 사람이 없다. 다리미로 옷을 다려 반듯하게 내보낼 사람이 없고, 커피를 타달라고 졸라댈 사람이 없다. 나는 없는 것을 위해 있는 것들을 수집한다. 있는 것들 중엔 욕실도 있다. 비록 동맥을 끊거나 침입자를 전기 드라이어로 감전사 시킬 욕조는 없지만 엄연히 욕실이라 이름 붙은 게 있다.

욕실로 들어가 샤워기를 튼다. 찬물이 티셔츠와 바지를 적신다. 옷을 입은 채 물로 실컷 두들겨 맞은 다음 욕실을 나온다. 그래봤자 할 일이 없긴 마찬가지다. 아니, 있긴 있다. 자장면을 시켜먹는 일이다.

자장면을 시킨 다음 선풍기 옆에 앉아 커피 병을 든다. 커피는 병 입구까지 꽉 차있다. 병뚜껑을 연다. 종이 같은 알루미늄 판이 병 마개모양 찰싹 달라붙어 있다. 남자는 커피를 사서 한 번도 타먹지 않은 모양이다. 커피 병뚜껑을 닫고 프림 병을 연다. 커피 병과 마찬가지로 새것이다. 프림 병뚜껑을 닫고 설탕 병을 연다. 설탕이 꼭대기까지 차 있다. 설탕 병뚜껑을 닫고 커피 잔을 든다. 잔 바닥엔 가격표가 찰싹 달라붙어 있다. 남자는 새것만 좋아하는 사람인가보다. 그렇다면 나는 남자의 새것을 새로 써보는 사람인 셈이다. 그렇다 해도 하나도 즐겁지가 않다. 차라리 흠집이 있거나 때가 끼거나 혹은 고장 난 흔적이 있는 것들이 훨씬 낫다. 이를테면 아무리 깨끗이 닦았다 해도 늘 청결을 의심해가며 먹어야 하는 자장면 그릇이 백번 훌륭하다.

자장면 배달원이 자장면을 꺼낸다. 삼천오백 원을 꺼내 배달원에게 준다. 배달원은 단무지와 양파, 자장과 나무젓가락을 놓더니 휑하니 가버린다. 자장면을 선풍기 앞으로 가져간다. 나무젓가락을 반으로 갈라 자장면을 하염없이 비빈다. 면이 불어터질 대로 터졌을 때에야 자장면을 젓가락으로 휘휘 감아 입에 넣는다. 자장면을 먹고 나면 할 일이 없게 된다. 할 일이 없게 되면……아니, 할 일이 있다.

자장면을 먹다 말고 자장면 그릇에다 단무지와 양파와 자장을 쏟아 마구 섞는다. 짬밥 같아진 자장면을 들고 102호 앞으로 간다. 굳게 닫힌 문에다 자장면을 바르기 시작한다. 문 면전은 물론 손잡이와 바닥에까지, 마치 다다이스트가 액션페인팅을 하듯 과감하게 자장면을 바른다. 면과 단무지와 양파가 바닥으로 뚝뚝 떨어진다. 떨어진 것들을 질겅질겅 밟고 있자니 할 일이 있다는 것은 참 좋은 일이라는 생각이 든다.

101호로 들어와 복도에서 진동하는 자장면 냄새를 맡는다. 맡을 수 있는 냄새가 있다는 것도 할 일에 속한다. 할 일을 위해 후각을 총동원해가며 자장면 냄새에 취한다. 취기가 오르는지 잠이 몰려온다. 잠 속에서 사람 말소리가 들린다. 떠지지 않는 눈을 겨우 뜬다. 102호 앞에서 남자가 뭐라 투덜거리는가 싶더니 굳어진 몸을 내 쪽으로 돌린다. 나는 손짓을 해가며 어서 들어오라고 말한다.

남자는 마지못해 내 집 앞에 와 서는 듯싶더니 이내 구두를 벗고 들어온다. 나는 커피나 마시자며 커피 쟁반을 들고 주방으로 간다. 남자의 시선이, 결코 내 맘에 들지 않는 시선이, 내 몸을 찌른다. 나는 주전자에다 물을 담아 가스레인지에다 올려놓는다. 바쁜가봐? 바쁘면 아는 사람이 많다는 뜻이고, 아는 사람이 많다는 건 만나는 사람이 많다는 뜻이고, 만나는 사람이 많다는 건 말 할 사람이 많다는 뜻이고, 말 할 사람이 많다는 건 외롭지 않다는 뜻이고, 외롭지 않다는 건 아쉽지 않다는 뜻이고, 아쉽지 않다는 건 …… 주절거리는 내 말을 남자가 자른다. 누님, 그렇게 길게 말 할 것까지 없어. 간단하게 합시다. 남자 필요해? 남자 붙여 줘? 말하는 남자의 눈이 맹수의 눈처럼 번득인다. 나는 남자가 후려치는 모욕감에 할 말을 잊는다. 그렇다고 가만히 있기가 뭣해 어물쩍 둘러댄다. 아니, 이 나이에 무슨 남자야? 누님 나이가 몇이기에 나이 타령이요? 아니, 그러니까 오십이 넘은 여자도 여자라 할 수 있냐 이 말이지. 남자는 작심이라도 했는지 따지듯이 말한다. 누님 정확한 나이를 알아야겠으니 주민등록증 좀 봅시다. 동생 왜 갑자기 무섭게 나오고 그래? 나, 주민증 같은 거 없어. 수사관도 아니면서 수사관 흉내 내지 마. 남자가 힛, 웃더니 빈정거리는 투로 말한다. 누님만 자리 깔 줄 알아? 나도 자리 깔 줄 알아. 나는 누님보다 두 살 아래인 칠십일 년 칠 월생이야. 누님의 주민번호는……에이, 관둡시다. 남자는 말을 하다말고 문으로 간다. 나는 갈 때 가더라도 커피는 마시고 가라고 말한다. 남자는 나를 보며 또 한 번 힛, 웃더니 자장면을 먹지 않아서 그런지 커피가 당기지 않는다고 말한다.

혼자 커피를 마신다. 문은 쾅 소리가 나게 닫힌 지 오래고 나는 문소리의 그 여운을 되새김질한다. 나는 남자가 필요한가? 남자의 말대로 남자가 붙길 바라는가? 새삼 뜨거운 모욕감이 내 속 저 어딘가에서 부르르 떤다. 그래도, 그래도, 할 일이 없는 것보다는 모욕감이라도 있는 게 낫다. 만날 만한 사람이 없는 것보다는 모욕을 주는 사람이라도 있는 게 낫다. 텅 비어도 채울 물건이 없는 것보다는 쓰지 않는 망치나 다리미라도 있는 게 낫다. 사람을 피해 왔어도 사람을 그리워하는 게 낫다. 그러나, 그러나, 욕조가 없는 욕실은 참을 수가 없다.

날짜를 꼽아본다. 청주에 온 지 한 달하고도 사흘째다. 이런 계산이 무슨 득이 될까 만은 그래도 안 하는 것보다야 하는 쪽이 편하다. 속이 편하기 위해 여기 청주까지 온 것일까. 그런 것 같기도 하고 아닌 것 같기도 하다. 이번엔 청주다. 대청댐이 있고 대통령의 별장인 청남대가 있는 곳이다. 할 일 없이 빈둥빈둥 탁본이나 찍어대면서도 대청댐이나 청남대에는 가 본 적이 없다. 가보기는 커녕 떠올려본 일도 없다. 왜 그랬을까. 짐 보따리 없이, 몸뚱이 하나 달랑 왔으면서, 뭐에 홀려 가볍게 바람을 쏘일 수 있는 관광지마저 생각나지 않았을까. 느닷없이 102호가 궁금해진다. 102호의 문은 어제도 그제도 그랬던 것처럼 완강히 닫힌 채다.

무겁게 일어나 102호를 두드린다. 저기 …… 혹시 샴푸 있음 빌려줄래? 남자는 읽을 수 없는 표정으로 언제까지고 나를 본다.

남자를 밀치고 소파 한가운데로 가 앉는다. 남자가 크림샴푸 한 개와 허브샴푸 한 개를 가져오더니 둘 중 어느 것을 쓰겠냐고 묻는다. 크림샴푸를 쓰겠다고 대답한다. 남자는 그럴 줄 알았다며 허브샴푸는 신제품이라는, 별로 말할 가치도 없는 말을 한다. 크림샴푸를 받아 옆에다 놓는다. 혹시 대청댐 가 본 적 있어? 안 가봤음 우리 같이 가 볼래? 남자는 샴푸에서 갑자기 대청댐으로 옮겨가는 나를 뜨악한 눈으로 본다. 남자의 눈빛이 별로였으므로 나는 얼른 크림샴푸를 들고 묻지도 않은 말을 늘어놓는다. 허브샴푸가 아무리 신제품이라 해도 …… 크림샴푸는 쭉 써 본거니까 …… 남자는 샴푸 타령을 하는 내가 한심해 죽겠다는 표정이다. 누님은 하루 종일 아무 데도 안 나가? 엉, 안 나가. 대청댐도 청남대도 다 좋은 곳이니까 기회 만들어 가 봐요. 같이 갈 사람이 없어. 꼭 누구랑 같이 가야만 해요? 그런 건 아니지만 아는 사람과 같이 가는 게 더 좋지 않겠어? 남자가 정색을 하며 묻는다. 내가 누님한테는 아는 사람입니까? 나는 머쓱해지는 걸 감추며 대꾸한다. 꼭 그런 건 아니지만 청주에선 아는 사람이 하나도 없으니 아는 사람 축에 속할 거야. 남자가 들릴 듯 말 듯 한숨을 쉰다. 동생이 가 봤거나 안 가봤거나

…… 우리 청남대 같이 가 볼래? 남자가 조금 쌀쌀맞게 말한다. 놀러나 다니려고 청주로 온 게 아닙니다. 나는 크림샴푸를 손바닥으로 쓱쓱 닦아가며 남자의 격앙된 어조를 무시한다. 그럼 왜 청주로 내려왔는데? 누님한테 사생활까지 밝혀야 합니까? 그럴 필요는 …… 뭐 없겠지. 혼자 방에만 있지 말고 사람들과 어울려보세요. 그럴 만한 사람이 없어. 그렇다고 마냥 그렇게 혼자 틀어박혀 살 겁니까? 잘 모르겠지만 아마 그럴 것 같아. 남자가 들릴 듯 말 듯 한숨을 내쉰다.

　나는 크림샴푸를 옆에 놓으며 말한다. 이혼을 한 다음부턴 사람을 만나지 않았어. 또 사람들도 나를 찾지 않았구. 남자가 약간 성이 난 목소리로 말한다. 이혼은 누구나 할 수 있는 일이에요. 부끄러운 일도 아니구요. 난 다른 사람들의 경우완 달라. 뭐가 어떻게 다른지 얘기 좀 들어봅시다. 나는 속아서 이혼을 당한 거야. 뭐냐면, 남편이 부도를 맞았거든. 정확히 말하면 남편이 부도를 낸 거지. 부도를 내기 며칠 전, 남편이 그러더라구. 곧 부도가 날 건데 우리가 이혼을 해 놓지 않음 집이구 통장이구 다 날아간다구. 일단 서류로 이혼을 해 놓으면 재산은 보호가 될 거구 차후에 잠잠해지면 그때 가서 다시 합치자구. 근데 그 잠잠해진다는 게 잠잠해졌는데도 다시 합치질 않는 거야. 난 사람들이 부끄러워 아무도 안 만나. 아마 앞으로도 그럴 것 같아. 남자의 얼굴이 불치병이라는 선고라도 받은 양 어두워진다. 듣고 보니 다른 사람들이 하는 이혼하고 별로 다를 게 없네요. 내가 보기엔 본인이 앞으로 살 궁리를 하는 게 좋을 거 같습니다. 남자는 내 목구멍을 뜨거운 덩어리로 꽉 채우는 말을 했으면서도 그것으로도 모자랐는지 자신의 얘기를 쏟아놓는다. 누님, 난 와이프랑 삼 년을 살다 헤어졌어요. 헤어진 후한 여자를 만나 사 년을 동거했구요. 누구한테 더 정이 들었을 거 같아요? 마음으론 와이프랑 다시 합쳐야겠다고 생각하는데 그게 도무지 안 되는 거예요. 이런 경우도 있다는 것을 누님도 이해하시고……나는 남자의 말을 더는 듣지 않고 발딱 일어난다. 남자는 화가 잔뜩 나서 가는 나를 잡지 않는다.

청주에서 두 달을 채우기란 아무래도 어렵지 싶다. 아니 며칠을 채우기도 힘들 듯하다. 언제까지 할 일 없이, 스스로 할 일을 버리고, 할 일이 없다고 초조해 하며, 이런 낯선 고장에 머물 것인지, 새삼 아뜩해진다.

도어스토퍼를 펴 문을 닫는다. 베란다로 나가 버티컬도 빈틈없이 닫는다. 사방이 막힌다. 하나의 공간, 그 공간만이 나를 흡수한다. 열다섯 평 공간 한가운데 서서 선풍기와 망치와 다리미, 커피쟁반, 방금 가져다놓은 크림샴푸를 본다. 샴푸 또한 다른 물건들처럼 새것이다. 남자는 새것들과 사귀며 살라고 새것들을 주었나. 새것들이 손에 익고 마음에 익으려면 얼마만한 노력과 시간이 숙련되어야 할까. 그럴 만한 기운이 남아있기라도 할까. 할 일이 없을망정 그럴 만한 기운은 없다. 아니, 없고 싶다.

습도와 기온이 점점 올라간다. 헉헉, 헉헉, 우리에 갇힌 짐승 모양 습도와 고온에 잡아먹힌다. 그렇다. 대청댐을 같이 갈 사람이 없다는 사실을 깨닫는 것보다 헉헉거리는 게 낫다. 따돌림을 당했다는 사실을 뼈아프게 느끼는 것보다 짐승이 되는 게 낫다.

나는 꽉 막힌 열다섯 평 안에서 왜소하기 짝이 없는 짐승이 되어 벌렁 쓰러진다. 얼마나 버틸 수 있을까. 얼마나 나는 나를 고집하며 끌고 갈 수 있을까. 이 시시껄렁한 생각들은 언제까지 나를 잡아 족칠 것인가. 누님이라 불렀던 말들이, 동생이라 불렀던 말들이, 우스꽝스럽게 몸을 뒤척이며 내 몸을 타고 앉는다.

치욕스러워진 나를 씻으러 어기적어기적 욕실로 들어간다. 아무리 둘러봐도 욕조는 없다. 욕조가 없는 욕실은 욕실이 아니다. 욕조 없는 욕실이 숨이 넘어가게 분하다.

욕실을 나와 102호로 간다. 저기 …… 혹시 된장 있음 좀 줄래? 남자는 입을 꽉 다문 채 냉장고에서 사각통에 든 된장을 꺼내준다.

남자가 준 된장을 들고 101호로 와 뚜껑을 연다. 커피병에서 보았던 것과 같은 종류의 얇은 알루미늄 판이 야물게 붙어있다. 뜯는 곳이라 써진 곳을 잡아당긴다. 하얀색 기름종이가 덮여있고 그 위엔 방부제 주머니가 놓여있다. 방부제와 기름종이를 걷어내자 된장이 구수한 똥색으로 나를 반긴다. 서슴없이 다섯 개의 손가락을 주걱으로 된장을 푹 뜬다.

된장통을 들고 102호 앞으로 간다. 102호의 문은 참호만큼이나 단단하고 무뚝뚝하다. 남자를 부를까 하다 철문에다 된장을 바르기 시작한다. 된장이 신선한 냄새를 풍기며 넓고 드넓은 세계를 펼친다. 대단히 흡족해진 마음으로 문손잡이에도 문 밑바닥에도

된장으로 분칠을 한다. 할 일이 없는 것보다, 만날 사람이 없는 것
보다, 치매자의 황금벽화를 흉내 내는 게 훨씬 기쁘다.

문이 닫히지 않게 도어스토퍼로 고정시킨 다음 안으로 들어온
다. 102호의 문이 열리고 흰색 폴로 티셔츠의 깃을 목까지 올린 남
자가 나온다. 남자는 막 발 한 짝을 내딛으려다말고 잽싸게 건너
편으로 뛴다. 남자는 지지리 운도 없게, 뭘 밟으면 재수가 좋다는
말도 모른다. 남자가 101호, 내 집 쪽에서 102호, 자신의 집을 넋
을 놓고 본다. 나는 그런 남자를 넋을 놓고 본다.

이윽고 남자가 내 쪽으로 고개를 돌린다. 나는 뻔뻔스러울 만큼
맨숭맨숭한 얼굴로 남자를 마주본다. 남자는 한동안 나를 보는가
싶더니 벌개 진 얼굴로 휘적휘적 가버린다.

나는 심드렁하게 일어나 버티컬을 들춘다. 8603 서울 번호판 소
나타가 후진하는가 싶더니 101호 앞을 빠져나간다. 방으로 들어
와 선풍기 앞에 가만히 선다. 뭔지 모르게 썰물 같은 기분이 전신
을 덮친다. 진짜가 아닌 가짜를 가지고 논 것 같기도 하고, 가짜를
진짜인 줄 알고 열심히 지원한 것 같기도 하다. 다시 할 일이 없어
졌으므로 왜 이런 기분이 드는지 골몰해진다. 어쩌면 푸짐했던 뱃
살이 다 빠져나가지 못했기 때문일 수도 있다. 혹은 뱃살 켜켜이
잠복해있던 힛, 혹은 호홋,이 똥 같은 된장을 밟지 않았기 때문일
수도 있다.

똥통·철학에 빠져있을 즈음 복도에서 급하게 걸어오는 소리가 난
다. 화들짝 의심이 난다. 이 미성트윈힐스는 외부가 아닌 내부에

복도가 있는 구조로, 특히 101호와 102호는 복도를 꺾어 막다른 곳에 딱 두 집뿐이다. 때문에 나는 한달 넘게 살면서 102호의 남자밖에는 본 사람이 없다. 헌데 102호의 남자 발걸음 소리가 아닌, 다른 발걸음 소리가 난다. 낯선 발걸음소리가 내 집 앞에서 멈춘다.

오토바이 헬멧을 옆구리에 낀 남자가 내 이름을 부른다. 나는 퀵서비스라고 써진 조끼를 입은 남자 앞으로 간다. 퀵서비스 기사가 다시 한 번 내 이름을 확인하더니 봉투 하나를 준다. 누가 이 봉투를 주었는지 묻는다. 기사는 하얀 폴로 티셔츠를 입은 남자라고 대답한다.

남자가 준 봉투를 연다. 종이 한 장과 열쇠 하나가 보인다. 종이부터 꺼내 읽는다. 짤막한 메모가 우렛소리보다 더 크게 난다. 그만 하자. 그만 해라. 가는 곳마다 이따위 짓, 더는 못 참겠다.

봉투를 거꾸로 들어 열쇠를 꺼낸다. 102호 열쇠다. 느닷없이 찜 득하게 무거운 바람이 횡하니 가슴을 훑는다. 열쇠를 냅다 선풍기에다 던진다. 열쇠는 선풍기 날개가 아닌 철망에 맞고 툭 떨어진다. 102호 역시 욕조가 없긴 마찬가지다. 있어야 할 것은 없고 없어도 되는 것들로 가득한 그런 곳엔 영 정이 붙지 않는다.

베란다로 나가 8603 소나타가 있던 자리를 눈으로 찾는다. 어디로 갔을까 …… 어디로 갔을까 …… 텅 빈 직사각형의 공간이 희번덕거리는 나를 희롱한다. 문득, 울퉁불퉁한 웃음이 막다른 골목과도 같은 몸뚱이에서 몸을 뒤채며 기어 나온다. ❏

## ◻ 에리스의 사과

송 여사가 죽었다? 송여사가 죽었다. 송 여사는 죽었건만 사람
들은 지금까지 송 여사를 죽인다. 강남 노른자 땅을 어떻게 손에
넣게 됐는지, 이름만 대도 척 알아먹는 여의도 빌딩 십여 개는 언
제 어떤 식으로 얻게 됐는지, 그에 따른 권력형 비리는 없었는지,
설왕설래로 죽이고 또 죽인다. 그에 비해 다른 한쪽에선 — 주로
지저분한 잡지들이지만 — 송 여사의 비하인드 스토리라며, 송 여
사의 사생활에 대해 별별 이야기를 떠들어댄다. 그녀가 향수는 어
떤 걸 썼는지, 마스카라는 곧은 방향으로 칠했는지 지그재그 식으
로 칠했는지, 립스틱 후에 립 라인을 그렸는지 안 그렸는지, 하다

못해 화장실엔 언제 가는지, 하루에 몇 번, 얼마동안 가 있었는지에 대해서도 까발린다.

그런 식으로 구질구질하게 돈을 버는 업자가 있는가 하면, 고상하게 버는 축들도 있다. 지저분한 잡지의 기사를 토대로 한 것이긴 하나 어쨌든 그 모든 것들을 종합 분석해 책으로 낸 사람도 있다. 송 여사는 전형적인 아침형 인간이다, 아침에 일어나면 손수 원두커피를 빼먹고, 그 찌꺼기는 화분에 덮어 벌레가 끼지 못하게 한다, 근면과 검소와 지혜가 월등한 건 이뿐만이 아니다, 비누조각도 버리지 않고 못 쓰는 스타킹에 넣어 마지막까지 쓰며, 랩이나 일회용 봉지는 한 번 쓰고 버리는 게 아니라 열 번도 더 씻어서 쓴다, 늘 책을 가까이 하고, 고전음악과 그림, 명상으로 자신의 지성과 감성을 관리한다, 송 여사가 지금의 송 여사가 되기까지에는 이런 사소한 것들을 사소하게 여기지 않았기에 가능했다, 그러니 이 책을 읽는 당신들은 부자가 되려면 우선 무엇부터 해야 할지 송 여사를 보고 배우는 게 좋을 것이다.

별로 색다를 것도 없는 이런 책의 제목은 노골적으로 정직하고 용감하다. '부자가 되려면 이렇게 하라' 혹은 '당신이 부자가 되지 못한 까닭은'이 대부분이다. 아무튼, 송 여사는 송 여사답게, 죽어서도 여러 사람들에게 돈을 벌게 해준다. 돈 뿐인가? 희망과 반성, 더 나아가 진로 선택에 탁월한 영향을 끼침으로써 부자에 대한 성역을 넓혀놓는다. 부자란 이래서 좋은 것이다. 피살의 위험만 피한다면.

말이 난 김에 좀더 세부적으로 들어가 보자. 송 여사의 죽음은 여러 사람들의 팔자를 고쳐놓았다. 일거리가 없어 발뒤꿈치에 두껍게 지층을 이룬 각질을 손톱으로 잡아떼며 시간을 죽이던 기자들에겐 따끈하고 화끈한 기사를 제공한 격이 됐다. 그로 말미암아 말단에서 매끄럽게 한 단계 진급을 하게해 준건 말할 것도 없다. 그걸로 끝이면 얘기가 안 된다. 진급을 발판으로 술도 사고 그 술로 더 기찬 기사를 찾아 이 사람도 정보원으로 삼고 저 사람도 정보원으로 삼게 해준다. 그 다음은 순조로운 쳇바퀴의 연속이다. 다시 진급, 다시 술과 정보원, 다시 진급 …… 돌고 도는 물레방아가 기자에게만 있다면 억울하다. 돈벌이가 시원찮던 출판사도 송 여사로 인해 회생의 열차를 탄다. 생각지도 않게 1쇄, 2쇄, 3쇄를 마구 찍어대는 바람에 사회적 인정은 물론, 구박만 해대던 마누라한테도 사랑을 받는다. 사랑도 아무나 하는 그저 그런 사랑이 아니다. 자신의 차도 바꾸고 내침 김에 마누라 차도 사주니, 명절 때만 겨우 잠자리를 할까 말까 하던 걸 매일, 그것도 큰소리를 빵빵 쳐가며 한다. 잠자리를 할 때마다 출판사 사장은 이렇게 고백한다. 송 여사, 고마우이. 송 여사의 저력을 톡톡히 맛본 건 기자나 출판사 사장만은 아니다. 바로 나, 나야말로 송 여사의 힘과 사랑과 권세의 완결판을 쥐게 된 장본인이다.

송 여사의 분신은 아무나 되는 게 아니다. 송 여사에겐 아들 셋에 딸 둘이 있지만 그들도 감히 송 여사의 분신이 되지 못한다. 유산 상속에서 그들의 지분은 내 지분에 비해 형편없었다. 따라서 그들은 송 여사의 분신이 되지 못했고 내가 됐다는 결론이 나온다. 송 여사가 핏줄을 제치고 나를 택할 만한 이유가 있었는지는 나도 잘 모른다. 나 역시 자식 다섯이 이를 북북 갈며 해댄 말에 이해와 동감을 같이할 뿐이다. 그때의 그 장면은 하도 감동적이라 현장검증 같은 것과는 잽이 안 된다.

장남, 피가 거꾸로 솟는 얼굴을 그대로 드러내며 분통을 터뜨린다. 이건 외압에 의한 짓이다! 둘째 아들, 지글지글 타는 눈알을 시뻘겋게 굴리며 외친다. 누군가의 농간에 의한 사기다! 셋째 아들, 거의 기절할 듯 창백해진 표정을 애써 누르며 더듬거린다. 뭔가, 뭔가 …… 착오가 …… 착오가 있었을 거야. 철저히 …… 철저히 …… 조사해 보자구. 딸들도 가만히 있진 않았다. 큰딸, 입에 거품을 물며 죽은 송 여사를 물어뜯고 할퀴며 난리를 쳐댄다. 이 늙은이가 미쳐두 단단히 미쳤구만! 막내딸, 발을 쾅쾅 구르다 나를 째려보다 쿠션을 벽에 던지다 바닥에 뒹굴다 하며 소리친다. 환장을 하다하다 팽 돌아버렸구만!

세상의 통념을 비웃고 싶어서 그랬는지, 자식들이 저 꼴로 나올 걸 알고 에라 뒤통수치는 재미가 어떤 건지 보자 하고 그랬는지, 아니면 나와의 애정을 만천하에 과시하고 싶어서 그랬는지는 몰라도, 송 여사는 재산의 90%를 내게 남겼다. 고인의 명복을 빌지 않을 수가 없다.

이 돈으로 무엇을 할까. 행복한 고민이 나를 들들볶는다. 고민에 볶이다보니 행복의 종류에도 여러 급이 있다는 걸 저절로 터득하게 된다. 이 돈으로 무엇을 살 것인지에 대한 고민은 저급하다면 저급한 일차적인 행복이다. 그에 비해 질투를 한 몸에 받으며 질투하는 사람들을 느긋하게 보는 것은 중급에 해당되는 행복이다. 고급에 속하는 행복이라면 그런 그들을 데리고 노는 것이다. 자, 보라. 저기 저 앞에 벌써부터 내게 굽실거리며 오는 미스 리가 있지 않은가. 나는 미스 리 다루는 법을 송 여사에게 배워 잘 안다.

송 여사는 이태리에서 직송해 온 가죽소파에 앉아 미스 리가 정원을 통해 안으로 들어오는 것을 본다. 미스 리가 가방을 내려놓으며 상냥하게 인사한다. 안녕하셨습니까 사모님. 송 여사는 여전히 방탄유리로 된 거실 통유리를 통해 정원을 내다보기만 한다. 잔디는 미스 리의 포부처럼 푸르고, 잔디 위의 작은 분수는 미스 리의 처세술처럼 뿜어져 나온다. 미스 리가 다시 같은 말로 인사한다. 안녕하셨습니까 사모님. 그제야 송 여사는 천천히, 아주 천천히, 미스 리를 돌아본다. 어⋯⋯ 왔어? 목소리는 들릴 듯 말 듯 무겁고 눈길은 차가우며 아는 척 하는 건 어⋯⋯ 왔어?로 끝이다.

미스 리가 소리 나지 않게 가방에서 가위와 빗을 꺼낸다. 송 여사는 눈을 차악 내리깔고 미스 리의 일거수일투족을 주시한다. 미스 리가 가만가만 가위와 빗을 들고 내게로 온다. 넌 언제 봐도 예쁘구나. 바비인형도 네 하녀 정도밖엔 안 될 거야. 미스 리가 나긋나긋 소곤소곤 말하지만, 그것은 내게 하는 말이 아니라 송 여사에게 하는 말이다. 송 여사 역시 이 점을 잘 아는지라 내 대신 고개를 끄덕이는데 끄덕이는 자체가 아까워 죽겠다는 듯, 너니까 선심을 쓴다는 듯, 보일똥말똥 끄덕인다. 자아~ 예쁘게 깎아줄 게에~ 미스 리가 조심조심 내 몸에 손을 댄다. 송 여사는 미스 리의 조신한 몸가짐 마음가짐이 마음에 들었는지 그제야 아는 척다운 아는 척을 한다. 이순미 씨, 그 남자친구완 잘 돼가? 야근이 잦아 데이트 할 시간도 없다면서. 미스 리가 깜짝 놀라며 일순 경외의 눈빛이 된다. 어마, 어떻게 제 이름을 기억하세요? 남자친구 일도 ······ 딱 한 번 물어보신 것밖엔 없는데. 이번에도 송 여사는 별 대꾸를 하지 않는 것으로 대꾸를 한다.

미스 리가 토닥토닥 잠재우는 손길로 내 머리를 자른다. 나는 미스 리의 작업이 끝날 때까지 수면제를 먹은 양 꼬박꼬박 존다. 송 여사가 흡족한 미소를 우아하게 날리며 지갑을 연다. 차 한 잔 마시고 갈래? 송 여사가 팁까지 얹어 미스 리에게 준다. 나는 잽싸게 눈을 뜨고 미스 리를 보며 생각한다. 차 마시고 가면 미스 리 너는 끝장이다. 미스 리는 황송한 듯 죄송한 듯, 아니라고 고개를 절레절레 흔든다. 잘 했다 미스 리야. 그래서 넌 지금까지 이 집 문턱을 넘을 수 있었던 거야.

나는 송 여사가 앉았던 가죽소파에 앉아 들어오는 미스 리를 본다. 미스 리가 제법 까불락거리며 가방을 내려놓더니 그보다 더 까불까불 내 머리를 쓰다듬는다. 어쭈, 송 여사가 없다고 방자함으로 나가시겠다? 내가 미스 리를 째려보는데 미스 리는 내 눈을, 수정같이 맑고 아름답기만 한 내 눈을, 전혀 아름답지 못한 눈으로 마주보며 속삭인다. 그렇게 보면 어쩔 건데? 니가 아무리 돈이

에리스의 사과  103

많아도 넌 재산권을 행사할 수 없어. 더구나 니가 나한테 팁을 주겠니 내 남자친구를 좋은 직장에 취직시켜주겠니.

미스 리가 내 머리를 빡빡 빗기기 시작한다. 나는 미스 리의 손을 뿌리치며 자리를 박차고 일어난다. 나가! 당장 나가! 내 나이 아직 어리다 해도, 송 여사와 피 한 방울 섞이지 않았다 해도, 나는 송 여사의 분신이다. 이 점을 잠시라도 잊는다면 그게 누가 됐든 나는 용서하지 않을 작정이다. 오머머? 재 성깔 있네. 미스 리는 무안해서 그런지 편을 들어달라는 뜻에서 그런지 장남을 돌아본다.

장남 얘기가 나왔으니 말인데 오늘의 당번은 장남이다. 졸지에 송 여사가 가자 나는 다섯 자식들에게 애물단지인지 귀염둥이인지 모를 애매한 존재가 되어버렸다. 재산은 많지 나이는 어리지, 그러니 다섯 분들은 봉사와 박애정신으로 똘똘 뭉쳐 나를 돌보시겠다고 나섰다. 돌보는 건 좋은데 방법이 난제였다. 나는 하나인데 나를 다섯 개로 쪼개 하나씩 가져다 돌볼 수도 없는 일이고, 그렇다고 다섯 명 모두가 짐 보따리 싸들고 이 성북동 집에 들어와 기거할 수도 없는 노릇이다. 해서, 그들은 난상토론을 거듭한 끝에 내 의사와는 상관없이 당번제라는 걸 정해 매일 번갈아가며 온다. 이래저래 나는 지루하지 않아 좋고 그들의 서비스를 받아 좋다. 더 좋은 건 매일 바뀌는 얼굴 모양 매번 바꾸는 그들의 태도를 보는 일이다. 그 일은 임상실험에 가까운 연구로써, 앞으로의 내 거취나 재산문제를 판단 결정하는 데에 무척이나 영향을 미칠 것이다. 그들은 내가 아직은 어리다고 여기는지 나의 이런 뚱심은 감히 상상도 못하는 듯하다. 이래서 더 재미가 난다.

재미가 난 김에 미스 리를 더 골려먹기로 한다. 추가가 가능하다면 장남까지도 골려먹었으면 좋겠다.

미스 리가 어쩔 줄 모르고 있는 서 있는 동안, 나는 쪼르르 장남 곁으로 가 응석인지 투정인지를 부린다. 에이잉, 에이잉, 오빠, 저 년 싸가지야. 오빠가 저 년 따귀 좀 갈겨줘 에이잉. 나는 미스 리를 흘겨보고 노려보고 쏘아보며 장남을 계속 졸라댄다. 장남은 미스 리보다 더 뜨악한 표정으로 어쩔 줄 모른다. 그도 그럴 것이, 지금까지 나는 송 여사 외엔 어느 누구에게도 가까이 간 적이 없다. 뿐만 아니라 내게 이국적이네 마네 침을 질질 흐르며 칭찬해대는 작자들에게조차 냉담표 쌀쌀표로 나갔다. 그 점이 송 여사를 만족하게 한 것은 물론, 나와의 애정을 돈독하게 한 밑거름이 되었다고 본다. 장남이 송 여사에게 왔을 때도 예외는 아니었다. 장남이 간혹 듣도 보도 못한 귀한 외제 깡통을 들고 와선 나 먹으라고 내 놓았을 때도 나는 장남도 깡통도 거들떠보지 않았다. 이랬던 내가, 오빠 오빠 해가며 바짓가랑이에 매달리니 그 오빠가 난감해 할 수밖에.

장남이 여전히 어쩔 줄 몰라 하며 엉겁결에 나를 안는다. 나는 얼씨구나 오빠의 목에 꼬옥, 꼬옥, 매달리는 것으로 어리광의 극치를 부린다. 오빠가 비로소 감격의 구렁텅이에 빠지며 미스 리에게 말한다. 어머니가 돌아가시니 얘가 충격을 받았나 봅니다. 머리 손질은 당분간 쉬는 걸로 했으면 좋겠습니다. 오늘은 그만 가시고 연락할 때 다시 오십시오. 장남이 돈을 꺼내 미스 리에게 준다. 아니, 일도 안 했는데 저런 싸가지한테 돈을? 잠시나마 스트레스 받은 걸로 치면 그 돈은 내가 받아야 맞다. 나는 미스 리가 돈을 받으려는 찰나 날쌔게 가로챈다. 어어어어…… 두 사람의 입에서 동시에 같은 말이 쏟아져 나온다.

나는 돈을 쥐고 나의 방, 즉 송 여사와 같이 쓰던 침대로 쏙 들어간다. 아니, 저 어린 것이 벌써 돈을 알다니, 허허허. 장남이 변명 아닌 변명을 해대며 웃는다. 웃거나 말거나, 나는 돈을 구깃구깃 뭉쳐 공을 만든 다음 다시 거실로 나간다.

돈 공을 이리 굴리고 저리 굴리며 장남과 미스 리 사이를 오간다. 장남과 미스 리가 뻥한 얼굴로 한동안 내 스포츠를 즐긴다. 나는 실수인 양, 미스 리 앞으로 돈 공을 데구르르 굴린다. 돈 공이 미스 리의 발치에서 멈춘다. 미스 리가 옳다구나 하고 돈 공을 집으려 허리를 굽힌다. 나는 미스 리의 손을 야멸치게 치며 돈 공을 빼앗아 저 멀리 굴려버린다. 미스 리가 울상이 되어 나와 장남을 번갈아본다. 나는 여전히 돈 공을 굴려가며 미스 리 주변을 맴돈다. 눈치가 송 여사급인 미스 리가 어찌된 일인지 그제야 내 뜻을 알아차린다. 얘, 아간 미안했어. 내가 사과할 테니 그 돈 나 줄래? 그리고 말이야, 오빠한테 말해서 나 계속 오게 해 주면 안 되겠니? 자알 할게. 예전보다 더 자알 할게. 그제야 나는 미소를 머금으며 돈 공을 미스 리 쪽으로 패스한다. 돈을 줍는 미스 리의 이마에 땀이 송송 맺힌다. 오, 기쁘다. 무지 기쁘다. 송 여사의 진수를 마음껏 발산한다는 게 이렇게 기쁠 수가 없다.

내 기쁨을 더해주겠다는 건지 장남이 나를 안으며 이런 말을 중얼댄다. 니가 나를 어머니 대신 보호자로 택했다 이 말이지? 어휴 이쁜 거! 착각은 국경과 혈통을 초월하나니, 나는 국경과 혈통을 초월해 장남의 뺨에 내 뺨을 비벼댄다.

나를 접견하기 위해 대기표 이 번을 들고 있던 둘째 아들이 온다. 미스 리의 사건은 대기표를 든 사람들에게 이미 입소문으로 퍼졌을 테니 나는 고공비행할 게 분명하다. 저기 좀 보라지. 생전 가야 빈손으로 올 줄만 알던 둘째가 손에 뭔가를 꾸리꾸리 들고 온다. 나는 송 여사와 즐기던 거실 가족소파에 앉아 정원을 내다본다. 둘째가 손을 번쩍 치켜들며 아는 척을 한다. 다정도 병이라더니 둘째는 병 중에서도 중병에 걸리기로 작심한 모양이다.

나는 둘째가 내 옆에 앉거나 말거나 정원만 내다본다. 둘째가 내 관심을 끌 양 들고 온 쇼핑백을 부스럭거린다. 나는 여전히 도도하게 정원만 내다본다. 둘째가 쇼핑백에서 꺼낸 물건을 내 눈 앞에다 흔들어 보인다. 엄마를 못 잊는 건 알겠는데 사람이 오면 아는 척 좀 해라. 이게 뭔지 아니? 네 슬픔을 달래 줄 선물이야. 자, 봐. 멋진 방석이지?

나는 마지못한 듯 둘째가 가져온 방석을 흘깃 본다. 코발트 색 공단에 페르시안 고양이가 수놓아져 있는 것이 깜찍하기가 나만큼이나 깜찍하다. 내 관심을 끄는 것은 방석도 방석이지만 방석 가장 자리에 대롱대롱 매달려 있는 진주 같은 구슬이다. 조걸 가지고 놀면 앞으로 닥칠 사춘기를 무사히 넘길 수 있을라나 말라나? 나는 호감이 담뿍 담긴 눈과 손으로 방석의 구슬을 만지작거린다. 내 행동이 둘째를 얼마나 기쁘게 했던지, 둘째가 너털웃음을 터뜨린다. 맘에 들지? 귀여운 것이 딱 너라니까. 이거 말이다 어제 내가 니 고향 스페인에 가서 직수입해 온 거야. 엄마는 니 거라면 직수입 아니면 안 썼잖아.

오오오 스페인! 고향이라 말할 순 없지만 출생지인 것만은 틀림없다. 나는 마드리드에서 젖병을 빨다 송 여사를 만났다. 송 여사는 나를 보자마자 흠뻑 반해 그 자리에서 입양했고, 나는 멀고 먼 스페인에서 대한민국 성북동까지 와서 산다. 항간엔 나도 송 여사의 직수입품이라고 떠들어대기도 하지만 그건 송 여사를 몰라서 하는 말이다. 송 여사는 다른 사람에겐 몰라도 내게만큼은 대단히 인간적이고 인격적이고 헌신적이다. 그게 바로 송 여사의 인품이다. 송 여사의 인품으로 말할 것 같으면 가히 전 세계 토픽 감이다. 자, 들어보시라.

모든 내방객이 다 미스 리처럼 눈치와 코치를 겸비한 건 아니다. 요즘 세상에 솔직 순진무구로 나가는 사람들은 원시인이라 해도 과언이 아닌데, 그런 원시인 하나가 송 여사의 심기를 건드린 적이 있다.

내가 성북동으로 온 지 얼마 안 돼서다. 여의도 빌딩 하나를 맡아 관리하던 송 여사의 먼 친척 하나가 나를 보자마자 대뜸 끌어안 았다. 오머머, 어쩜 요렇게 예쁠까. 눈이 꼭 포도알 같애. 송 여사 의 눈이 옆으로 길게, 기일게, 찢어진다. 당장 내려놓지 못해? 어디 감히 손도 안 씻고 그 애를! 원시인은 푼수기 마저 풍기며 날 내려 놓을 생각도 없이 넉살을 떤다. 아이, 이모님도. 이모님 자식도 아 닌데 뭘 그러세요? 원시인의 말이 채 끝나기도 전에 송 여사의 노 기가 하늘을 찌른다. 뭐가 어째? 얘가 왜 내 애가 아냐? 얜 내 애야. 내 딸이라구! 원시인은 겨우 사태를 파악하곤 비실비실 웃으며 나 를 내려놓는다. 오머, 그런 줄도 모르고 난 또……아이, 죄송해 요. 어쩐지 이모님하고 꼭 닮았더라니. 품위 있고 교양 있고 귀티 나는 거며 납작한 코까지. 맨 나중에 한 말은 안 하면 떡이 나오고 하면 매가 나올 말이라는 걸 원시인은 끝내 알지 못한다.

원시인은 그것만으로도 자신이 얼마나 큰 실수를 했는지 감을 잡 지 못한다. 이모님, 저기 …… 실은 부탁이 있어서 왔세요. 용산에 그 저기 …… 주상복합 아파트 말이에요, 그거 분양 받고 싶은데 이 모님이 발도 넓으시고 하니 분양받을 수 있게 손 좀 써주세요.

송 여사가 이마에 내천 자를 좌악 그으며 정원 쪽으로 고개를 돌린다. 알았네. 가 보게. 싸늘한 음성에 원시인은 두 번 다시 말 붙일 상황이 아니라는 걸 파악하곤 뒷걸음으로 물러난다.

원시인이 나가자마자 송 여사가 전화기를 든다. 엄마다. 여의도 빌딩 관리 맡아하는 그 육촌인가 팔촌인가 하는 애 말이다, 걔 자 르고 다른 사람 넣어라. 지금 당장! 애가 그렇게 눈치가 없어가지고 무슨 관리를 하니? 입양한 내 딸 말이다, 애한테 인사도 없이 그냥 가니 이게 말이 될 소리냐? 내 딸을 무시하는 건 곧 나를 무시하는 거라는 정도는 알고 있어야지!

송 여사의 이 전화 한 통으로 나는 송 여사를 찾아오는 모든 내방객들에게서 정중한 인사를 받는다. 이 인사는 단순한 인사가 아니라 자존심이자 존중받는다는 표시이므로 나는 절대 사양하지 않는다.

둘째 아들 역시 내게 다정다감으로 나의 자존심을 세워준다. 좋은 소식이 있어. 둘째가 나를 안아 내 머리칼을 부드럽게 쓰다듬는다. 네 이름 정도면 코스닥에 상장시킬 수 있는데 그걸 추진할까 해. 형이 네 보호자를 자청하지만 형은 믿을 수가 없어. 대출금으로 자꾸만 사업을 확장시키는 통에 옆에서 보기에도 불안하거든. 네 생각은 어때?

나는 잠시 생각에 몰입한 듯 진지한 표정을 짓는다. 내 이름이 주식에 상장되는 건 좋지만 주식이라는 게 알고 보면 숫자놀음이라, 나 같이 숫자에 약한 미성년자로선 딱히 당기지가 않는다.

내가 시큰둥해 하자 둘째가 쇼핑백에서 또 뭔가를 꺼낸다. 이거 말이야, 꼭 너를 염두에 두고 만든 거 같아서 직수입해 왔어. 둘째가 꺼내는 건 명품 중에 명품이라나 뭐라나 하는, 스카프에, 구두에, 핸드백에, 선글라스에, 향수에, 내겐 별 필요도 없을 거 같은 물건들을 늘어놓는다. 저런 걸로 대체 뭘 하라는 걸까.

둘째가 진심이 철철 넘치는 목소리로 말한다. 넌 천억 대 재산

가야. 그러니 신분에 맞는 차림은 필수지. 그리고 주식시장에 꼭 갈 필요는 없겠지만 혹시라도 현장감을 느끼고 싶어 가게 된다면 이걸 써. 신분이 노출되면 위험하니까. 둘째가 선글라스를 꺼내 내게 씌워준다. 친절이 꽤 그럴 듯해 보이지만 미안하고 죄송하고 송구스럽게도 나는 주식이고 명품이고 선글라스엔 관심이 없다. 나 자신이 명품이고 돈인데 그보다 더 확실한 명품과 돈이 어디 있을까. 혹시 게임기라면 또 모른다.

나는 하품을 쩌억 해가며 지루해 죽겠다는 표정을 짓는다. 둘째 는 투자비도 못 건졌다는 낭패감으로 얼굴이 칙칙해진다. 나는 먹 구름이 된 둘째에게 예의 차원에서 격려가 한 곡을 뽑는다. 옵빠! 힘내세요~ 리꼬가 있잖아요~ 옵빠! 힘내세요~ 리꼬가 있어요~

이제 셋째가 올 차례다. 주석을 달면, 송 여사가 내게 막대한 재 산을 남긴 것에 가장 합리적이고 현실적인 반응을 보인 사람이 바 로 셋째다. 철저히 조사해 봐야겠다고 했지만 과연 무엇을 어떻게 조사했는지 궁금하다.

셋째는 송 여사의 몸을 부검해보자고 제안했지만 다른 형제들 은 흉하다며 반대했었다. 반대 의견이 우세했던 건 주치의의 소견 이 결정적이었다. 외상이 전혀 없고 평소 심장이 안 좋았다는 말 은 심장발작에 의한 사망이라는 말로 해석할 수 있었다. 잘 된 일 이다. 이리 캐고 저리 캐봐야 좋은 꼴보다 더러운 꼴이 더 드러날 터인즉, 사서 무덤을 팔 바보가 어디 있을까.

형제들은 최고액의 유산상속자가 나라는 것을 아는 순간 경계와 의심의 눈초리를 던지며 나와 내 주변을 샅샅이 조사했다. 그러나, 그러나, 도무지 말이 되는 말이어야지. 아무튼 셋째는 아직도 송 여사의 사인에 대해 의문을 품는다. 흥, 할 테면 하라지.

셋째가 안방 침대에 걸터앉는다. 나는 이제 내 독차지가 된 프랑스 제 킹 사이즈 원목침대에 누워 텔레비전을 본다. 셋째의 눈에 불똥이 튄다. 불똥의 내용은 말하나 마나다. 팔자 한 번 늘어졌군. 누군 쎘빠지게 돌아댕기며 뽀개지게 일이나 하는데 쥐뿔, 어디서 바다 건너온 쥐톨 만한 게 우리 재산을 몽땅 꿀꺽 해? 너 엄마랑 무슨 일 있었냐? 우리 엄말 홀린 건 너지? 그 재주가 뭔지 이실직고 하렸다.

불똥의 사연은 이런데 셋째는 그와는 전혀 아닌 말씀으로 내 심근을 울린다. 니 신변이 늘 걱정돼. 내 당번이 오길 기다리느라 잠도 못 잤어. 도둑으로부터 널 지켜줄 사람은 나밖엔 없어. 당번제가 있으니 매일 올 수도 없고 해서 대신 이걸 가져왔어. 이것으로나마 난 널 지켜주고 싶어.

셋째가 내민 건 내 키보다 긴 허연 막대기다. 아니, 걱정이 된다면 호신용 권총을 가져올 일이지 어디서 저딴 허접한 걸 가져와 대단한 것인 양 사설이나 진탕 늘어놓으실꼬. 그래도 내가 걱정돼 잠을 설친다니 마음이 짠해 오기도 한다. 해서, 나는 셋째가 준 막대기에 성의를 좀 표하는 의미에서 슬쩍 만져본다. 이런, 막대기라고 봤던 건 그저 그런 막대기가 아니라 상아다. 아니 웬 상아? 코끼리라도 잡은 거여 뭐여?

셋째가 나를 어루만지며 말을 잇는다. 이건 일각돌고래 뿔이라는 거야. 일명 유니콘 뿔이라고도 해. 캐나다 북극에 가서 한달 내리 체류한 끝에 원주민한테 간신히 구해 왔어. 세계적으로 아주 희귀한 물건이라 값도 엄청나. 그런 만큼 이 뿔엔 행운의 뜻이 담겨 있어. 네게 항상 행운이 있길 바래. 그 행운이란 네가 오래오래 사는 거야. 우리 엄마처럼 피살당하지 말라는 말이야.

셋째가 법대를 나와 검사를 지망했다는 말은 사실인 듯하다. 송여사의 죽음을 피살로 생각하는 건 나와 셋째뿐이다. 셋째가 과연 송 여사의 죽음을 속 시원히 밝혀낼지 아닐지 나는 촉각을 곤두세운다.

셋째는 일각돌고래 뿔로도 양이 차지 않는지 나를 안고 창가로 간다. 저기 저거 보이지? 셋째가 가리키는 것은 담장 안쪽 아래, 둥글고 길게 말아져 있는 철망이다. 셋째가 나를 침대로 안고 가며 말한다. 저 철망엔 전기가 흘러. 아무리 그렇다 해도 저런 게 어찌 널 보호해 줄 수 있겠니. 청와대 경호원 출신으로 구성된 베테랑 무술유단자들을 고용할까 해. 그게 싫으면 CIA출신도 좋고.

나는 졸지에 어마어마해진다. 이래도 되는 걸까? 이래도 되니까 너도나도 경호를 해주겠다고 설쳐대는 것이겠지? 그런데 이상한 건 내 앞엔 그 엄청나다는 유산은 꼬랑지의 털끝도 보이지 않는다는 점이다. 나를 두고 이렇게 저렇게 별별 얘기를 떠벌리는 사람들의 말대로라면, 내 앞엔 마드리드를 몇 겹으로 뒤덮을 만한 양의 돈이 널려있어야 한다. 그 돈은 다 어디로 출장가시고 돈과는 닮지도 않은 당번들만 오락가락 하는 것인지. 어디로 갔건 말았건 그런 건 별 문제가 되지 않을 수도 있다. 송 여사 앞에 돈이 산처럼 쌓여 있지 않아도 송 여사는 여러 사람들에게 존경과 경원의 대상이 되지 않았던가. 산다는 건 정말 희한한 일이다.

나는 침대에 엎어져 동물의 왕국을 보며 말한다. 셋째 오빠가 최고야. 난 셋째 오빠만 믿어.


나의 집사들이자 비서들이 물러나고 다시 오는 이 과정은 시한부이다. 송 여사도 시한부로 살았고 나 역시 시한부로 산다. 자신의 운명을 자신이 안다고 해서 달라질 건 없다. 지금은 호강이 늘어지게 주어졌으니 호강이 내 운명이다. 그런데 조금씩 따분해진다.

나는 송 여사와 산책하던 큰방과 작은방과 건넌방과 집무실과 주방과 욕실을 기웃댄다. 송 여사의 체취가 곳곳에서 묻어난다. 사랑하고 사랑받던 일들도 다 시한부이다. 오머, 내가 왜 이렇게 시한부 운명론자가 되어가지? 무료하다는 증거다. 시간을 땜빵할 그 어떤 것도 보이지 않는다는 게 슬슬 짜증이 난다. 이게 과연 호강일까? 집무실에서 송 여사가 유언장을 작성하며 내게 했던 말이, 그 짜릿했던 순간이 그립기만 하다. 너는 앞으로 네 이름처럼 살게 될 거야. 내가 약속하지. 약속을 받음과 동시에 나는 느닷없이 마드리드에서의 일이 떠올랐다. 젖병을 물고 엉금엉금 기어 마당으로 내려갔을 때, 들고양이가 내 코며 혀며 목덜미를 마구 핥던 일이, 어째서 그 순간에 번갯불로 떠오른 것인지.

좌우간 송 여사는 생각보다 일찍 약속을 지켰고 나는 남부러울 것 없이 산다. 그런데 송 여사는 나와 함께 목욕을 하다 죽었다. 누가 송 여사를 죽였을까?

안녕! 안녕! 좋은 아침! 오늘의 당번이 호들갑을 떨며 온다. 무료함이 일시에 가신다. 하루 종일 나와 콕 박혀 있을 것인데도 큰딸은 시끌시끌한 차림새로 들어선다. 저런 차림을 볼 때마다 나는 나를 돌아본다. 내 피부는 우윳빛으로 우아하고, 귀걸이나 반지, 목걸이를 하지 않았음에도 세련미의 절정을 이룬다.

나는 소파에 앉아 귀여우면서도 지적인 눈으로 큰딸을 본다. 큰딸이 예의 다른 집사들 비서들 모양 쇼핑백에서 바스락바스락 뭔가를 꺼낸다. 매뉴얼 좀 바꿔보시지 왜들 이러서. 나는 벌써부터 식상해져 슬그머니 일어난다. 큰딸이 나를 주저앉힌다. 가긴 어딜 간다고 그래. 밥 먹어야지. 맛있는 거 갖고 왔어. 그리고 신선한 정보도. 군침 돌지? 아닌 게 아니라 군침이 돈다. 맛있는 것과 신선한 정보는 권태로워진 나의 호강을 빠르게 바꿔줄지도 모른다. 자, 가자. 큰딸이 사각통을 들고 주방으로 간다.

나는 주방 내 식탁 의자로 가 앉는다. 이 의자는 송 여사가 특별히 내 몸과 키에 맞춰 주문제작한 것으로, 안락하기가 그저 단순 무식한 안락함이 아니라 럭셔리한 안락함을 준다. 무엇으로 나를 기쁘고 즐겁게 해 줄까 고심하던 송 여사는 없고 송 여사 자리엔 큰딸이 앉는다. 이거 말이야, 예사 음식이 아니야. 신라호텔 수석 주방장한테 특별히 부탁해서 만들어 온 거야. 말하자면 장인 정신이 배어있는 품격 있는 요리라 이거지.

먹기도 전에 큰딸이 뻥 튀겨 말한 음식은 요리보고 조리봐도 해석이 불가능하다. 허여멀건 한 것이 얼핏 보면 쌀죽인데 꼭 그렇지만도 않은 것이, 무언가 노리끼한 것이 점점이 박혀있고, 거기다 꽃분홍의 알 같은 것도 섞여 있으며, 맨 위엔 장미꽃잎이 하트 모양으로 얹혀져 있다. 이런 걸 날더러 먹으라고? 내가 눈을 동그랗게 뜨고 큰딸을 보자 큰딸이 요리강습을 시작한다. 너 이런 거 첨 봤지? 엄마가 널 위해 바치긴 했지만 이런 최신 요리까지 챙기진 못했을 거야. 이게 뭐냐면, 산해진미가 어우러진 불도장보다 더 맛난 보양식이야. 상어 간과 연어의 젤 좋은 부위의 살을 살짝 데쳤다가 여주 햅쌀을 불려서 살살 볶은 다음, 거기다 데친 상어 간과 연어 살을 섞고, 거기다 상황버섯 두 개랑 ……

나는 식탁에서 일어나 소파로 간다. 큰딸이 사각통을 들고 내 뒤를 따라온다. 요 노리끼 한 건 금가루구, 요 꽃분홍은 날치알이구 …… 네가 변비가 있다는 소릴 듣고 해 온 건데 왜 안 먹어? 나는 차갑게 고개를 돌린다. 송 여사가 직접 해 준 음식이 아니면 나는 먹지 않는다. 송 여사와 나는 주방에서 함께 음식을 만들었고 같은 식탁에서 같이 나누어 먹었다. 그래도 죽는 마당에 누가 뭘 넣었는지도 모를 음식을 어찌 먹을쏘냐.

큰딸이 살곰살곰 나를 흘끔거린다. 에이, 의심하긴. 아무렴 내가 널 해칠까봐 그러니? 꿈 깨서. 나, 은팔찌 차고 싶은 맘 없거든?

큰딸이 사실을 사실로 말한다 해도 나는 먹지 않는다. 뭘 넣고 어떻게 조리하는지 직접 보지 않은 음식은 송 여사나 나는 먹지 않는 것을 원칙으로 한다.

큰딸은 먹이길 포기하고 이번엔 요상한 걸 꺼낸다. 변기는 변기인데 앉는 부분엔 금도금을 칠했는지 누렇게 번쩍거린다. 칼라도 칼라지만 내 엉덩이를 자로 잰 듯한 크기는 앙증맞기가 소름이 끼친다. 뻑 가는 내 표정에 큰딸의 입가가 늘어지고 찢어진다. 내 그럴 줄 알았어. 니 맘에 쏙 들 줄 알았다니까. 여기 앉아서 볼 일 보면 변비 따윈 근처도 못 올 거야. 비데 기능도 있어. 니가 앉기만 하면 저절로 맞춤 기능이 작동되는 비데야.

큰딸은 능수능란하게 음식과 변기를 찬양하더니 이번엔 신선한 정보 파트로 넘어간다. 너 말이야, 유명해진 거 아니? 나, 너 유명세 땜에 얼마나 고역을 치르는지 몰라. 지금 너한테 오는 걸 어떻게 알았는지 파파라치 그 새끼들이 구더기 끓듯 끓더라니까. 그거 피해 오느라 중앙선을 넘을 뻔했지 뭐냐. 까딱하다간 다이애나 될 뻔했어.

오호호호! 나는 까무러칠 듯 웃는다. 어째서 파파라치가 그 새끼이며 구더기여야 하는지 우습기만 하다. 파파라치가 없으면 유명해지고 싶어 안달이 난 사람들에겐 비용이 더 깨지는데, 그 사실을 큰딸은 진정 아시는지 모르시는지. 파파라치는 아무나 쫓아다니지 않는다. 파파라치야말로 안목이 탁월하다. 돈이 될 인물인지 아닌지 개코보다 확실하고 정확하다. 때문에 파파라치가 안 쫓아다니면 자신의 정체성에 심각한 균열을 일으키는 사람도 꽤 된다. 정신병원에 가라, 돈 주고 사람 풀어 나 좀 쫓아다니쇼 하랴, 이거야말로 난리다. 큰언니야, 부화뇌동하지 말고 세상이 어떻게 돌아가는지 현명 좀 해봐라.

큰딸이 이번엔 핸드백에서 신문기사 스크랩한 걸 꺼낸다. 얘, 이거 봐. 니 사진 나왔어. 아니, 집에만 박혀있는 널 어떻게 알고 사진까지 찍었지? 귀신이 따로 없다니까. 나는 큰딸이 내민 사진과 기사를 본다. 합성사진이 아닌 내 사진이 버젓이 올라있고 사진 옆에는 기사가 **빡빡**하다.

큰딸은 내가 아직 한글에 익숙하지 않다는 걸 알고는 기사 내용을 장황하게 풀어놓는다. 사람들은 니 걸음걸이며 목소리까지 흉내 낸다는구나. 니가 얼마나 부러웠음 그러겠니. 그리구 말이야, 니가 좋아하는 게 뭔지 정보가 될 만 한 건 죄다 알아내선 짝퉁으로 써먹는대. 또 말이야, 니가 아직 미혼이라는 걸 안 사람들은 너랑 결혼하려구 머리 싸매고 준비한대. 일종의 고시생인 거지. 토탈 리꼬신드롬이라 부르는데 멋지지 않니? 근데 말이야, 나쁜 소문도 있어. 니가 단지 엄마랑 동거했다는 그 이유만으로 자식도 팽개치고 그 많은 재산을 네게 줬다는 건 미친 짓이라는 등, 굶어 죽는 이들이 있는데 파렴치한 짓이라는 등, 엽기라는 등, 별별 괴담이 떠돌아. 그래서 하는 말인데, 내가 니 매니저가 돼야겠어. 부담스러워 하지 마. 큰언니로서 그 정도의 책임은 져야 하지 않겠니? 나는 야불야불 쉼표도 없이 말하는 큰딸의 입을 빤히 본다. 됐거든? 책임은 할 일 없는 언니 너나 해라. 신선한 정보도 아닌 정보라 그런지 입안에 신물이 괸다.

나는 조용히, 사뿐사뿐, 발레 걸음으로 내 방 침대로 들어가며 말한다. 알았어 큰언니야. 큰언니야가 내 매니저가 돼 준다면 무슨 걱정이겠어? 큰딸의 목소리가 한 옥타브 올라간다. 정말이니? 그래애 얘, 잘 봤다 얘애, 널 비전 있는 재테크로 만들어 줄 수 있는 건 나밖엔 없어. 니 몸값을 당장 따따블, 따따따따블, 아니 천정부지로 뛰게 해 줄 수 있어. 난 국내파가 아니거든. 널 세계파로 만들 거야. 타임지, 르몽드지, 제너럴매거진, 아니, 신문이나 잡지만 가지곤 안 되겠다. 구글이며 기네스북에도 오르게 해 줄 거야. 어때? 기분 나이스지?

말만 듣는데도 어째 몸이 녹작지근하다. 나는 큰딸의 수다를 들으며 콜콜 잠이 든다.


네 명의 집사 비서들을 치렀으니 이제 남은 건 막내딸 하나다. 송 여사의 처사를 두고 환장했다고 펄펄 뛰던 막내딸은 어떤 얼굴로 올까. 그 기개가 지금까지 이어졌다면 볼만하겠지만 그렇지 않다면 볼 것도 없다.

막내가 숄더백을 메고 들어온다. 소파에 철푸덕 앉기 무섭게 한숨부터 내리쉰다. 이건 또 뭐람? 작전을 바꾼 것이여 뭐여? 나는 고개를 갸웃해가며 알사탕 같이 크고 어여쁜 눈으로 막내를 본다. 막내는 내 시선을 강렬하게 느꼈음에도 나를 보지 않는다. 제법이네.

나는 소파에서 일어나 송 여사의 집무실로 들어간다. 막내가 순간 벌떡 일어나는가싶더니 이내 주저앉는다. 땅이 꺼질 듯한 한숨소리가 집안을 점령한다. 아이, 듣기 싫어. 한숨 쉴 데가 없어서 여기까지 온 거야 뭐야? 기대고 실망이고 간에 한숨소리에 치여 너를 죽일까 나를 죽일까 생각할 즈음에야 막내가 집무실로 들어온다.

나는 왜 한숨을 쉬는지, 무슨 걱정거리라도 있는지 묻지 않는다. 세상은 한숨이 일궈낸 결정체들로 북적거린다. 한숨이 없었다면 세상은 볼 것도 만질 것도 생각할 것도 씹을 것도 없이 시시하기만 할 것이다. 한숨이 지겨워 죽일까 죽을까 하던 방금 전과는 달리, 나는 긍정파 낭만파로 돌아선다. 왜냐. 막내가 자신을 깨달았기 때문이다. 바로 그것이다. 아무에게나 막무가내기식으로 자신을 피알 한다는 게 얼마나 무모한 짓이라는 걸 막내는 배우고야 만 것이다. 기특하기도 해라.

막내가 어렵사리 한숨을 극복하고 입을 뗀다. 나, 너 땜에 미치겠어. 이건 또 뭔 소리람. 나라니, 내가 왜? 내가 무슨 일로 이 집안의 고귀하신 막내따님의 심기를 건드렸을꼬? 막내가 주둥이를 댓발로 내민다. 있지, 응, 있지, 응 …… 쳇, 초장부터 한숨에 뜸에 별꼴이네. 저렇게 나오는 인간치고 속 찬 인간 없더라.

나는 냉랭하게 송 여사의 회전의자에서 일어나 거실로 나온다. 막내가 벙 뜬 얼굴로 나를 본다. 그렇게 볼 게 아니라 니 속 시원해지게 토해버려라. 내 니 실력 다 아는데 요리조리 잔머리 굴리다간 니가 먼저 굴러가지 않겠니?

나는 소파로 가 길게 드러눕는다. 그제야 막내가 고분고분 복종하는 걸음걸이로 다가온다. 진즉에 그럴 것이지. 나는 눈을 감고 막내의 그 다음을 기다린다. 막내가 울상인 목소리로 말한다. 다름이 아니라 …… 내가 너 땜에 미치겠다는 건 …… 너의 지성과 미모를 흠모하는 남자들이 리꼬사모 라는 걸 만들어가지고 날 괴롭힌다는 사실이야. 널 만나게 해 달라고, 너한테 다리를 놔주면 사례하겠다고. 그 일 땜에 난 아무 것도 할 수가 없어. 아니, 스토커가 왜 나한테 붙니? 너한테 붙어야지. 나, 이러다간 정말이지 어디 요양원에라도 가든지 이민이라도 가야할까 봐. 나는 절로 눈이 번쩍 뜨인다. 이건 또 무슨 재탕이람. 차라리 돈을 꿔달라고 하는 게 낫겠다. 그래서? 그래서? 나는 기막힌 표정으로 막내를 본다.

막내는 내 표정을 호응하는 것쯤으로 받아들였는지 한 술 더 뜬다. 얘, 이참에 너 결혼하는 거 어떠니? 핫! 나는 막내만큼이나 혼이 빠진다. 생리가 시작되려면 아직도 멀었는데 벌써 결혼이라니, 날더러 정략결혼을 하라는 거야 뭐야? 조혼도 이런 조혼이 없고 계략도 이런 계략이 없다.

나는 어이없어하면서도 막내가 어디까지 가나 두고 보기로 한다. 막내는 숄더백에서 종이쪽지를 꺼낸다. 말이야 바른 말이지, 넌 다 이쁜데 코가 납작하잖니. 이번 기회에 너 성형해라. 막내는 병원에 비치되어 있던 팸플릿을 가져와 펴 보이더니 다시 숄더백을 뒤진다. 이건 세계여행 패키지 상품이 들어있는 브로셔야. 자

봐라, 참 좋다. 스웨덴, 영국, 프랑스, 독일, 하와이, 그리스, 모로코, 포르투갈 …… 이 상품으로 신혼여행가면 죽이겠다. 크루즈 여행도 있어. 지중해, 오세아니아, 북아프리카, 남극 …… 아휴, 난 니가 부러워 죽겠다. 돈이 없냐 시간이 없냐 건강이 없냐, 그러니까 빨랑 성형수술하고 결혼해라. 내가 니 들러리 겸 보디가드가 돼줄게. 휘트니휴스톤의 보디가드는 명함도 못 내밀게 해 줄 자신 있어. 아, 생각만 해도 뿌듯하다 얘. 저 언니가 정신이 있는 거야 없는 거야? 결혼이 맞추기만 하면 되는 무슨 폐백 떡인 줄 아나.

나는 막내를 쳐다보는 것도 신경질이 나 발딱 일어난다. 막내가 발끈하는 나를 꼬옥 안는다. 사랑해! 정말 사랑해! 나도 널 사랑하지만 나보다 널 더 사랑하는 남자가 있단다. 자 볼래?

막내가 나를 안고 거실 창가로 간다. 정원 잔디 가장자리엔 잘생긴 소나무가 있는데, 바로 그 밑엔 나보다 조금 더 커 보이는 남자가 목이 빠져라 내 쪽을 본다. 하다하다 별 짓을 다 하는군. 나는 막내를 뿌리치고 내리려는데 막내는 내 몸이 터져라 부여안는다. 안 보이니? 아참, 그렇지! 막내는 나를 안은 채 숄더백에서 안경을 꺼내 내게 씌워준다. 내가 니 시력을 잘 몰라서 좋은 걸로 맞춰왔어. 이 안경은 보통 안경이 아니라 다초점 안경 비슷한 거야. 잘 안 보이는 건 잘 보이게 해주고 너무 잘 보여 적나라해진다 싶으면 적당히 뽀샵 처리 해 주는 요술 안경이야. 어때? 저 남자 괜찮지? 너랑 고향도 같고 핏줄도 같고 경제력도 비슷한 남자를 물색했어.

막내는 돌이킬 수 없는 실언을 한다. 물색을 했다니, 이거야말로 결혼사업이다. 막내는 내가 누구인지를, 리꼬는 리꼬만으로도 충분하다는 것을 잊은 모양이다. 나는 참을 수 없는 모욕감에 치를 떨다, 떨다, 막내의 코를 콱 물어버린다. 막내가 비명을 지르며 나를 내려놓는다.

나는 여유만만하게 소파로 가 앉아, 엉엉 울며 어딘가로 전화를 거는 막내를 지그시 내려다본다.


막내가 곧장 병원으로 행차해 항생제를 맞고 코에 반창고를 붙이고 들어온다. 막내가 사고를 당했다는 소식을 접했을 네 형제분들도 막내 뒤따라 출동하신다. 도합 다섯 명의 형제들이 한꺼번에 들이닥치자 나는 더럭 겁이 난다. 편들어 줄 송 여사도 없지, 송 여사의 일을 매스컴에 떠들어 준 기자들도 없지, 대체 나는 어디로 숨어야만 할까. 나만의 나로 밀고 나가던 일은 이제 끝장이 나고, 저 오합지졸의 단체에게 협조를 해야 살아남을 수 있다는 말인가.

헌데 이게 웬일일까. 다섯 분들의 얼굴은 살벌함 대신 온화함으로 그득하다. 가을 국화향이 저럴까 크리스털 꽃병에 꽂힌 백합향이 저럴까. 그래서 더욱 불안해진다. 나는 눅지근하게 달라붙는 불안을 어쩌지 못한 채 경계심을 풀지 않는다.

장남을 포함해 다섯 명이 나를 에워싼다. 오, 이방인 하나가 결국 이방인한테 죽는구나! 나는 몸을 잔뜩 움츠리며 내 짧은 생애가 마지막인 양 나를 둘러싼 다섯 명을 하나하나 둘러본다. 다섯 번째에 가서 눈이 꽂히는 순간 어디선가 노랫가락이 흘러나온다. 해피 벌스데이 투 유~ 해피 벌스데이 투 리코~ 다섯이 합창을 하며 폭죽을 터뜨린다. 세상에나! 이런 줄도 모르고. 아이, 미안해라. 나는 차마 그들을 마주보지 못한다. 죄책감 99%가 섞인 눈을 그들에게 들키기도 보여주기도 싫다.

장남이 나를 번쩍 안는다. 생일 축하해 우리 이쁜이! 둘째가 내 뺨에 지 뺨을 문댄다. 미 투! 셋째가 내 귓불을 잡고 살짝 흔든다. 이쁘게 커줘서 고맙당. 큰딸이 내 가슴을 간질인다. 젖이 이게 뭐냐. 내년엔 브라쟈 선물하게 속성으로 커라. 막내가 내 코에다 반창고 붙인 지 코를 비빈다. 장수해라 리코!

나는 다섯 명에게 축하를 받자 기분이 억수로 좋아진다. 큰딸이 생일 케이크를 식탁에 꺼내놓는다. 막내가 아이스와인과 잔을 케이크 옆에 세팅한다. 셋째가 와인 병을 따 잔에 따른다. 다섯 형제들이 사이좋게 둘러앉아 잔 하나씩을 든다. 자, 리코를 위하여! 장남이 잔을 들고 외치자 네 명의 형제들이 같은 말을 복창을 하며 잔을 부딪친다. 쨍그랑! 둘째가 케이크를 자르고 모두 케이크와 와인을 먹으며 하루에 있었던 일을 담소한다. 내게 케이크나 와인이나 말을 건네는 사람은 아무도 없다. 나는 왠지 거대한 주류 속에 단 하나의 비주류가 된 기분이 든다. 송 여사가 있었더라면 …….

나는 슬그머니 식탁에서 빠져나온다. 장남이 놀란 얼굴로 큰딸을 보며 나무란다. 아니 오늘의 주인공을 빼고 우리끼리만 먹었잖

아? 넌 뭐하느라 리코를 뺐니? 큰딸이 나를 돌아보며 말한다. 리코
는 엄마가 해 주는 거 아님 안 먹어. 둘째가 나선다. 그래도 오늘
은 리코 생일이잖아. 셋째가 케이크 한 조각을 들고 내게로 온다.
서운했지? 자, 먹어. 막내가 와인 한 잔을 들고 다가온다. 독약 안
탔어. 우리 먹는 거 보면 몰라?

나는 기분이 좀 풀리자 케이크를 먹는다. 맛있지? 맛있지? 막내
가 맛있냐고 물으며 와인잔을 내민다. 나는 술 먹을 나이가 되지
않았으므로 사양한다. 내가 사양하는 걸 보자 형제 다섯이 모두
대든다. 아이, 왜 그래. 우리가 있잖아. 우리 다섯이 너 하나 책임
못 질까봐 그러니? 자, 쭈~욱, 쭈~욱, 맘 놓고 마셔. 내가 도리질
을 하는데도 불구하고 다섯이 합세를 해 내 몸을 누르고 입을 벌
리고 와인을 쏟아 붓는다. 나는 내 의지와는 달리 꾸역꾸역 술을
넘긴다. 몸이 나른해지고 머리가 어질어질해진다. 내가 비틀대는
걸 보자 다섯이 폭소를 터뜨린다. 리코, 너 혹시 최후의 만찬이라
는 거 아니? 으하하하! 나는 빙빙 도는 눈을 감지도 뜨지도 못한
채 그 자리에 쓰러진다.

누군가가 나를 덥석 안는다. 술도 마셨겠다, 이젠 목욕할 차례
네용~ 나와 다섯은 송 여사와 함께 쓰던 욕실로 들어간다. 누군
가가 욕조에 물을 틀고 또 누군가는 목욕물에 샤워바스를 푼다.
사방이 거울인 욕실에서 나는 축 늘어져 송 여사와 쓰던 샤워바스
냄새에 취한다. 뿌연 김이 안개처럼 피어오르고 안개 속에서 이러
쿵저러쿵 말소리가 난다. 저런 발칙한 년! 오만 방자하기가 꼭 엄

마를 빼다 박았다니까. 누군가가 목욕물에다 나를 던진다. 나는 물과 손길에서 벗어나려 허우적댄다. 허우적대는 몸을 다른 누군가가 샤워바스의 거품으로 거칠게 문댄다. 가만있어! 돼먹지 못한 년 같으니라구! 나는 물과 거품과 독이 오른 손길을 마시며 가물가물 의식을 잃어간다. 희미한 의식 속에서 이런 말이 들린다. 우리도 엄마처럼 환장해 보자구요! 저깟 페르시안 냥이한테 전 재산을 준 걸 생각하문 지금도 살이 떨려. 누군가가 내 목을 조르며 말한다. 리꼬! 니가 아무리 리꼬래도 넌 고양이야.

어쩐 일인지 나는 영화를 보듯, 죽어가는 내 얼굴이 영상으로 보인다. 그것은 나의 열렬한 키스를 받으며 들고양이가 옮긴 바이러스를 함께 빨았던 송 여사의 얼굴이 내 얼굴로 바뀌는 장면이다.

다섯 명의 사람들은 내가 죽어가는 송 여사를 보며 웃었던 바로 그 웃음을, 소리 죽여 목젖 너머로 흘린다. 리꼬표 웃음에서 피비린내가 황홀하게 진동한다. 나는 행복 중에서도 최고급의 행복에 도취한다. 그것은 바로 이것이다. 니들도 곧 나처럼 될 걸? 캬아악! ☐

**리꼬**(rico) : 스페인어로 부자라는 뜻.
**에리스**(Eris) : 그리스신화에 나오는 불화와 분쟁의 여신으로, 황금의 사과를 던져 트로이 전쟁에 원인을 제공했다고 함.

## ◻ 네비게이션만 믿어요

**신기한 나무를 심다. 아주 오래 전의 일이다.**

모감주, 주목, 상수리, 모과나무를 지나 내가 그에게로 달려간
다. 그가 겨자씨보다 더 작은 씨앗을 보여준다. 내가 고개를 갸웃
하고 들여다본다. 까만 깨 같이 생긴 씨앗에선 아무런 기미도 보이
지 않는다. 그가 멀뚱멀뚱 쳐다보기만 하는 나를 보더니 안방이라
는 공간 복판에다 씨앗을 파묻는다. 씨앗은 묻히자마자 구들장을
들썩이며 싹을 낸다. 오렌지색, 청개구리색, 제비꽃색, 개망초색
잎이 소나무 잎과도 같이 가늘고 뾰족하게 나온다. 잎의 화사함에
놀라, 잎의 날카로움에 눌려, 한 발짝 뒤로 물러난다. 그가 벌렁거

리는 내 가슴을 쓸어주며 나무가 될 싹을 설명한다. 이 세상에서 가장 향기로운 냄새를 가진 나무이며, 이 세상에서 최고로 멋진 나무이며, 이 세상에서 더할 수 없이 단 열매를 맺는 나무라네.

이 세상엔 있을 것 같지도 않은 나무가 내겐 과분하다. 내가 두 손으로 얼굴을 가리자 그가 손을 떼어주며 다시 한 번 똑같은 말을 한다. 말하고 있는 그의 눈엔 별스러운 그 나무가, 그 향기가, 그 그늘이, 그 열매가, 보이지 않는다. 내가 생각 비슷한 걸 한다. 말로 키우고 말로 자라는 나무도 있구나.

그는 그가 한 말을 보여주려는 듯 소매를 걷어붙이고 싹 주변을 삽, 괭이, 포크레인으로 판다. 싹만 빼고 둥글게 파진 골을 따라 그가 깨진 유리병 같은 친절, 녹슨 철판 같은 교양, 고장 난 휴대전화기 같은 자상함을 꽂는다. 울타리를 만들어주었으니 싹은 무럭무럭 자랄 것이라고 그가 말한다. 내가 졸음에 못 이겨 꾸벅꾸벅 졸듯 고개를 주억거린다. 그의 입가에 전혀 탁하지 않은 웃음이 길게 머문다.

그것으로 다 되었다며 그가 손을 턴다. 그의 손에선 흙 부스러기도 땀 한 방울도 떨어지지 않는다. 내가 몹시 궁금하여, 물 조리는 어디에 있는지 핀셋은 어디에 있는지 묻는다. 그가 내 어깨를 톡톡 두드리며, 물을 주지 않아도, 해충을 잡아주지 않아도, 그저 놔두는 대로 잘 자라는 나무라고 대답한다. 내가 턱에 손을 괴고 조금 심각하게 생각 비슷한 걸 한다. 그저 놔두면 놔두는 대로 잘 자라는 나무는, 알아서 향기롭고, 알아서 멋있고, 알아서 달겠구나.

그의 말대로 싹은 안일하게, 무사하게, 태평스럽게, 질병도 없이, 무럭무럭 잘도 자란다. 바늘 같던 잎은 어느 새 야자수 잎처럼 아이 하나를 뉘어도 좋을 만큼, 파라오의 번들거리는 이마를 팔락팔락 부쳐줄 만큼 커진다. 이제 안방엔 싹은 보이지 않고 잎만 보인다. 잎이 차지한 안방엔 바늘 같던 잎 대신 잎 옆에 서 있기도 빡빡한 내가 바늘이 되어 선다. 그가 잎을 보며 걱정이 없다고 말한다. 안방은, 걱정이 없는, 지구상에 오직 단 하나의 유토피아가 된다.

내가 다시 생각 비슷한 걸 한다. 이 세상에서 가장 향기로운 냄새가, 이 세상에서 최고로 멋진 나무가, 이 세상에서 더할 수 없이 단 열매를 맺으려면 얼마나 더 자라야 할까. 잎이 자라면 나는 잎에 깔릴까 누울까. 아니면 송곳 같은 몸의 폭을 줄여야할까 길이를 줄여야할까. 내가 또 다시, 걱정 없는 생각을 한다. 유토피아는 그 어디에도 없는 곳이기에 유토피아라던데.

그래서,

내가 잎도 없고 사람도 없는 유토피아를 찾아 가쁘게 나선다.


극장.

밤처럼 캄캄한 속에서 나의 동공은 두려운 듯이, 기쁜 듯이, 활짝 문을 연다. 앉아있는 사람들은 다섯도 채 안 되는데 그 소수를 위해 화면은 널찍하니 바다를 펼친다. 내가 바다를 구경하기보다, 바다에 흡수되기보다, 유토피아를 만나, 유토피아를 끌어다, 증인석에 앉히려 한다. 마침내 맨 뒷좌석 등받이에 앞가슴을 댄 채 실내 전체를 관망한다. 종과 횡으로 기특하게 잘 짜여진 의자들과 의자를 덮고 있는 하얀 커버가, 운동장에 모여 훈시를 듣는 학생들의 똑같은 옷과 똑같은 머리다. 십 열 종대 혹은 십 열 횡대로 그럴싸하게 짜여진, 본받을 만한 질서와 그 안에서 숨죽이며 울고 있거나 웃고 싶어 할 엄숙을, 내가 못내 찬양한다. 그 일은 마땅하다. 나는 반사할 줄 모르는 질서 위를 이리저리 뛰어다니는 걸로 나의 경배의식을 진행하고 싶어진다. 퍼붓는 욕이 되어, 골목 같은 통로를 질주하며, 으악으악 소리 지르며 여기에도 앉았다 저기에도 앉았다 난리를 피워야만 할 듯하다. 왜 그런지는 모르지만 아무튼 그렇게 하는 게 정당방위와도 같이 필요한 일로 여겨진다. 나는 예전 그 어느 때부터 원했을지도 모를 야성을 차마 행하지 못한다. 마음은 원이로되 몸이 원치 않는, 더불어 살기엔 적당히 길들여진 자의식이 보기 좋게 나를 이끈다.

내가 그늘에 덮여도 잘 자라난 식물로, 비직비직 걸어 맨 앞에서 두 번째 자리로 간다. 그 때 나는, 그도 나도 아닌, 누군가가 한 말이 떠오른다. 잎이 무성하면 그늘도 무성하고 그늘 아래 있는 식물은 잘 자라지 못한다오. 그 말이 나를 대변해주는 말인지는 모르겠으나 어쩐지 현실과 이상이 혼재되어있는 말로 들린다. 혼재라는 말이 혼전을 연상시키든 화합을 의미하든 현실은 현실대로 이상은 이상대로 제 각각 잘 자라고 잘 굴러간다. 싸울 일은 없다. 그늘 속에 내가 있든, 그늘 밖에 내가 있든, 그늘은 그늘로 무성하게 자랄 것이고 나는 나로 탈 없이 자랄 것이다. 그 역시 내게 그늘을 주어야만 안심하겠다면 그럴 일이다. 굳이 그늘 밖으로 뛰쳐나가 애써 타죽을 이유가 없다.

화면의 바다가 안방에서 자라는 그의 잎 모양 나를 덮친다. 내가 두 발을 앞 의자 위에 턱하니 올려놓는다. 뽀족하게 돋았던 싹이 지금은 안방 만해진 것처럼, 나도 바다의 화면으로 넓고 웅장해진다. 너무 넓고 웅장해진 탓인지 영화는 보이지 않고 영화 저 깊은 곳에 숨어있을 열매가 어른거린다. 나는 군침을 삼켜가며 그게 어떤 열매일까 그립지 않으면서 궁금해진다. 어떤 열매가 됐든 열리기만 하면 구워먹든 뜯어먹든 할 판이다.

내 생각을 눈치라도 챈 듯, 진동으로 바꿔놓은 휴대전화기가 간질증세로 나를 찾는다. 나의, 그리고 그의 울타리가 되어주는 휴대전화기에게 도취해 꼼짝도 하지 못한다. 휴대전화기가 다시, 또 다시, 양껏 소리를 내지 못해 그릉그릉 앓는 소리를 낸다. 부들부들 떠는 소리가 느꺼워 정중하게 배터리를 뺀다.

영화는 안방에서 보았던 싹만큼이나 과장되어 있다. 영화를 보러 온 게 아니었으므로 별 서운함 없이 복도로 나온다. 휴대전화기에 배터리를 끼고 음성 메시지를 듣는다. 그의 음성이, 태어날 때부터 그랬던 것처럼 정확한 발음으로, 높낮이 없이, 그러나 정이 뚝뚝 묻어나는 톤으로 말한다. 어디 갔나? 집에 전화해도 받질 않네. 내가 송구한 마음을 어쩌지 못해 그에게 답장의 전화를 건다. 그는 수업에 들어가고 없다고, 그의 친절한 동료가 알려준다. 오늘도 그는 검고 딱딱하고 길쭉한 표지의 출석부를 들고 교실로 갔을 터이다. 오늘의 진도를 경제개발 5개년 계획쯤으로 알아 차질 없이 진행하고, 끝날 무렵엔 고단한 행진을 위로하는 차원에서 처용가를 멋들어지게 읊어댔을 것이다. 이제 그의 출석부에 내 이름은 없다. 대신 나는 처용이 된 듯한 그의 너그러움을, 매일, 같은 집에서 몸소 느끼며 산다. 나는 유토피아를 찾으러 나섰던 내가 몹시 죄송해 서둘러 집으로 돌아간다.

현관에 들어서기 무섭게 전화벨이 울린다. 시계를 본다. 그다. 어디 갔었나? 전화해도 받질 않네. 그는 똑같은 말을 하기 위해 녹음을 해 두었다 틀고 있는지도 모른다. 내가 욕실에 있었다고 대답한다. 그가, 욕실에 갈 때라도 전화기를 들고 가라고 했던 말을 벌써 잊었냐고 일깨워준다. 내가 지당하신 말씀을 경청하며 나의 어리석음을 자책한다. 그가 멀쩡한 옷에 헝겊을 덧대어 꿰매듯, 그런데 욕실에서 그렇게 오래 있었느냐고 묻는다. 나는 욕실을 청소했고 욕조에 물을 받아 때를 미는 목욕을 하고 있었다고 둘러댄다. 그가, 당신은 자기 전에 샤워를 하는데 어쩐 일로 아침부터 목욕을 했냐고 묻는다. 그의 친절한 마음 씀씀이가 하도 벅차 아무 대답도 하지 못한다. 그가 내 마음을 헤아렸는지 용서하는 음성으로 뭐 먹고 싶은 게 없냐고 묻는다. 갑자기, 벼락을 맞은 것만큼이나 갑자기, 나무에서 열릴 열매가 걱정스럽게도 먹고 싶어진다. 그가 말한 대로 봄직도 하고 먹음직도 한, 최고의 열매가 주는 단맛이 어떤 것인지, 빨리 열매가 맺혔으면 싶다. 내가 감전되듯 유토피아에 대해 깨닫는다. 그의 안방은 잎이 누릴, 앞으로 맺힐 열

132

매가 누릴, 어김없는 유토피아다. 유토피아의 일원이 되기 위해 서둘러 목욕물을 받는다. 있는지 없는지도 모를 때를 밀기 위해 욕조에 몸을 담근다. 극장엘 다시 가고 싶어지는 마음만큼이나 때가 퉁퉁 붇길 기다린다.

**어린 나무가 열매를 맺다. 아주 오래 전의 일이다.**

그의 열매가 얼마나 자랐나 잎을 들춰가며 랜턴을 비추자 그가 이런 나를 제지한다. 그는 열매를 위해 잎을 들춰가며 빛을 쏘여주거나 가지치기는 하지 않는다. 그는 천성이 착하고 진득하여 나만큼 근심스레 기다리지 않는다. 다행히 그의 나무에는 천둥도 번개도 치지 않고 홍수도 없다. 나는 생각 비슷한 게 난다. 천둥, 번개, 홍수가 자연을 뒤집어 놓으면 다음 해엔 풍년이 든다는, 누군가가 속 시원하게 뱉은 말이 떠오른다. 그 말이 맞는지 안 맞는지는 섣불리 동의할 수 없다. 아직은 그의 열매가 다 자랐다고 볼 수 없으며, 천재지변의 혜택을 받기엔 아직 어린 나무이다.

그가 퇴근하며 사과, 배, 감, 귤을 한 아름 사온다. 내가 사과, 배, 감, 귤을 거들떠보지도 않는다. 그가 사과를 권한다. 내가 고개를 젓는다. 그가 귤을 권한다. 내가 고개를 젓는다. 그가 배와 감을, 사과와 귤을, 봉지 채 권한다. 나는 나를 아끼는 그 마음이 견딜 수 없어 그의 마음을 먹듯 감사히 먹는다. 그랬음에도 어째 메슥메슥 신물이 올라온다. 그 옛날, 학창시절의 증상이 도진 것이다.

과일 정물화를 그리던 시간이다. 책상 위엔 흰 천이 덮이고 그 위엔 사과, 배, 감, 귤이 놓여있다. 정지된 사물에는 눈도 코도 귀도 없고 눈곱도 눈물도 메마름도 넘침도 없다. 과녁을 향해 화살을 쏘듯, 잘 깎은 연필을 던져 사과 복판에다 눈을 만든다. 배 복판에다 배꼽을 만든다. 감 복판에다 귀를 만들고 귤 복판에다 입을 만든다. 흰 천을 요 삼아 다소곳이 앉아있거나 누워있는 정물에게 연필심이 꽂힐 때마다 짐승 같은 침이 나오고, 눈물도, 기침도, 포효하는 열도 난다. 나는 그 정도로 만족해하지 않고 흰 천의 요를 확 잡아당긴다. 요염하게 정숙의 화장을 한 정물들이 순식간에 책상 밑으로 구른다. 정물 같은 내가 울부짖으며, 때론 미친 듯이 웃어 제치며, 책상 밑으로 기어든다. 내가 씨근거리며 굴러버린 정숙을 줍는다. 정숙은 모도 없이, 상처도 없이, 반듯하고 얌전하기만 하다. 씹어 먹지도 못할 사과, 배, 감, 귤은 미술시간 내내 정숙이 무엇인지를 내게 가르친다.

내가 사과, 배, 감, 귤을 탐욕스레 먹자 그가 이번엔 과일 같은 옷과 모자를 사온다. 지나가다 눈에 띄어 사왔다고는 하지만 나는 그가 일부러 번화가를 몇 바퀴쯤 돌다 심사숙고한 끝에 사왔다는 걸 안다. 그가 내민 옷과 모자는 그를 닮아 압도적이다. 손바닥만한 베이지 색 쫄 티셔츠 복판엔 금분에 푹 빠졌다 나온 장미가 유방만큼이나 도드라져 있다. 모자 역시 티셔츠와 같은 색으로, 머리와 챙의 연결 부분엔 가지 색 공단이 테를 두르고, 챙은 안방에서 자라는 그의 잎사귀만큼이나 넓고 넓다. 그가 가르치는 학생들이나 입을법한, 그러나 내게 딱 어울릴 것 같다고 말한 그 옷을 입는다. 그가 얼른 모자를 씌워준다. 내가 고맙다고 인사한다. 그가 온화하고 고상해 보이는 미소를 개그맨처럼 터뜨린다. 그는 사는 즐거움을, 돈 쓰는 재미를, 내 대신 누릴 줄 아는 멋진 남자이다. 나는 그런 그에게 심오하고도 비밀스런 즐거움을 주고 있다는, 보람된 사실에 개 떨 듯 떤다.

그래서,

추위를 잊게 해 줄 친구 인화를 부른다. 인화는 인화물질 만큼이나 뜨거움을 훨훨 지피며 말한다. 어제 우린 또 싸웠어. 남편이라는 작자는 왜 그 모양인지 몰라. 전화 안 받았다고 길길이 뛰는 거 있지. 아니, 안 받을 수도 있는 거지 죽고 살 일 난 것처럼 왜 만날 전화 가지고 난리인지 몰라. 전화 안 받으면 무슨 사고가 난 것 같다나? 내참, 인류애급 관심은 인류에게나 퍼부으시지 할 일도 드럽게 없는 모양이야. 내가 세상을 초월한 너구리 흉내를 내며, 남편 입장에선 그럴 수도 있지 않겠느냐고 말한다. 인화가 커다란 빗자루로 잘생긴 내 말을 북북 쓸어낸다. 선생 마누라 아니랄까봐 그렇게 말하냐? 어휴, 지겹다 지겨워. 야, 우리 그 딴 소리 집어치우고 모델하우스나 보러가자.

내가 인화의 말에 적정량의 온기를 느끼며 그녀를 따라나선다.


모델하우스.

도우미가 친환경을 고려했다는 마감재와 최첨단 홈 네트워크 시스템과 그 외에 잡다한 장점들을 열거한다. 내가 도우미의 말을 들으며 이 방 저 방을 기웃댄다. 어디를 둘러봐도 너저분한 가구며 소품 따위는 보이지 않는다. 어쩌자고 그렇게 다 예쁘고 정갈한지 그가 제작하지 않았음에도 그의 품성이 고스란히 보인다. 문득, 생각 같지도 않은 생각이 난다. 이런 신선 같은 집에서 살려면 적어도 한 시간에 한 번씩은 목욕재개하고 몸에는 먼지통을 달아 떨어지는 먼지를 받아내야겠구나.

인화가 5,000분의 1로 축약된 아파트단지 모형을 들여다본다. 나도 인화가 하는 대로 유리 상자 속 모형 아파트를 들여다본다. 장난감처럼 생긴 모형 아파트가 내게 점잖게 말한다. 어흠, 이래 봬도 나는 실세라우. 도우미가 지시봉을 이리저리 옮기며 실세를 설명한다. 넉넉한 녹지 공간도, 편리한 교통도, 많은 세대수도, 좋은 학군도, 이 아파트밖엔 가지고 있지 않습니다. 지시봉에서 새빨갛고 작은, 교활하고도 치밀한 눈동자가 여기저기를 스치다 일순 꽂힌다. 우르르 꽈당! 모형 아파트가 원폭의 버섯구름을 피워 올린다. 흠 잡을 데 없는 아파트가, 그 실세인 품성이, 구름처럼 아름답고 고요하게 부서진다. 내가 기분 좋은 현기중에 울컥 목이 멘다. 파괴와 붕괴가 나뒹구는, 저 알 수 없는 역사의 끝으로 내가 끌려간다. 그럴 듯하게 횃불을 들고 선 자유의 여신상이, 긴 수염을 늘어뜨린 두꺼운 양장본의 자서전이, 총칼을 번뜩이며 전선을 오가던 사령관의 전설이, 용암에 쓸려 허허벌판으로 밀려간다. 내가 당의정이 형편없이 쓸려가는 장관에 넋을 잃는다. 멈추지 말아다오. 미래와 과거 그리고 현재 중 어느 하나라도 파괴를 건너뛰지 말길, 나의 정신은 무리하게 원한다.

인화가, 아무리 그래도 현장을 보지 않고선 결정할 수 없다고 말한다. 내가 인화의 손에 끌려 현장으로 간다.

현장은 5,000분의 1로 축약된 모형 아파트단지 보다도 못한, 상상력도 현실감도 전혀 주지 않는다. 벌판도 아니고 그렇다고 논도 밭도 아닌, 굳이 말하면 폐품으로도 쓰지 못할 공터다. 도로나 학교, 편의시설은 보이지 않고 녹슨 앵글더미가 건설에 이름 붙여 겨우 건설 중인 척한다. 부실이나 보수를 염려하지 않아도 될, 부서질 물건도 부서뜨릴 물건도 없는, 안심하고 나를 맡겨도 될 곳이라는 믿음이 쑥 올라온다.

믿음을 다지듯 휴대전화기가 울린다. 시계를 본다. 그다. 그가, 집에 없던데 어디냐고 사근사근 묻는다. 모델하우스를 보는 중이라고 대답한다. 그가 누구하고 같이 있냐고 묻는다. 인화와 함께 있다고 대답한다. 그가 아주 조심스럽게, 인화는 학교 다닐 때 성적도 별로 좋지 않았고 이단아 같았는데 어떻게 모델하우스 같은 델 보러 갔는지 모르겠다고, 지금은 살림을 잘 하고 있는가보다고 말한다. 내가 빨리 들어갈 테니 염려하지 말라고 대꾸한다. 전화를 끊으려는 순간 그가 은근한 어투로 묻는다. 내가 사준 모자하고 옷은 입고 있나? 나는 그렇다고 대답하면서 반바지에 슬리퍼 차림의 나를 내려다본다.

느닷없이, 깊이 없는 내 눈 속 어디에선가 뾰루지가 보인다. 열매다! 그렇게 궁금해 하던 열매가 숭얼숭얼 돋아난다. 한 세기를 잠으로 보내고 있는 공주를 향해 미련스레 달려가는 왕자와도 같이, 내가 열매를 보겠다는 일념 하나로 헐레벌떡 달린다. 두려움을 잔뜩 안고 방문을 연다. 왕자의 키스에 눈을 반짝 뜬 공주처럼, 잎 끝에 뾰루지 열매가 반짝인다. 그 나무에 그 열매라는 말은 맞다. 그의 잎에 그의 열매는 잎 하나에 열 개, 스무 개, 아니 백 개, 천 개… 셀 수 없이 많은 열매를 진드기로 달고 있다. 그의 말대로 그냥 놔둔 결과 사람이 쏟아내는 말처럼 무성히도 달렸다. 징그러운 저걸 팔아 한 밑천 잡아볼까 곰국 우려먹듯 두고두고 따먹을까.

그가 판에 박은 자기 자식을 바라보듯 만족한 웃음을 터뜨린다. 내가 만만치 않아 보이는 열매를 반쯤 조는 눈으로 본다. X와 Y라는 미지수를 채워줄 실수를, 열매가 내게 줄지 내가 열매에게 줄지 알 수 없는 노릇이다. 나와 열매는 실수와 미지수 사이를 얼마나 다양하게, 얼마나 진실하게, 얼마나 끈기 있게, 관계를 맺으며 살아갈까. 생각 비슷한 걸 구체적으로 바꾸어서 조금 심각하게 해본다. 진드기 크기의 열매가 따먹을 수 있을 정도까지 커지면 그는, 또 나는, 어떻게 될까.

**열매가 친절하게 농익어가다. 아주 오래 전의 일이다.**

그의 열매가 까마중, 초피나무열매, 회양열매, 허깨나무열매, 꽃사과나무열매처럼 대롱대롱 물방울 모양으로 커간다. 열매는 오렌지색, 청개구리색, 제비꽃색, 개망초색이 아니라 흑진주색이다. 가라앉았으면서도 서서히 상대를 빨아들여 삭이는, 가히 은밀한 교태라고 해도 될 법한, 은빛 섞인 검은색이다. 색깔대로 복잡스런 검은 맛을 줄지 혹은 그와 상반된, 오싹 떨리는 맛을 줄지 비질비질 땀이 솟듯 웃음이 솟는다. 열매는 벌써부터 산전수전 다 겪은, 두꺼운 얼굴로 나를 마주본다. 몇 천 년 전에 불기 시작한 바람이 이제야 세상에 도착해 내 등골을 쓸어내린다.

그래서,

열매로부터 눈을 피해 집을 나온다. 집을 나와도 갈 데가 없다. 내가 생각 비슷한 걸 한다. 만나고 싶은 사람이 있다, 전화를 걸어 말하고 싶은 사람이 있다, 아무 이유 없이 아무 변명 없이, 그저 언덕배기에 나란히 앉아 저물어 가는 저녁노을을 바라보고 싶다, 싶다, 싶다……

아파트 뒤편 놀이터로 간다. 저녁노을도 없고 할 일도 없다. 생각 비슷한 것도 떠오르지 않고 텅 빈 놀이터만큼이나 내 안도 텅 비어간다. 담은 것도 담을 것도 없는 이런 상태가 언제까지 지속될지 모르나, 그렇다고 무료하거나 초조하거나 아니면 내 존재는 무엇인가 하는 따위의 돼먹지 않은 의심은 들지 않는다.

아무도 없는 벤치로 가 앉는다. 휴대전화기가 울린다. 시계를 본다. 그다. 그는 나의 텅 빔을 기어이 채워주고자 나와 결혼이란 걸 했는지도 모른다. 그래 그런지 그는 이리 한 번 척 감고 저리 한 번 척 감는 걸로 나의 텅 빔을 빈틈없이 메운다. 나는 여백의 미라곤 눈 씻고 봐도 없는 전무후무한 그의 그림이다.

그는 지금 도착했다며 무엇을 하고 있느냐고 묻는다. 도서관에 가는 중이라고 대답한다. 그가 무슨 책을 읽을 것이냐고 묻는다. 아직 생각해둔 게 없다고 대답한다. 그가 향가집을 찾아 읽어보라고 한다. 나는 그가 한 말로 인해 그가 오기 전에 향가 몇 수를 읽고, 된다면 한두 수 정도는 외워두려 한다. 그는 내가 읽은 향가가 무엇인지 물어보고 그 뜻을 알려주려 할 것이다. 테스트라 이름 붙인다면 그를 모욕하는 것일 테니, 나는 그런 불손한 발언은 삼가 하고자 한다.

그가 하필이면 향가를 택하는지는 나도 알지 못한다. 1,700여 년을 거슬러 알쏭달쏭한 문자를 가지고 굳이 옛 선인들의 삶의 방식을 찾아낸다고 하면, 그 까다롭고 난해한 것을 통해 어렵사리 사는 맛을 누리겠다는 것 일수도 있다. 아니면 내가 모르는 것을 가르쳐주겠다는, 그 애정의 톱톱한 맛을 사는 맛으로 간주하고 있을 수도 있다. 이렇든 저렇든 분명한 건 내가 그런 그를 이해하고 있다는 점이다.

등나무가 굵은 줄기를 배배꼰 채 위를 향해 기어오른다. 와스스 소름이 돋는다. 태어날 때부터 배배꼬아가며 하나가 아닌 둘 셋쯤으로 보이게 하는 종류도 있다. 배배꼬인 휴대전화기를 부서져라 쳐다본다. 어렸을 때 라디오 연속극을 들으면 라디오 안에서 사람들이 밥도 하고 빨래도 하며 사는 줄 알았던 것처럼, 휴대전화기 안엔 그가 들어있다. 나의 성장은 그 시절 이후 한 치도 자란 게 없다는 걸 이제야 깨닫는다.

등나무 밑 등 옆에서 똑똑 물 떨어지는 소리가 난다. 수도꼭지

앞으로 가 쪼그리고 앉는다. 한 방울씩 떨어지는 물이 바위를 뚫는다오. 누군지도 모를 사람이 한 말이 귓전을 때린다. 수도꼭지를 잠근다. 수도꼭지가 겉돌며 더 세게 물을 쏟아낸다. 오른 쪽으로 틀어보다 왼 쪽으로 틀어본다. 수도꼭지는 잠기기 싫다는 듯 여전히 물을 쏟아낸다. 있는 힘을 다 해 수도꼭지를 이쪽저쪽으로 마구 돌린다. don't touch me! don't touch me! 물소리가 거세게 나를 뿌리친다. 수도꼭지를 끝까지 돌린다. 물이 분해 못살겠다는 듯 콸콸거린다. 열이 나 벌겋게 달아오른 얼굴을, 팔뚝을, 수도꼭지에 들이밀고 사정없이 물의 애무를 받는다. don't touch me! don't touch me! 수도꼭지를 틀어놓은 채 놀이터를 나온다.

갈 곳이 없다. 생각 비슷한 것도 떠오르지 않자 그가 적어준 일과표대로 하기로 한다.


미용실.

미용사가 어떤 머리를 하겠냐고 묻는다. 하고 싶은 머리가 생각나지 않는다. 미용사가 여러 종류의 파마 이름을 나열한다. 나는 그가 알고 있는 파마 이름을 댄다. 미용사가 스트레이트파마보다는 컬이 있는 파마가 좋을 것 같다고 말한다. 내가 그의 스트레이트파마를 해달라고 요구한다. 미용사가 책받침을 잘라 만든 것 같은 플라스틱판에다 풀로 붙이듯 머리를 붙인다. 그의 내가 되는 과정을 거울로 지켜본다.

새벽이다. 그가 여행가방을 들고 나간다. 그가 삼박 사일 동안 받을 연수가 겁이 난다. 집에 오지 못한다는 사실은 그를 괴롭힐 것이고, 나는 그의 괴로움에 어떤 모습으로든 동참해야 한다. 그의 괴로움이란, 그의 잎이, 그의 열매가, 나를 보호해 줄 것인지 아닌지 똑똑히 볼 수 없음을 말한다. 그 점은 열매가 씨를 뿌려 열매에 열매를 거듭 내놓는다 해도 마찬가지일 것이다. 그는 그를 보살피듯 나를 보살펴야 하고, 그런 탁월한 정신은 보통 사람들의 눈엔 가정적이고 인간적이며, 신뢰해도 좋은 사람이라는 신용을 준다. 나는 보통 사람들과 마찬가지로 충분한 믿음을 가지고 그에게 의지한다.

그에게 잘 다녀오라고 인사한다. 그가 끼니 거르지 말고 밥 잘 먹고 지내라며 일과표를 준다. 그는 자기가 없는 동안 심심해 할까봐 적어본 것인데 꼭 이대로 지킬 필요는 없다는, 인격적인 말도 덧붙인다. 일과표엔 삼박 사일 동안 정말 심심하지 않게 보낼 내용들로 가득하다. 도서관 가기, 파마 하기, 음악회 가기, 연극 보기, 미술전시회 다녀오기. 머리는 스트레이트파마로 하고, 연극은 이름 있는 연극전용극장에서 하는 무슨 제목의 것이며, 음악회는 지금 한창 뜨는 모 오페라이며, 그림은 아무개 화가의 전시회라고, 괄호까지 쳐 놓았다. 그의 배려가 하도 따끈해 고맙다고 말한다. 그가 넉넉히 고개를 끄덕이며 집을 나간다. 베란다로 나가 구석에 쪼그리고 앉아 그가 차를 빼내가는 것을 본다. 그의 차가 비로소 시야에서 멀어진다. 안녕 ―.

휴대전화기가 울린다. 시계를 본다. 그다. 미용사가 휴대전화기

를 귀에 대줄까 묻는다. 그냥 놔두라고 대답한다. 다시 휴대전화
기가 울린다. 미용사가 나를 쳐다본다. 내가 전화를 받을 수 없으
니 아예 꺼달라고 말한다. 안방에 있는 나무에서 세찬 바람이 검
은 연기를 피워 올린다. 내가 바람에 쓰러지고, 쓰러진 내 위로 검
은 연기가 나를 짓밟는다. 떨어져나가는 살점과 으깨지는 뼈 소리
에 고막이 터진다.

이윽고 아무 소리도 들리지 않는다. 소리가 들리지 않자 별안간
눈이 밝아진다. 거울에 비친 나를 보듯 나는 밝아진 눈으로 나를
보게 될지도 모른다. 나는 여전히 기분이 좋지 않은데 하염없이
좋을 듯한 예감에 사로잡힌다. 눈과 귀를 동시에 쓰는 것보다 귀
면 귀, 눈이면 눈, 하나로 집약되는 게 더 효율적이라는, 생각 같지
도 않은 생각이 든다.

미용실에서 나와 상가 윈도우 유리에 나를 비춰본다. 스트레이
트 머리가 그 시절, 그가 가르쳤던 여학생들 머리하고 꼭 닮았다.
윈도우 유리에 대고 입이 찢어지게 웃어본다. 그 시절 그의 내가
아니다. 내가 오답을 고쳐 쓰듯 삐죽이 웃어본다. 그 시절 그의 제
자인 내가 보인다. 내가 안심하고 윈도우 유리를 떠난다.

내게 가장 만만한 슈퍼마켓으로 들어간다. 생각 비슷한 것도 하
지 않은 채 손에 잡히는 대로 카트에 던져 넣는다. 초코파이 상자
가 눈에 들어온다. 한 상자를 카트에 넣고 계산대로 간다. 휴대전
화기가 울린다. 시계를 본다. 그다. 그가 점심을 먹고 걷는다며 도서
관이냐고 묻는다. 지금 도서관에 들어가는 중이라고 대답한다. 그

의 전화를 끊고 초코파이 상자를 두 개 더 가져다 계산대 위에 올려놓는다.

초코파이 상자를 뜯어 걸신들린 듯이 먹는다. 초코파이 부스러기가 허벅다리에 떨어진다. 징그럽게 달고 턱없이 잘 부스러지는 초코파이 부스러기를 손끝으로 문댄다. 허벅다리에 검고 누런 얼룩이 반역의 얼굴로 드러난다. 방 안 가득 들어찬 나무가 무례하기 짝이 없는 표정으로 나를 쏘아본다. 내게서 오한과도 같은 웃음이, 눈물이, 슬금슬금 기어 나온다. 내가 무턱대고 달아난다. 누군가 내 옷자락을 잡는다. 두려움을 삼키며 뒤를 돌아본다. 그가 아닌 내가 내 옷자락을 잡고 놓아주지 않는다. 내가 내 손을 잡아 떼려 쩔쩔맨다. 그가 모함하듯 커진 손으로 내 손을 꼬옥 잡아준다. 짝사랑의 그 지독한 열병처럼, 나는 뜨겁기만 한 그의 손에 잡혀 그의 내가 되기를 자청한다.

**나무는 튼실해지고 열매는 웃다. 아주 오래 전의 일이다.**

나무 열매 한가운데서 머시멜론이 하얀 이를 드러낸다. 보드랍게 군은 머시멜론을 보는데 까닭 없이 몸살기가 난다. 살갗이 까슬까슬 아프기도 하고 뼈마디가 욱신거리기도 하고 가슴은 왠지 땡땡이 무늬와도 같이 숭숭 뚫린다.

머시멜론을 외면하고 베개에 머리를 묻는다. 날카롭기도 하고 끈적거리기도 한, 조금은 뜨뜻한 기운이 나를 둘러싼다. 한 번도 느껴보지 못한 이런 기운이 조금은 불안하다. 이불을 뒤집어쓴다.

이불 밖 열매는 멀쩡하고 산뜻하게 다림질된 머시멜론으로 이불 속 나를 들여다본다. 이불을 걷어차고 머시멜론 근처로 가 본다. 바글바글 바구미 같기도 하고 꼬물꼬물 세균 같기도 한 것들이 득시글거린다. 용기도 만용도 호기심도 아닌, 그저 그런 두려움으로 머시멜론을 찍어 입에 대본다. 아무런 맛이 나지 않는다. 휘둥그레, 머시멜론을 감싸고 있는 검고 반들거리는 외피를 떼어 씹어본다. 머시멜론처럼 아무 맛도 나지 않는다. 내가 약간은 까불거리며 열매를 따기 시작한다. 열매는 기적과도 같이, 따기 무섭게 다시 까마중, 초피나무열매, 회양열매, 허깨나무열매, 사과꽃나무열매로 맺히기 시작한다. 아무리 따도 흔적이 남지 않고, 아무리 따 먹어도 맛을 주지 않는 열매는, 역시 그의 열매다. 그가 오기 전에 열매를 냉큼냉큼 먹어치운다. 한 개를 다 먹기도 전에 배는 애드벌룬만큼이나 커지는데, 속은 먹지 않았을 때보다 더 허하다. 열매를 보며 까닭 없이 몸살기가 난 것과는 다른, 조금은 따분한 몸살기가 돌기 시작한다. 원인도 결과도 하나로 이어지지 않는, 잘 몰라서 복잡한 몸살기가 몹시도 귀찮아진다.

그래서,

슈퍼마켓으로 가 초코파이 한 상자를 더 사온다. 근사한 그의 열매를 따먹듯 초코파이를 뭉텅뭉텅 씹어 먹는다. 무섭도록 달고 귀찮아 죽고 싶을 만큼 많은 부스러기가 떨어진다. 문득, 의미가 없을 수도 있는 생각이, 비가 들이치듯 들이친다. 땅덩어리 이 쪽에선 홍수가 나고 저 쪽에선 바짝 말라죽는, 지독한 비극이 내가 먹는 초코파이와 그의 열매에 동시에 들어있구나. 허벅지에 떨어진 초코파이 부스러기를 계속 손바닥으로 문댄다. 부질없는 생각이 더 부질없이 번진다. 최고라는 건 파리똥보다 더 작은 것이며, 그 작은 것은 한순간에도 못 미칠 찰나의 것이며, 그래서 그 순간은 전혀 없는 것과 마찬가지일지도 모르겠구나. 나무의 열매와 초코파이는 어쩌면 같은 종자이면서 다른 토양에서 자란 일란성 쌍생아일 수도 있다. 전혀 맛을 주지 않는 나무의 열매와 가히 살인적이라 부를 수 있는 단맛의 초코파이는, 극과 극을 이루는, 맛의 근본은 하나라는, 나만의 괴리가 나를 불편하게 한다.

불편함이 과해진 탓인지 눈이 저절로 시계로 간다. 그가 올 시간이다. 초코파이를 숨기려 두리번거린다. 그의 의젓한 나무를 보자 추첨에 당첨된 것만큼이나 기쁘다. 까치발을 해가며 그의 나무 깊은 곳에다 초코파이를 숨긴다. 까닭 없는 몸살기는 싹 가시고, 툭탁거리던 가슴은 더욱 툭탁거린다. 툭탁거리는 빠르기로 뜨개질 바구니를 찾아 거실을 뒤진다.

거실 소파.

부실한 손놀림으로 코바늘을 잡는다. 구정뜨개실을 한 코 감기도 전에 그가 들어온다. 그는 삼박 사일을 마치고 오는 사람답지 않게 피곤한 기색이란 전혀 없다. 내가 발딱 일어나 그를 맞이한다. 그가 품에서 아주 작은 치와와를 꺼낸다. 털이 없는, 온통 민숭민숭한 살덩어리의 치와와가 시야를 괴롭힌다. 그는 나와는 차

146

원이 다르므로 애정 어린 손길로 치와와를 쓰다듬으며 심심할까
봐 사왔다고 한다. 그에게 나는 항상 심심한 사람이며 심심풀이를
필요로 하는 존재이다. 갑자기 나만의 크기로, 나만의 무게로, 대
단히 서글퍼진다.

　그가 오는 길에 치와와의 이름을 지었다며 징기스칸이라고 부
르라고 한다. 웬만한 크기의 장난감보다도 더 작은 치와와에게는
아주 잘 어울리는 이름이다. 그가 징기스칸의 습성과 관리 요령을
설명한다. 내가 그의 제자 출신답게 그의 말을 경청한다. 그는 이
제나 저제나 상하의식을 가지고 말하는 게 아니라 다정다감으로
가르칠 뿐이다. 그가 징기스칸에게 사료를 주며 먹으라고 명령한
다. 징기스칸은 그의 명령이 떨어지기도 전에 사료로 달려든다.
그의 이마에 깊이 주름이 팬다. 내가 떨리는 마음으로 징기스칸과
그를 번갈아 본다. 아직은 어려 말귀를 못 알아들어 그렇다며, 그
가 나의 속좁은 근심을 달랜다. 나는 근심이 고조되길 바라는지,
징기스칸은 치매와 관절염이 들 때까지 그의 명령을 못 알아들을
지도 모른다는 생각이 든다. 그는 사료 외에 다른 것을 주면 피부
병이 생기고 저항력이 약해져 건강을 해친다고 일러준다.

　그가 욕실로 들어가자 내가 초코파이를 꺼내 징기스칸에게 준
다. 징기스칸이 빠른 시속으로 먹어치운다. 나는 그가 알려준 징
기스칸의 건강 요법 따위에는 관심이 없다. 분명 철딱서니 없는
생각인데, 건강을 위해 먹고 싶은 걸 참으면서 주검처럼 장수하는
징기스칸이기보다, 무엇이든 먹고 싶은 걸 먹으면서 살만큼 살다

죽는 징기스칸이 더 좋다.

그가 욕실에서 나와 어떤 향가를 읽었냐고 묻는다. 모죽지랑가와 제망매가, 그 외의 여러 향가를 읽었다고 대답한다. 그가 그 중에서 어떤 향가가 제일 좋았냐고 묻는다. 헌화가와 서동요가 제일 인상 깊었다고 대답한다. 그는 향가라면 뭐니 뭐니 해도 처용가가 제일이라며 엄지손가락을 치켜세운다. 그가 처용가를 읊더니 장엄하게 해설을 시작한다. 그의 해설은 줄줄 외울 수 있을 정도지만, 나의 심심함을 덜어주려는 그가 못내 가슴 뜨거워 조용히 듣는다. 그는 마지막에 가서 단호히 결단을 내리듯, 처용은 아내의 잘못을 용서해준 관대한 남자라고 말한다. 그의 나무에서 하하, 웃음소리가 난다. 그가 우두둑 우두둑 하하 열매를 씹어 먹으며 내게도 권한다. 내가 주뼛거리자 그의 잎이 화르륵 나를 덮는다. 그의 잎에 놀라 내가 이를 훤히 드러내고 하하 열매를 먹는다. 뜨겁게 먹고 있는데 어쩐 일인지 이가 빠지게 시리다. 이가 들썩거리며 시려오자 생각 같지도 않은 생각이 난다. 처용은 단란주점으로 룸살롱으로 러브호텔로 돌아다니다 새벽에야 돌아왔구나. 흥청망청 놀다보니 아내 따위는 있는지도 잊었구나. 어느 남정네가 그런 처용의 아내를 보며 동병상련을 나누고 싶어 했구나. 남정네와 처용의 아내가 깊고 푸른 밤을 보낼 때, 처용은 소백산맥 폭탄주를 마시고, 참이슬병을 옆구리에 차고, 휘청휘청 돌아왔구나. 처용이 막판의 취기를 못 이겨 너울너울 춤을 추자, 처용의 아내는 춤추는 그림자를 보며 쓰디쓰게 웃었구나.

그가 그의 열매로 배를 채우고 잠이 들자 내가 슬프게 일어난
다. 달게 자는 그를 행여 깨울까 싶어 내가 가슴 떨리게 초코파이
를 먹기 시작한다. 스펀지처럼 푹신푹신한 머시멜론이 방석을 씹
는 것 같은데, 머시멜론을 덮고 있는 검은 색의 뚜껑은 무섭도록
달아 단맛이 나지 않는다. 단맛 같지도 않은 생각이 던적스레 스
친다. 먹는 비극, 무가치한 소비, 그러면서도 꾸역꾸역 먹어대기
만 하는 이 진절머리 나는 욕구.

**씩씩해진 나무가 거목이 되다. 아주 오래 전의 일이다.**

그가 출근을 하면서 징기스칸을 예방 접종시키는 날이라고 일
러준다. 내가 징기스칸을 안고 애견센터로 간다. 수의사가 혼자
커피를 마신다. 흰 색 톤의 실내장식과 수의사의 흰 가운과 커피
가 인테리어의 하나로 조화를 이룬다. 수의사가 커피를 마시겠냐
고 묻는다. 수의사와 내가 커피를 마신다. 수의사와 나 외에는 아
무도 없는 애견센터가, 그 두 잔의 커피가, 지독히도 마음에 든다.

작은 철망 속에 든 말티즈의 눈과 커피를 마시고 있는 내 눈이
마주친다. 말티즈에게 행복해 보이냐고 묻는다. 말티즈가 철망을
딛고 일어서며 짝짝짝 박수를 친다. 징기스칸이 말티즈에게 주제
를 넘보지 말라며 캉캉 짖어댄다. 말티즈가 징기스칸에게 왜 이래
라 저래라 간섭하느냐고 따진다. 징기스칸이 말티즈에게 갇혀있
는 주제에 까불지 말라며 비웃는다. 내가 징기스칸을 수술대 위에
다 던지듯 놓는다. 수의사가 재미있다는 듯 빙긋 웃는다. 내가 수

의사에게 아프게 주사를 놔달라고 말한다. 수의사가 또 빙긋 웃으며, 징기스칸 이 녀석아, 아프게 놓을 거다, 하고 말한다. 내가 수의사의 그 말에 흠뻑 빠진다. 염치없게도, 빠진 김에 전신이 다, 백 년쯤 빠질 순 없을까 하는 생각이 든다.

그래서,

집으로 가 욕조에 물을 받고 머리까지 푹 담근다. 숨도 안 쉬고 물 속에 있자니 수영을 다니는 인화가 떠오른다. 내가 인화에게 전화를 걸어 수영이 끝났으면 놀러오라고 말한다. 인화가 반쯤 젖은 머리칼을 털어가며 들어온다. 인화가 수영가방을 툭 던지듯 놓으며 넌 행복하냐고 묻는다. 내가, 그런 추상적인 질문을 하면 어떻게 대답하느냐고 되묻는다. 인화가 푸― 한숨을 내쉰다. 인화가 내쉬는 한숨소리에 그의 잎사귀가 부르르 떤다. 초코파이를 꺼내 인화에게 준다. 인화는 체중조절을 하고 있다며 손사래를 친다. 내가 하도 달아 아무 맛도 느낄 수 없는 초코파이를 덥석덥석 깨문다. 인화는 맛없는 초코파이를 축낼 게 아니라 맛있는 수영을 하라고 권한다. 코치가 자세를 잡아주며 슬쩍슬쩍 만지는 것도 괜찮지만, 수영을 하고 있으면 하늘을 헤엄치는 느낌이 든다고 말한다. 물고기를 어루만져 하늘로 날려 보내는 코치의 손길과, 하늘을 훨훨 날아다니는 물고기가 어른거린다. 하늘은 물고기 떼로 덮이고 지나가던 비행기는 여지없이 추락하여 도로를 비행로로 달린다 ……. 내가 수영을 배우고 싶다고 말한다. 인화는 당장 등록하러 가자며 나를 잡아끈다. 내가 그래도 생각 좀 해보자고 미룬다. 인화는 뜸들이지 말고 생각났을 때 질러 놔야 뭐가 되도 된다고 말한다. 인화의 말이 맞는다고 여기며 잠자코 있는다.

전화벨이 울린다. 시계를 본다. 그다. 그가 징기스칸에게 예방접종을 시켰냐고 묻는다. 그렇게 했다고 대답한다. 그는 비가 오고 있으니 징기스칸을 안고 베란다에 나가 비 구경을 시켜주라고 한다. 내가 수영을 배우고 싶은데 어떻겠냐고 묻는다. 그는 수영을 하면 피부가 거칠어질 뿐 아니라 시간만 허비한다며, 집안에서 운동할 수 있는 자전거를 사다주겠다고 한다. 내가 집에서 책이나 읽겠다고 말한다. 그가 책이나가 아니라 책을 이라고 정정하며, 책을 읽는 건 품위 있는 취미라고 강조한다. 징기스칸이 통화 내용을 듣더니 비 구경을 시켜달라고 졸라댄다. 징기스칸을 건넌방에다 넣고 문을 꽝 닫는다. 징기스칸이 깽깽거리며 문을 긁는다. 그의 나무가, 그의 잎사귀가, 우툴두툴 새파래진다.

인화는 나간 지 두어 시간 만에 전화를 걸어, 수영코치와 함께 있다며 비가 오는데 차나 한 잔 같이 하는 게 어떻겠냐고 묻는다. 나는 몸이 좋지 않으니 다음에 하자고 거절한다. 아까움 같기도 하고 후회감 같기도 한 것이, 엉뚱하게도 나를 애견센터로 데려간다.


애견센터.

수의사는 어쩐 일로 다시 왔냐며 반짝 웃는다. 수의사가 종전처럼 커피를 마시지 않고 있는 게 못내 서운하다. 수의사는 방금 면도하고 나온 듯한 턱을 치켜들며 뭐 빠뜨리고 간 게 있냐고 묻는다. 내가 징기스칸이 씹을 껌을 달라고 말한다. 수의사가 껌을 가지러 가자 내가 철망에 갇힌 말티즈에게 초코파이를 준다. 말티즈가 입을 다셔가며 잘도 먹는다. 내가 말티즈에게 너는 행복하냐고 묻는다. 말티즈는 초코파이가 달아서 잘 모르겠다고 대답한다. 똑똑한 것, 내가 말티즈의 머리를 쓰다듬는다.

수의사가 징기스칸이 씹을 껌을 준다. 내가 징기스칸에게 입힐 옷도 골라달라고 말한다. 수의사가 알록달록한 줄무늬 옷을 들어 보인다. 내가 고개를 가로젓는다. 수의사가 빨간색 옷을 들어 보인다. 다시 고개를 가로젓는다. 수의사가 비 오는 날 차 한 잔 하는 듯한 웃음을 던지며 나머지 옷들을 들었다 놓았다 한다. 할 수 없이 알록달록한 줄무늬 옷을 집는다. 수의사와 함께 옷을 고르는 시간이 더없이 좋은데, 아쉽기는 내 나이만큼이나 아쉽다.

현관에 들어서기 무섭게 식탁 위에 놓고 간 휴대전화기가 벅벅 울어댄다. 시계를 본다. 그다. 그가 어디냐고 묻는다. 집이라고 대답한다. 그런데 왜 전화를 받지 않느냐고 묻는다. 자고 있었다고 대답한다. 그가 낮잠 자는 버릇은 좋지 않다고 타이른다. 내가 아무 말도 하지 않자 그는 징기스칸에게 비 구경을 시켜주었냐고 묻는다. 나는 그렇게 했노라고, 지금은 곤하게 자고 있다고 대답한다. 그는 징기스칸이 낮잠 잘 때는 방해하지 말라고 한다. 전화를 끊자 주책없이 가슴 저 밑에서 뜨거운 덩어리가 치받아온다.

건넌방을 열고 징기스칸을 꺼낸다. 징기스칸이 꼬리를 치며 달려든다. 초코파이를 마구 부스러뜨려 징기스칸의 몸에다 폭죽으로 뿌린다. 징기스칸이 폭죽 부스러기를 허겁지겁 먹더니 콧잔등까지 핥는다. 징기스칸을 덥석 안아 옷을 입힌다. 징기스칸이 나는 태어날 때부터 질 좋은 가죽옷을 입고 있으니 됐다고 말한다. 내가 건방진 소리 그만 하라며 억지로 옷을 입힌다. 징기스칸은, 필요 없다는데 왜 이러냐며 옷을 물어뜯는다. 징기스칸의 뺨을 때리고 옷의 매듭을 꽉 조인다. 그의 나무가 컹컹 짖어댄다. 그의 나무를 향해, 더 짖었다간 도끼로 찍어버릴 테니 알아서 하라고 으름장을 놓는다. 내 말이 끝나기도 전에 그의 열매가 산만큼이나 커지더니 뚝 떨어진다. 내 발등이 사나워진 열매에 꽉 찍힌다. 그의 열매가 눈꼬리가 접히도록 하하, 웃는다. 내가 잘생긴 웃음에 취해 그의 열매를 그의 나무 위에다 도로 붙인다. 열매가 허연 머시멜론의 이를 드러내며 거보란 듯이 으스댄다. 그의 나무는 어느새 비대해진 육질의 거목으로 으스스하게 나를 보호한다.

혈당이 떨어진 것처럼 몸이 떨려온다. 더듬더듬 기어 초코파이를 꺼내 먹는다. 한 개, 두 개, 세 개 …… 초코파이가 입으로 들어가는 게 아니라 있지도 않은 정신으로 들어간다. 징기스칸에게 인심을 쓰듯 초코파이를 통째로 던져준다. 이상하게도 그제야 떨림이 가라앉는다. 그의 나무가 거역할 수 없이 커 갈수록 나의 초코파이 소비량도, 징기스칸의 초코파이 소비량도 증가한다.


**신기한 나무에게서 달디 단 춤을 배우다. 아주 오래 전의 일이다.**
배가 두통처럼 아파온다. 초코파이를 너무 많이 먹어서 생긴 복통 같은데 배보다는 머리가 더 아프다. 내가 이 희한한 증세에 놀라 자다말고 벌떡 일어난다. 혹시 유치해져서 생긴 병은 아닐까 진맥해보는데, 손목에선 맥 뛰는 소리 대신 맵고 짠맛만 난다. 하도 맵고 짜서 쓴맛이 도는 내가 어리둥절해진다. 너무 달아 단맛이 없는 초코파이를 먹었는데 어째서 쓴맛이 도는지 알 길이 없다.

그래서,

곁에서 자는 그에게 물어볼까 하고 돌아본다. 그는 오지랖 넓은 잎사귀보다 더 넓으니, 나의 이런 불투명한 증세를 정확히 진단해줄지도 모른다. 그를 깨울까 말까 하는데 그의 휴대전화기에서 띠링, 문자왔다는 소리가 난다. 이 새벽에 누가 그의 휴대전화기에다 문자를 넣는지, 내 두통 같은 복통보다 알 수 없다. 그의 단잠을 망칠지도 모를 띠링 소리가 무서워 얼른 휴대전화기를 연다. 샘이사준속옷참이뻐여알라뷰소마춰♡♪♬. 별안간, 두통 같은 복통이 신기하게도 멎는다. 신기함에 속없이 빠져, 세상모르고 자는 그의 얼굴에 어질어질 반해버린다.


그의 얼굴.

아름답게 자는 그를 하염없이 내려다본다. 팔과 다리는, 손가락과 발가락은, 머리칼과 콧구멍은, 군더더기 없이 찬탄할만하다. 그냥 놔 둬도 알아서 잘 크고 잘 자라는 나무와도 같이, 그는 너그럽게, 건강하게, 씩씩하고 대견하게, 쿨쿨 잘도 잔다. 그가 관대한 얼굴로 무사 안일하게 자고 있는데, 어지럼증은 어째 시시덕대며 가라앉질 않는다. 내가 어지럼중에 절로 엎어져 하나가 된다.

문득, 샘이사준속옷참이뼈여알라뷰소마취♡♪♬의 문자 내용이 아침햇살로 다가온다. 그동안 나와 하나였던 변비와 설사가, 구토와 몸살이, 한꺼번에 숙변으로 빠져나간다. 통쾌감이, 짜릿하고도 현란한 해방감이, 사뿐사뿐 다가온다. 어느 새 내 입에서 하하, 맑고 달기만 한 웃음이, 너울너울 처용의 춤을 추며 나온다. ❏

## ■ 혀의 응접실

　그 때는 그랬어. 유월은 아름다웠고, 아름다운만큼 잔인했어.
너, 유월 아냐? **미친** 새끼! 유월을 모르는 놈이 어딨냐? 유월도 유
월 나름이라는 것도 아냐? 유월이면 유월이지 뭔 유월이 따로 있
냐? **하긴,** 유월을 모르는 자들은 흔히 그렇게들 말하지. **야** 새꺄,
사람을 오라고 했음 말 같은 말을 하던가, 어디서 정신 나간 소리
만 해대냐? **정신** 나간 소리? 흐흐, 정신이 나가긴 나갔지. 유월의
사랑을 모르는 너 같은 자식한텐 당연히, 그렇지, 당연히 그렇게
들리겠지. **하참,** 고급인력인 내가 백수님 넋두리 들어주려고 여기
온 거 아니거든? 뭐야? 오라고 한 용건이. **용건?** 이거 서운한 걸.

너와 나 사이에 용건 없이 만나면 안 되냐? 그 정도 사이는 되는 줄 알았는데. **잔소리** 그만 때려치우고 왜 오라고 했는지 빨랑 말해봐. **디게** 볶아대네. 유월에 얽힌 재밌는 얘길 하려는데 자꾸 볶아치면 시작도 하기 전에 타버리잖아. **야** 임마, 재미고 나발이고 집어치워. 니놈 하는 얘긴 뻔하니까. **에이**, 그러지 마. 여자 얘기니까. 너 여자 좋아하잖아. **여자** 싫어하는 놈 있음 나와보라구 해. 그렇지, 싫어하는 놈 없지. 그러니까 끝까지 내 얘길 들어보란 말이야. **왜**, 여자라도 소개시켜주게? **너** 하는 거 봐서. **어쭈구리**, 이젠 미끼까지? 미끼를 던지려면 확실한 걸루 던져라. **미끼**가 아니야 임마. 잘하면 니 실화가 될 수도 있는 얘기야. **실화** 좋지, 기왕 실화가 될 얘기면 실한 여자로 소개시켜라. 몸이 실한 게 아니라 돈이 실하든지 몸매가 죽여주게 실하든지, 뭐 그런 걸로. **너** 같은 맞춤형들 땜에 여자들 성형에 돈에 환장하는 거 모르냐? **환장**을 해야 하는 맞는 거 아니냐? 지금은 농사짓는 시대가 아니야. 만지고 감상하려면 이쁘고 날씬해야 하는 건 기본이구, 거기다 돈까지 있음 금상첨화 인 거야. 하여간 요즘 여자애들 똘똘하다니까. 그렇게 말하는 넌 돈 있고 잘생겼냐? 짜아식이 돼지같이 욕심만 많아가지구. **아니**, 잘 나가다 웬 깽판? 혹시 니가 소개시켜주겠다는 여자가 인간성만 좋은 건 아니냐? 인간성 넘 좋으면 시험에 든다. **이뻐도** 시험에 든다는 건 모르냐? 그런 시험이라면 빨개벗고 골백번이라도 춤추겠다. **겪어보지** 못한 놈들은 저렇게 말한다니까. 그게 사람을 얼마나 황폐하게 하는지 모르지? **황폐** 같은 소리 하시네. 그럼 니가 이쁜 여자 땜에 시험에, 아니, 그러니까 황폐를 겪으셨다? 크하하하! 세상이 경기를 일으키다 돌아가시겠군. 아하, 그래서 아까부터 다트만 하시나? 시험받은 일에 복수의 화살을 꽂느라? **아니, 그건 옛날 일이야. 입대하기 훨씬 전. 그래?** 혹시 날더러 그 옛날 고리짝 얘길 들어 달라 …… 그래서 보자고 한 건 아니겠지? **물론.** 그런데 얘기를 하다보면 사설이 들어가게 마련이잖아. **사설이든 소설이든 제발 그놈의 다트 좀 그만해라. 탁, 탁, 탁, 어디 정신없어 살겠냐. 이게 뭐가 어때서 그래?** 그냥 심심풀이인데. **심심풀이치곤 어째 과한 거 같다. 벽이 온통 다트판이잖아. 다트 할 시간 있음 취업자리나 알아봐라. 난** 니가 아니거든? **오호,** 그러니까 평생 다트만 하며 백수로 지내시겠다? 그것도 좋지. 아버지가 부자라면. 받을 유산이 많다면. 돈 많은 과부를 후려 놓았다면. **아버지 없는 거 알잖아 새꺄.** 그러니까 취업자리나 알아보란 말이야. 취업은 됐고, 난 너같이 열심히 사는 친구들, 성공했다는 소식을 듣는 걸로 족해. **별 지랄 같은 소리 다 듣겠네. 그리구, 내가 왜 니 새끼 친구냐? 군대 동기지. 니 새끼야말로 시험에 들게 한다. 흐흐,** 난 너의 그런 점이 맘에 들어. 솔직, 담백, 쿠~울, 너 생각 안 나냐? 처음 유격훈련 갔을 때 행군하다 쓰러지기 직전, 니가 내 군장 대신 메준 거 말이야. 그리고 또 그때 생각 나냐? 너랑 나 야간 경계 근무 설 때 말이야, 부대 뒤 초소 옆에 못 쓰는 우물 있었잖아. 거기서 머리 풀고 소복 입은 귀신 나왔을 때 난 기절했었지. 근데 넌 아무에게도 그 얘기하지 않고 비밀을 지켜줬어.

그때 난 생각했지. 제대하면 그 은혜는 꼭 갚겠다구. 그래서 오늘 오라고 한 거야. 맛있는 거 만들어 주려고. 그리구 니가 원한다면 아는 여자도 소개시켜 줄까 하는데 어때? **어**떻긴 뭐가 어때 굿이지. 근데 난 니 군장 메 준 적 없고, 너랑 경계 근무 서면서 귀신 본 적도 없거든? 너, 뭔가 착각한 거 아니냐? **에**이, 넌 항상 그런 식으로 멋쩍은 걸 감추려는 게 탈이야. 내가 아무럼 없는 얘길 지어낼까. **니**가 그렇담 그렇다 치지 뭐. 중요한 얘기도 아니니까. 근데 맛있는 거는 언제 해 줄 거야? 배꼽시계가 아까부터 배꼽을 꼬집고 지랄을 떤다. **어**, 그래, 좀만 기다려 이번 것만 던지고. **근**데 넌 왜 다트만 하냐? 촉으로 죽일 원수가 그렇게 많냐? **흐**흐, 웬순 먼 웬수. 그냥 심심풀이라니까. **심**심풀이가 아니라 마니아인 거 같은데? 저렇게 많은 다트판은 첨 본다. 아예 가게를 차리시지 그래. **마**니아는 개뿔 무슨 마니아? 비실비실 백수가 좋아. 불안해하지 않아도 되니까. **그**게 아니라 백수가 불안해서 불안감을 잊으려 다트 던지기를 하는 건 아니냐? **아**니, 난 단순한 놈이야. 그냥 백수가 좋고 다트가 좋을 뿐이야. **백**수도 좋도 다트도 좋은데 나으 배 님이 몹시 고프시다고 앙탈을 부리신다. **어**, 알았쓰, 일 초만, 아니, 이번 것만 던지고. **저**런 개새끼! 그 소리가 벌써 몇 번쩬 줄 아냐? **자**, 봐, 이제 안 하잖아. 지금부터 내가 요리를 해 내놓을 테니 맛있게 먹기나 해. 근사한 요리니까. 근데 요리만 하면 당연히 재미 없겠지? 고로 요리를 하면서 여자 얘기도 곁들이시겠다 이 말씀이다. **여**자 얘기에도 급수가 있다는 거 알지? 시시한 거면 죽는다. **시**시하지 않아. 유월의 여자 얘기니까. 자, 그럼 지금부터 냉장고에서 고기와 야채를 꺼내시고 …… 그러니까 때는 유월이었어. 날씨는 화창했고, 주일날 오전의 교회는 세상의 모든 축복을 가로챈 듯이 있었어. 교회 마당엔 밤꽃 향기가 진동했고 예배는 시작됐지. 성가대원들이 성가대로 가 섰어. 그때 한 여자애가 눈에 들어왔지. 맨 앞줄 중앙에 선 여자애였는데, 창을 통한 빛이 그애의 머리칼을 엇비껴 비췄어. 검은 단발머리는 반짝반짝 짙은 갈색으로 빛났고, 흰색의 가운을 두른 어깨에는 푸른색 후드가 덮여 있었어. 후드 복판엔 노란색 실로 하프 모양이 수놓아져 있었지. 성가가 울려 퍼지고 다들 눈을 감고 기도를 시작했어. 난 기도를 할 수가 없었어. 여자애의 입술이 방싯방싯 벌어지며 천상의 음으로 노래를 부르는데 눈을 뗄 수가 있어야지. 살갗은 간질거렸고 저 어디에선가 불끈거리는 열기가 마치 아지랑이처럼 달라붙었어. 노래하는 천사가, 흠 하나 없는 천사가, 동그란 눈을, 아주 똑똑해 뵈는 눈을, 지휘자에게 꽂고 하늘을 찬양하고 있었어. **그게** 언제 일인데? **중**학교 일학년 때. **젠**장, 누가 고려시대 얘기 듣자고 했냐? **더** 들어봐. 고려시대가 현대로 이어지는 얘기니까. **어**, 알았다. 그러니까 그 여자애를 어른이 돼서 우연히 만났다 이거지? **아**는 척 하지 마. 그런 건 진부한 드라마니까. **그럼 뭐야? 뭐**가 뭔지 궁금하면 입 다물고 듣기나 해. **알**았으니까 빨리 그 근사하다는 요리나 해. **지**금 야채 씻는 거 눈에 안 보이냐? 하여간 그래서 몇 날 며칠, 아니 몇 달을 그 여자애 보는 맛에 교회를 다니게 됐어.

그 다음은 들어보나 마나네. 프러포즈를 했지만 거절당했다, 뭐 이런 거잖아. **뭐** …… 결과적으로야 그런 셈이지. **어떻게 했기에?** **노트** 한 장이 꽉 차게 아주 큰 글씨로 아이 라이크 유를 써서 예배가 끝난 다음 그 애한테 줬지. **크하하!** 어린 천사가 놀랐으렸다? 글쎄 …… 그랬을까? **왜** 놀랐는지 아냐? 남자애한테서 좋아한다는 말을 들어서야. 착각하지 마라. 이 말은 라이크에서 아이케이가 왜 오브이가 아닌지 그게 존심 상해서 놀랐다는 말이야. **실**은 나도 그게 좀 찜찜했어. 솔직한 마음으로야 아이케이가 아니라 오브이였지만 그 나이엔 차마 쓸 수 없는 말이었거든. 왠지 변태 속물이라고 여길 거 같아서 말이지. **알**겠다 그 심정. 아이를 쓰고 엘을 쓴 다음 오브이를 써야 하나 아이케이를 써야 하나 무지 갈등 때렸겠군. 그래서 그 다음은? **여**자애가 안 나왔어. 그 후로 단 한 번도. 성가대에도 교회에도. 사탄의 꼬임이라고 생각한 모양이야. **아**니라니까! 러브였다면 한 번도 빠지지 않고 나왔다니까. 넌 여자를 모르는구나. 강도 높게 나갈 수록 터프하다고 여기면서 좋아하는 게 여자야. 요즘 나쁜 남자 나쁜 놈이 여자들한테 뜨는 이유가 거기에 있다는 거 몰랐냐? 그렇게 기본도 모르면서 무슨 여자를 소개시켜준다고? 니가 말하는 여자는 안 들어봐도 알 만하다. 에이, 쓰벌, 시장기만 더 동하네. 요리 멀었냐? **좀**만 기다려. 야채 씻고 있잖아. 그동안 다트나 해라. **다**트는 무슨 얼어 죽을 다트냐? 이 비만을 비만으로 유지시켜줄 고단백 칼로리나 빨리 내 놔라. 그런다고 요리가 빨리 나오냐? 자고로 요리는 정성이다. 맛있는 요리 먹고 싶음 다트나 하면서 배꼽시계 달래줘라. 그렇게 애원하니 한 번 해주지. 헌데 저건 다 뭔 짓거리냐? 하나, 둘, 셋, 넷, 다섯, 여섯 …… 벽이 온통 요란뻑적지근한 다트판이잖아. 이거야 원 정신사나워서. 마니아 수준을 넘어 중독자, 아니, 정신이상자 되시느라 고단하셨겠다. 다트 못해 잠은 어찌 주무시고 똥은 어찌 누시나? **걱정** 붙들어 매라. 침대 맞은편에도 변기 맞은편에도 다 있으니까. **우**— 그렇군. 입대했을 땐 다트 못해서 어쨌냐? **전역하**고 난 담부터 시작했어. 재미가 꽤 좋아. 저기 저 벽 한복판에 있는 거 있지? 거기다 던져봐. 칸칸이 들어있는 그림들 중 아무 거나 맞춰도 기분 째진다. **그게 뭔데?** 그림이 작아서 여기선 잘 안 보여. **일단** 던지고 나서 뭐에 맞았나 보면 돼. **좋았쓰 던진다아**~에잇, 슈웃~ 어라? 근데 저게 왜 저 지랄이지? **푸하하하!** 다트를 우습게보면 안 되나니, 그럼 중심을 맞춰봐. 그거 맞추면 내가 만들 이 탕수육 먹을 자격이 풍부하시다는 증거니까. **지랄!** 다트 가지고 되게 뻑시게 구네. 근데 넌 언제 탕수육 같은 것도 할 줄 알았냐? 어쨌든 너무 달게 하지 마라. 아니, 매큼한 맛이 돌게 해 봐. 매큼한 탕수육은 어느 중국집엘 가도 없더라구. **오케바리**, 오늘의 특별 손님을 위해 손님이 주문한 달큼하니 칼칼한 맛이 나는 탕수육을 만들어보지. 오늘의 이 요리를 위해 거금 들여 오성이 붙은 쌍둥이표 칼과 특등 고기를 준비했다는 거 아니냐. 와, 이 고기, 도발적으로 어여쁘네여. 이렇게 훌륭한 고기는 애인 다루듯 가만가만 잘 다져야 하는 거야. 그런 다음 후추와 생강과 마늘을 넣고

…… 가만있어라, 정종을 어따 뒀더라? 어, 여기 있군. 정종 한 술과 에…… 또, 그러니까 사과 즙 한 술과, 파인애플 깡통은 어디 있지? 아니 언제 여기다 놓았담. 파인애플 국물 한 술과 소금을 쳐서 이렇게 조물락조물락 주무른 다음, 자, 이제 다 씻어놓은 당근과 피망을 썰고, 대파랑 버섯도 굵직하게 썰고…… 근데 다트는 잘 돼 가냐? **잘** 되긴 뭐가 잘 되냐? 씨발, 사격훈련 때랑은 완존 다르네. 던지는 족족 삑사리야. **넘** 실망 마라. 사람이라는 종자가 원래 삑사리로부터 출발했잖냐. 원시인들 보문 모르냐? 말도 못 만들어 더듬더듬, 그러다 지금은 너무 많은 말을, 너무 많이 해서 사고치잖냐. 다트도 첫술부터 배부르게 해 주진 않아. 노력 많이 해봐라. **억**수로 잘난 척이시네. 헌데 저 구멍들은 다 뭐냐? 중심에 뭔가 붙여놓은 거 같은데 다트가 명중해서 생긴 구멍이냐 뭐냐? **저**거? 별 거 아냐. 근데 한개도 못 맞췄냐? **묻**지마. 배가 고파서 그래. **흐**흐, 잘됐다. 자고로 요리란 배고플 때 먹어야 진정 요리로 빛을 낸다 이거야. 그러니 용기를 내라. 먹고 난 다음이면 다트 다운 다트를 하게 될 거다. 자아, 탕수육 다 됐으니 먹고 하자. **키**햐, 진짜 달큰하니 칼칼한 게 맛 한 번 끝내준다. 언제 이런 요리는 배웠냐? **백**수로 있다보니 저절로 배우게 됐어. **고**기가 쫀득쫀득 씹히는 맛도 있고 상등품인가 보네. **어**, 상등품이야. **돼**지야 소야? **그**건 알아서 뭣하게? 니 입맛에 돼지면 돼지가 되는 거구 소면 소가 되는 거야. **짜**아식 디게 상종가 치네. **교**회에서 본 그 여자애 말이야, 상종가 치려다 아예 안 나온 건 아닐까? **뭐** 그럴 수도. 여

자들이란 원래 공주병에 흠씬 두들겨 맞고 살잖냐. 그런 판에 그깟 라이크가 먹혀들었겠냐? 러브를 다발로 써 바쳐도 될까 말까 한데. **러브**도 써봤어. **언제? 고딩** 때. **학**년별로 나가셨구만. 그때도 또 커다랗게 아이 러브 유라고 써서 보냈냐? **아**니. **그럼? 백** 원짜리 동전이 첨 나온 게 언젠 줄 아냐? 1970년도야. 그걸 간신히 구해다 빡빡 광을 내고 구멍을 뚫어서 목걸이를 만들었어. 한쪽 면에 있는 100은 그대로 놔두고 충무공의 얼굴은 밀어낸 다음 거기다 엘. 오. 브이. 이, 라고 새겨서 줬어. **크**하하하! 대단한 아이디어, 대단한 열정, 대단한 유치, 대단한 고백이었겠군. 여자한테 먹혀들었냐? 아니지? 아니었을 거다. **왜** 그렇게 단언하지? **뻔**하지. 백 원짜리라니, 그 정도 가치밖에 안 되냐 뭐 그렇게 생각했겠지. 여자들이란 보석이야 보석. 보석으로 자신의 가치를 환산한다구. 그렇게 맹꽁이 순진파를 좋다구나 할 여자가 어디 있냐? 100이라는 숫자만큼 엄청 사랑한다는 뜻이었는데 그게 그런 거였냐? **연**애에 형이상학은 안 통해. 남이 보기에 유치찬란한 연애라도 아니, 유치찬란할수록 고상하고 품위 있는 사랑인 척, 형이상학으로 꾸미고 속고 속아주고 그럴 뿐이지. 그러니까 내 말은 즉각 감지할 수 있는 어떤 것, 선물, 상품권, 지폐 그런게 있어야 한다는 말이야. 아니, 선물도 상품권도 지폐보단 떨어져. 하여간 지폐가 최고야. 아시겠어요 다트 양반? **고딩** 때였는데도 그럴까? **소**녀라 이 말이지? 꿈 많은 소! 녀! 여고생을 얕잡아보지 마시라 …… 탈무드엔 이런 말 안 나왔나? 크하하하! 잔말 말고 다 먹은 이거나 치워.

저 다트 복판 맞추면 또 특별요리 해주는 거냐? **오케바리** 곱하기 오케바리다. **다트**에 미친 건 확실하군. 자, 그럼 슬슬 시작해 보실까? 던진다아~ 에잇, 슛! **실력**도 딸리는데 젤 가까운 데 있는 거에다나 던지시지 웬 오버? 거봐, 판에 맞기도 전에 떨어졌잖아. 자, 자, 이렇게 해봐. 눈을 과녁 중앙에다 비수처럼 꽂는 거야. 그런 다음 어깨에 힘을 빼고, 이 화살 날개를 잡으면 안 돼. 이렇게, 화살촉에서 일 센티 정도 위를 잡아 힘있게 던지는 거야. 어때, 과녁 중심에 맞았지? **알**았어 새꺄. 근데 중심만 맞출 게 아니라 저기 저 숫자들이나 그림을 맞추면 안 되냐? **그래도 돼.** 나야 혼자 하니까 주로 중심을 맞추지만 넌 쌩초보니까 아무거나 맞추기만 하면 돼. 하여간 뭐라도 좀 맞춰봐라. 그래야 하는 사람 보는 사람 재미가 있지. **에이**, 씨발, 내 드러워서 맞춘다. 에잇, 슈웃~ 캬! 맞았다! 이래뵈도 나, 사격훈련 때 만발했다는 거 아니냐. **사격과는** 다르다고 했잖아. **다**르든 말든 맞긴 맞았잖아. 가만, 내가 맞춘 게 ⋯⋯ 아니, 이거 여자 젖가슴 아냐? 크하하하! 기분 째지게 좋네. 너 이 맛에 다트하는구나? **이제야** 알아모셨냐? 내가 그랬잖아 맞추면 기분 째진다고. **근데** 여기 이 중심에 있는 이건 또 뭐냐? 빵꾸가 하도 나서 ⋯⋯ 가만, 이거 혓바닥 아니냐? **뭘** 봐 임마. 혓바닥 첨 보냐? **내참**, 혓바닥에 웬 원수 새끼가 붙었다고 이리 빵빵 뚫어놓았냐? 어째 자석 다트가 없다 했더니 ⋯⋯ 미친 새끼! **미친 새끼**면 어떠냐? 누구한테 피해주는 것도 아닌데. **에이**, 징그런 새끼! **징**그런 새끼라고 누구한테 징그럼 줬냐? 그러지 말고 다시 다트나 던져봐. 저 혓바닥 맞추면 기똥찬 편육 만들어 줄게. **어쭈구리?** 그러고 보니 다트판 중심마다 죄 혓바닥이네. 니 새끼 정말 어떻게 된 거 아니냐? **어떻게 되는 건 아무나 하냐?** 그렇지, 너같은 놈이나 하지. **야,** 넌 어째 좋은 거 먹고 좋은 말은 못하냐? 나올 때 나사 하나 빠뜨린 거 아니냐? **너야말로** 나올 때 나사 하나 더 달고 나온 거 아냐? **오냐,** 그래서 이렇게 던지는 족족 정통으로 맞춘다. 넌 나사 하나가 빠져서 던지는 족족 삑사리고. 안 그래? **에이,** 젠장! 이번에도 빗나갔네. **싸부님이** 보고 계시니 쫄았구만. 마음을 비우고 정신과 몸을 정갈하게 정돈시킨 다음 다트를 존경하는 마음으로 던져봐. **너 계속 약올릴래?** 약올리긴. 나으 은인께서 점수를 잘 따셨음 해서 드리는 말씀이지. **야,** 옆에서 잔소리까지 말고 편육이나 만들어. 너 편육 만들 동안 내가 저놈의 혓바닥하고 저 젖가슴하고 젖가슴 아래 칸에 있는 저 새빨간 입술까지 다 맞출 거니까. **자알** 생각했다. 기분이 좋아지는 건 그저 먹는 거하고 다트 하는 것밖엔 없더라. 가만 있자, 편육을 만들려면 먼저 싱싱한 고기가 …… 그래, 여기 생선실에 얌전히 계시는군. 우선 물에다 정종 한 술과 된장 한 스푼, 커피는 …… 아, 저기 있군요. 커피도 한 스푼, 생강도 한 쪽, 통마늘은 어따 뒀더라? 아, 요기 뺀드르하게 까 놓은 게 있었지. 이것들을 물에다 넣고, 고기도 넣고 후추도 좀 뿌리고, 가스불을 땡긴다 이 말씀이지. **캬,** 군침 돈다. 군대에 있을 때 저런 거 먹었음 기똥찼을 텐데. 그 교관 쌔끼 지금쯤 뭐 하고 있을까? 언제 시내서 만나면 죽사발로 반죽음시키려고 했는데. 그런 쌔끼도 결혼해서 새끼 낳고 살까? 마누라하고 새끼 좀 봤음 좋겠다. 그 쌔끼한테 당한 거 생각하문 꼭 그대로 갚아줘야 하는 건데. **어떻게** 당했는데? **몰랐**냐? 자대배치 됐을 때 말이야, 구보를 하는데 염병, 전투화가 맞지 않아 발뒤꿈치가 까지고 물집 이 생기고 한 발짝도 뗄 수가 없더라구. 근데 이 쌔끼가 소대를 일 렬로 세워놓더니 구보가 정 힘든 사람은 딱 한 사람만 구제해 줄 테니 손들어보라는 거야. 그래 번쩍 들었지. 그랬더니 앞으로 나 오라는 거야. 나갔지. 전투화를 벗으라는 거야. 벗었지. 그 쌔끼가 그 아픈 발을 지 전투화로 짓이기더라니까. 개애애애새끼! 하여간 그때부터 그 쌔끼가 나만 주시하면서 삑하면 쪼인트 까고 …… 그 건 약과야. 다른 병과에 있던 어떤 녀석은, 그 쌔끼 그거도 핥았 대. 누구라고 …… 그렇고 그런 소문이 돌긴 했지만 …… 암튼, 그 런 쌔끼는 혓바닥을 쫘악 뽑아 변기를 닦든 개똥구멍이나 핥게 하 든 해야 돼. 씹새끼! 야아, 적개심이 활활 타니까 다트가 잘 된다. 저거 봐! 한가운데에 맞았지? 그러고 보니 혓바닥에 맞았네! 저거, 그 쌔끼 혀였음 좋겠다. 크하하하! 통쾌하다. **생**각나. 아주 생생하 게. 그때 신병 소대원들 다 쫄아버렸지. 그리고 밤마다 그짓거리 당했다 …… 는 얘기도. 그게 그러니까 유월이었다지? 정액 냄새 랑 꼭 닮은 밤꽃향기가 진하게 퍼지던 때였다고 들었어. 당했던 그 자식이 눈물을 질질 흘리며 말하더군. 그 짓 당할 때 자기 여자 친구가 보고 있는 거 같아서 미치는 줄 알았다고. 고기가 다 익은 거 같은데 어디 보자 …… 우와, 잘 익었다. 자아, 요걸 요렇게 도

마에 얌전히 놓고 얌전하게 썬다 이 말씀이야. 침이 뚝뚝 떨어지는 소리 들리지 않냐? 요건 새우젓이고, 요건 와사비 푼 간장이야. 식성대로 찍어 자시서. 다트도 맞췄는데 실컷 먹어보라구. **으아** 좋아라, 역시 먹는 게 최고야. 어? 고기 맛이 죽여주는데? 이 고기 뭐냐? 돼지고기 같진 않고, 소고기도 아닌 거 같고, 닭고기? **이런** 빙충이, 누가 닭고기로 편육을 하냐? 그럼 무슨 고기야? 양고기? 고래고기? 낙타고기? **아예** 동물도감을 읊어라. **무슨** 고긴데 이렇게 맛이 좋냐? **너** 특수 부위라고 들어봤냐? 바로 고것이다. **하긴,** 뭐면 어떠냐? 맛만 좋으면 됐지. 아무리 채식이 몸에 좋다곤 하지만 채식은 한 단계 떨어져. 이렇게 맛있는 걸 놔두고 어디 감히 채식? 다음 메뉴는 뭐냐? 다트 잘 맞추면 더 존 걸로 주냐? 그러엄, 맞추기나 잘 해. **잘** 맞추는 비결 같은 거 있냐? 그러엄. 그게 뭔데? **내**가 시범을 보여주지. 자 봐라. 이렇게, 하이에나의 눈초리로 과녁을 쏴보는 거야. 적을 노려보듯 저 혀에다 초점을 맞춘 후, 오른발을 약간 앞으로 내밀고, 상체는 조금 굽히면서 화살촉이 무게중심을 잃지 않도록, 휘이익, 쌩─. 자 맞았지? **다**트 맞추는 건 잘하는데 어째 백수로 지내냐? 직장에서 뭘 잘 맞추지 못했냐? 다트 맞추듯 상사 비위 좀 잘 맞추지 그랬냐. 글쎄 …… 맞춘다고 맞췄는데 왜 짤렸는지 나도 몰라. 서류상으로야 나 스스로 나온 게 되지만 짤렸다는 게 맞아. 재무팀에 있었는데 갑자기 소프트웨어 개발팀으로 발령받았으니 나가라는 말이지 뭐냐. **왜** 무슨 일 있었어? **켕**기는 게 있긴 해. 그게 뭔데? **부** 회식 때였어. 그날 따라 격려 차

원에서라나 뭐라나 하면서 사장까지 납시신 거야. 그런데? **다**들
폭탄주다 뭐다 신나게 마셨지. 그때 사장이 거나하게 취해선 야자
타임을 하자는 거야. 근데 다들 입을 다물고 있더라구. 부장이 부
원들을 쓰윽 훑어보더니 내게 필이 꽂혔는지 한번 해보라는 눈짓
을 보내더라구. 그래서? 그래서 했단 말이야? **당**근이지. **뭐**라구 했
는데? **야**, 짜식아! 사장이면 다냐? 너나 나나 다 같은 인간인데 목
에 힘 좀 **빼**구 다녀, 그랬지. **크**하하하! 사장 얼굴이 어땠어? **뭐**
…… 몰라, 술이 취해서. 하여간 사장이고 부원이고 간에 분위기
가 싸아 해지는 거 같긴 했어. **짤**릴 만도 하다. 나라도 짤랐겠다.
너라면 안 짤랐겠냐? 아무리 야자타임이래도 그렇지, 웬 새파란
쫄따구가 까마득한 사장님한테 개기냐? 그것두 개판으루. **개**판은
무슨 개판. 하라고 해서 한 건데. **그**래도 그게 아냐 임마. 세상이
어디 교과서대로 돌아가디? 교관 쩨끼도 그렇잖아. 교과서대로 하
자면 위에다 찔러버리면 그만이지만 위에선 두 눈 딱 감고, 아니
감기로 작정하고 있는데 뭐가 달라지겠냐구. 그저 국방부 시계만
돌아가라 돌아가라 비나이다 비나이다 하는 거지. 혀 한 번 잘못
놀려 신세 조졌다는 사람들 얘기 듣지도 못했냐? **혀** 잘 놀려 출세
했다는 인간들 얘긴 들었다. **알**면 잘 좀 하지 그랬냐. 다트 실력
정도루만 해도 지금쯤 진급도 하고 연봉도 빵빵해졌을 텐데. **빵**빵
해진다는 소리 들으니 갑자기 총이 생각난다. 서부 총잡이들 모양
뒤로 서서 몸을 홱 젖히며 빵빵 쏘는 식으로 해 볼까? 자아, 이렇
게 몸을 뒤로 돌린 다음, 준비하시고 …… 슈잇— 팍! 정확히 한가

운데지? **와우**, 끔찍하다. 리필! **팬**이 생겼으니 벽에 붙은 저 다트 판이란 판은 다 맞춰보고 싶어진다. 그래, 해 봐라. 이러다 나까지 다트 광인 되는 거 아냐? 그렇다고 손해날 거 있냐. 자, 시작이다. **근데** 지금의 그 자세는 물구나무서기 아냐? **어**, 맞아. 이렇게 거꾸로 한 팔로 서서도 맞출 수 있다는 걸 잘 보시라. 슈잇— 팍! 맞았지? **할** 말 없다. 그 정도면 눈 감고도 맞출 수 있을 거 같은데 어때? 해 볼 맘 있냐? 저기 오른쪽 벽에서 네 번째 것이다. **눈** 감고라 …… 한석봉이 엄마가 돼 보라 이거지? 함 해보지 뭐. **괜**히 잘 하면서 은근히 뽀기려고 그러는 거 아냐? **보구** 난 담에 답을 내라. 하나, 둘, 셋, 슈잇— 팍! **크하**, 다트 고수, 다트 기인, 다트 장인이 군. 혼자 보기 아깝다. 와이프도 니가 다트 프로라는 거 아냐? **와이프**? 그딴 거 졸업한 지도 벌써 삼 년째 된다. **이혼**? 백수 돼서 그렇게 된 거냐? **아니**, 백수된 건 와이프 집 나간 지 일 년 좀 지나서야. **집**을 나가? 삼 년씩이나? 왜? **왜** 나갔는지 그 거룩한 뜻을 누가 알겠냐 나가고 싶어서 나갔겠지. **정식**으로 이혼 수속도 안 밟았단 말이지? **그래**. 그렇게 되면 누가 손해냐? **아쉬운** 사람이 손해겠지. 호적 정리를 해야 할 만큼 뭔가 필요한 일이 생기면 아쉬워지지 않겠냐? **아직** 통보가 없다면 둘 다 아쉽지 않다는 뜻이겠군. 그런 셈이지. 와이프 얘기 하려니까 맨입으론 못 하겠다. 육회나 떠 술이나 한잔 하는 건 어때? **거** 참 귀여움 받기엔 딱 좋은 생각이다. **혼자** 살다보니 는 건 요리 솜씨하고 다트 실력밖엔 없다. 너 오기 직전에 사다 놓은 아주 아주 싱싱한 육회감이 있는데 잠시만 기다려라. 먹는다는 건 확실히 행복한 일이야. 그것도 보들보들한 살점을 먹는다는 건 섹스보다 더 야한 즐거움을 주지. 다트 좀 맞췄냐? **어**, 약간 빗나갔어. **잘** 좀 맞춰봐. 으아, 이 붉은 선홍색 살덩어리 좀 보지. 무지 이쁘군. 꽃보다~ 더 이쁜~ 육회감이여어~, 흐르는 물에다 슬쩍 한 번 씻고설랑, 마른 행주를 펴고 그 위에다 살짝 얹은 다음 …… 가만, 회칼을 어따 뒀더라? 참, 요기 있었지. 살근살근 결에 맞게 썰어서 …… 와이프가 아껴두었던 영국제 접시를 꺼내서 군침이 훼훼 돌게 보기 좋게 놓는다 이거야. 미의 절정, 맛의 완성이 바로 요것이렷다. 참기름과 소금을 섞어 기름장까지 끝. 다 됐다 먹자! 육회는 시간 지나서 먹음 늘어져 맛이 젬병이야. 어서 오라니까 친구야! **크**하, 요리사가 따로 없군. 술은? **아**참, 술이 있었지. 백세주로 할래 쐬주로 할래? **아**무거나. 어차피 두 개 다 바닥나야 끝날 거 아냐. **술** 좀 따라봐라. 요리사한테 먼저 술을 따라주는 게 주법이 아니겠냐? **오**야, 오야, 따르시고, 따르시고, 꽉꽉 눌러 따르시고. **술**병 줘. 따라줄게. 따르시고, 따르시고, 꽉꽉 밟아 따르시고. 바빠 죽겠는데 위하여는 생략하고 각개전투로 나가지? 그러시든지 마시든지 배짱 꼴릴 대로 하자. 캬아, 기분 드릅게 좋네. 안주도 죽인다 죽여. 이런 안주는 첨 먹어보는 거 같은데 뭐냐? **먹**을 때마다 뭐냐고 묻는 게 취미냐? 맛있는 게 답이다. **어**련하실라. 결혼 이 년차 된 울 마나님한테도 알려주고 싶어서 그러지잉. **됐**당께. **되**긴 머가 돼 임마. 결혼한 지 일 년도 안 돼 헤어진 게 됐당께냐? **취**하기도 전에 제법 말꼬리 풀어가는데? **잘** 풀어가긴. 기본안주지. 그래, 왜 집을 나갈 정도로 된 건데? **모른**다니까. 전후 사정이 있었을 거 아냐. **있**다면 있는 거겠지. **먼** 말이 그렇게 티미하냐? **티미파**들은 그렇게 말하는 걸로 시작한다는 거 몰랐냐? 캬, 술맛 좋다. 한 잔만 더 마시고. 그러니까 그게 말이지, 어느 날 와이프가 자랑삼아 말하더라구. 중학교 때 성가대에서 찬양을 하는데, 어떤 어리버리한 녀석이 아이 라이크 유 라고 쓴 종이를 줬다나? 매주 교회에 올 때마다 남자애들한테서 그런 식의 편지를 받는 건 예사였는데, 하필이면 중등부에서 젤 찌질이로 따 당하던 녀석한테서 받았다는 거야. 자존심이 너무너무 상해 그 담부턴 성가대고 교회고 안 나갔대나? **아니,** 그럼 와이프가 바로 그 소녀? 운명도 기구하여라. 그래서 뭐라고 대꾸했어? **대꾸**도 하기 전에 또 이런 말을 하더라구. 고딩 땐 또 어떤 미친 놈이 시험공부도 안 하는지 백 원짜리 동전을 갈아선 러브 라고 새긴 메달을 만들어 보냈다구. **캬,** 미친다 미쳐. 그게 또 그렇게 된 거냐? **그** 소릴 들으니까 동전 갈다 엄마한테 들켜서 미친 놈이라고 욕을 바가지로 먹었던 게 생각나더라구. 미치긴 미쳤겠지. 진심을 가감없이 말해버렸으니. **뭐**라 말했는데? **아이** 라이크 유 라고 써서 보낸 어리버리한 찌질이 놈은, 그 왕공주병이 어떻게 도져 발작을 일으키는지 구경하고 싶어서 보냈다고. 그리고 동전을 갈아 목걸이로 보낸 그 미친 놈은 어마어마하게 뚱뗑이가 된 그 개떡 같은 년을 모욕시키고 싶어서 그랬다구. 더 모욕을 시키고 싶어서 결국엔 결혼까지 해 지금 바로 앞에 앉아있다고. 앞으

로 꼭 하고 싶은 일은 굴욕감으로 치를 떨다 떨다 뒈지게 하는 일
이라고. 와우, 술맛 좋다. 안주도 혀가 살살 녹는군. 이만하면 백
수라고 기죽을 게 아니라 자랑할 일 아니야? **벌써** 취했냐? **벌**써 취
하면 재미 없지. 더 마시고 더 씹을 일이 아직도 남았는데 아까워
서라도 안 취한다. 아니, 못 취한다 새꺄. **그** 정도의 말을 듣고도
뛰쳐나가지 않음 그게 이상한 거다. 근데 왜 그렇게 말했냐? 정말
진심이었냐? **진심?** 그게 뭔데? 윤리로 갈고 도덕으로 닦아야 나오
는 거냐? 모르겠다. 그 때는, 그 유월엔 그게 진심인 줄 알았는데
와이프가 그렇게 말하니까 속에 꿍지꿍지 숨어있던, 나도 모를 맘
이 튕겨 나왔나봐. 말하고 나니 그게 진심인 거 같더라구. **그**러게
대대로 내려오는 말이 있잖냐. 세 치 혀를 조심하라구. **조심**만 하
다 할 말 못해서 그 병으로 죽은 사람 있단 소린 못 들었냐? **야**, 야,
이거 너무 한 거 아니냐? 백세주 한 병에 소주 한 병 깐 거 밖에 없
는데 벌써 헷소리나 해대고. **헷소리라고?** 헷소리 안 하는 그 혀 좀
한 번 구경시켜주라. **뭐**가 어째? 좋은 술에 좋은 안주에 왜 벌써부
터 엉기고 자빠지시나. **아**니, 그러니까 손금이라는 게 있잖냐.
손금을 보면 재물복이랑 운명이랑 뭐 그런 거 안다구 그러잖아.
혀에도 혀금이라는 게 있는데 그걸 보문 건강상태는 물론, 재물복,
애정복, 출세복도 구체적으로 알 수 있거든. 나이 마흔 여덟 되는
사월 이십 팔일엔 사십 팔 평으로 이사 갈 운이라든가, 나이 마흔
셋 되는 시월 십 일일엔 교통사고로 한 달 입원해 있어야 할 운이
라든가, 아무튼 그렇게 구구절절 나오니까 한 번 보여보란 말이

지. **맛**탱이가 갔군. 이딴 술주정은 지저분해서 받아주기 싫으니까 그만 해라 응? **그**만 못한다 짜식아. 자아, 혀 좀 내밀어 봐. 한 번만, 딱 한 번만! **어휴**, 이 새낄 그냥! 확 갈겨버릴까부다. **갈겨**? 갈길 테면 갈겨봐. 이걸 보구두 갈길 맘이 생기것냐? **어**? 그게 뭐야? 어쭈, 회칼로 쑤시겠다? 쑤셔봐! 쑤셔보라구! **푸하하하**! 쑤시긴 쑤실 건데 쑤시기 전에 혀 좀 내밀어 보라니까. 저기 저 다트에 넣은 혓바닥 사진 말인데, 그게 어떻게 해서 생긴 건지 아냐? 탕수육으로 해 먹기 전에 찍고, 편육으로 해 먹기 전에 찍고, 육회로 해 먹기 전에 찍고, 먹기 전에 찍고, 찍고, 찍어서 붙여 놓은 거라 이 말이지. 자, 자, 혀 좀 내밀어 보셔. 아까 보니 아주 자알 생겼더구만. 싱싱하고 맛 좋게. 그 멋진 혀로 니가 한 게 뭔지 아냐? 그 교관 새끼한테 주시당하며 쪼인트 까일 때 어리버리한 찌질이 한 놈 있다고, 그 짓거리 하기엔 딱이라고 꼬질러바쳤잖아. 상납한 대가로 넌 그 새끼 타깃에서 벗어났지 아마. 그리고 넌 그 어리버리한 찌질이 놈이 밤꽃이 비릿한 향을 피우던 밤에, 성가대에서 찬양하던 여자애를 생각하며 당했던 그 일을, 조잘조잘 부대에다 죄 퍼뜨렸지. 그때 그 어리버리한 찌질이 놈은 눈물을 질질 흘리며 생각했지. 은혜는 꼭 갚고야 말겠다고. 그래서 밤꽃향을 싸지르던 그 짜식의 은혜는 갚았고, 어리버리한 찌질이 한테 모욕당했다고 입에 거품물던 그 여자애의 은혜도 갚았어. 그러니까 지금은 네 차례인 거야 알았냐? 세 치 혀를 조심하라며? 혀 한 번 잘못 놀려 신세 조졌다는 사람들 얘기 듣지도 못했냐며? 난 그런 혀가 탐이

나 죽을 지경이다. 어젯밤엔 잠까지 설쳤다니까. 반들반들, 기름진 혀가 어찌나 눈앞에 어른거리던지. 먹어봐서 알겠지만, 잘 놀리는 혓바닥만큼 요리감으로 그만인 건 없더라구. 제공해주라 군대 동기야. 그 맛깔스런 혀. 제발 은혜 좀 갚게. ❑

10분 동안 할 수 있는 일을 생각해보자. 손톱 깎고 발톱 깎기. 파 한 단 다듬기. 팬티와 브래지어 빨기. 책상서랍 정리하기. 파마 머리에 중화제 뿌리고 기다리기. 화분에 물주기. 셔츠 두 장 다리기. 취사에서 보온으로 간 밥 뜸들이기.

10분 동안 한 것은 아무것도 없다. 그녀는 취사에서 보온으로 떨어지는 소리를 들으며 소파 등받이에 머리를 기댄다.

20분 동안 할 수 있는 일을 생각해보자. 화장하기. 라면 끓여먹기. 신문 대충 훑어보기. 스트레칭하기. 시트콤보기. 가요 네댓 곡 듣기. 짧은 편지 한 장 쓰기. 여행가방 챙기기.

20분 동안 한 것은 아무것도 없다. 그녀는 소파등받이에서 머리를 떼고 텔레비전으로 눈을 돌린다. 화면은 꺼져있고 지금은 없어진 금성 골드스타 마크가 먼지를 뒤집어 쓰고 화면 테두리에 붙어 있다.

1시간 동안 할 수 있는 일을 생각해보자. 공중목욕탕에 가서 목욕하기. 집안 청소하기. 마트에서 장보기. 시집 한 권 읽기. 산책하며 노란 은행잎을 주워 책갈피에 끼우기. 뒹굴뒹굴 누워서 친구와 수다 떨기. 식당에서 콩비지백반 시켜먹기. 다방에 들어가 노래 들으며 커피 마시기.

1시간 동안 한 것은 아무것도 없다. 그녀는 소파 위로 다리를 끌어올려 몸을 웅크린다. 중국산 대자리 여름방석이 엉덩이에서 겉돈다. 변화란 없다.

15년 동안 할 수 있는 일을 생각해보자. 서울에서 모델 학원 다니기. 일류 모델이 되어 매스컴 타기. 결혼하기. 애 낳기. 차 사기. 해외여행 가기. 백화점 VIP 고객 되기. 골프 치기. 그리고 웃기. 웃기, 또 웃기.

15년 동안 한 것은 아무것도 없다. 그녀는 흘깃 시계를 본다. 시계 속엔 1에서 12까지의 숫자만 있지 그 이상은 없다. 그래도 다들 알아서 계산하고 알아서 산다. 숫자로 살아가는 시계는 숫자 없이 살아가는 시간을 억척스레 끌고 간다. 냉혹하게, 직선으로, 오차 없이, 지겹도록 인정머리 없게. 그래, 밥이나 푸러 가자.

그녀는 주방으로 가 전기밥솥 뚜껑을 연다. 뜸이 잘 든 밥이 차르르 기름지다. 전쟁이 터져도 모는 느긋하게 봄을 지낸다. 누군가가 죽어가도 모는 쑥쑥 자라 여름을 보낸다. 그 누군가가 없어도 자란 잎은 이삭을 맺으며 가을을 맞이한다. 그러나 가을, 그 이상은 보지 못한다. 찌를 듯한 추위와 추위보다 더 추운 기다림을, 벼는 알지 못한다. 그러니 이렇게 통통하게 살집이 오를 수밖에.

그녀는 공기에다 밥을 퍼 쟁반에 놓는다. 김장김치 한 포기를 꺼내 넓은 접시에 담아 가위로 대가리만 싹둑 자른다. 한우불고기를 살살 볶고, 된장국과 시금치나물, 김과 고추조림을 쟁반에 올려놓는다.

그녀는 보라색 슬리퍼를 질질 끌고 뒷방으로 간다. 문을 열자 기영이 누렇게 뜬 얼굴을 외로 꼰다. 그녀는 쟁반을 든 채 주황색 카시미론 이불을 발끝으로 밀친다. 기영이 꼼짝도 하지 않는다. 그녀는 발끝에 힘을 주어 이불을 조금 더 밀친다. 이불 속에 있던 기영의 묵직한 몸이 벽 쪽으로 밀린다. 그녀는 발끝으로 만든 공간에다 쟁반을 내려놓는다.

"아침 먹자." 그녀는 밥 한술을 떠 기영의 입에 댄다. 기영이 입술을 꼭 깨문다. 그녀는 불고기를 집어 기영의 입에 댄다. 기영이 고개를 외로 꼰다. "입맛이 없나보구나. 어쩌니, 너 주려고 일부러 비싼 한우불고기 했는데." 그녀는 김치 한 잎을 죽 찢어 김이 오르는 밥 위에다 척척 걸친다. "생각나니? 우리 이렇게 먹었던 거." 그녀는 김치 올린 밥숟갈을 기영의 입에 댄다. 기영이 입을 꾹 다문 채 무표정하다. 그녀는 기영에게 주려던 밥숟갈을 자신의 입으로 가져간다. "미안해, 나만 먹어서." 그녀는 입이 찢어져라 김치 없은 밥을 우적우적 씹는다. 그녀는 밥 한술을 또 떠 퍼런 잎을 죽 찢어 밥 위에 척척 얹는다. "10분 동안 할 수 있는 일이 뭔지 생각해 봤어." 그녀는 메어터질 듯한 볼을 연신 불룩거리며 다시 밥 한술을 떠 김치를 죽 찢어 걸친다. "이렇게 밥 한 공기를 뚝딱 먹어 치울 수 있는 시간이더라구. 근데 난 그러질 못했어. 그때부터 지금까지. 어, 지금도 마찬가지야." 기영은 초점 없는 눈동자로 미동도 하지 않는다.

그녀는 밥 한 공기를 다 먹자 기영을 일으켜 앉힌다. "내 말, 이해할 수 없지? 만약 이해할 수 있다면 넌 혹시 …… 괴로울까?" 그녀는 기영의 머리칼을 뒤로 쓸어 넘긴다. 기영의 눈동자가 저 먼 곳, 그 어딘가를 향해 힘없이 걸어간다. 그녀는 기영의 머리칼을 귀 뒤로 넘겨준다. "무슨 일이든 넌 괴로워하면 안 돼. 니가 괴로워하는 건 내가 참을 수 없거든. 넌 행복해야 해. 무슨 말인지 알겠니?" 기영이 눈을 감아버린다.

그녀는 창가로 가 밖을 내다본다. "20분 동안 할 수 있는 일이 무엇인지 생각해 봤어. 지금처럼 너랑 잠시 얘기하는 정도더라. 근데 그게 …… 참, 너 생리하는 거 아니니? 넌 생리 때만 되면 밥도 잘 안 먹고 그랬잖아. 아, 그래서 니가 밥을 안 먹었구나. 어, 미안."

그녀는 이불을 들추고 파티복과 다름없는, 검은색 망사와 레이스로 뒤범벅이 된 기영의 원피스를 홀렁 걸어 올린다. 기영이 카시미론 이불 위로 쓰러진다. 그녀는 기영의 엉덩이에서 팬티를 끌어내린다. "부끄러워하지 마. 너도 내가 너처럼 이렇게 됐다면 이렇게 밖에 할 수 없었을 거야." 그녀는 기영의 까만색 팬티를 다시 올린다. "생리도 아닌데 왜 밥을 안 먹었어? 공연히 니 힘이나 뺐구나. 미안해. 그러면 …… 혹시 너 임신한 거 아니니?" 기영의 얼굴이 일그러진다.

그녀는 기영의 겨드랑이에 두 팔을 집어넣어 상반신을 일으킨다. "걱정하지 마. 난 걱정 안 해." 그녀는 기영을 질질 끌어 창 바로 아래에 있는 티 테이블 위에다 앉힌다. "자꾸 미안하단 소리만 해서 미안한데 널 불편하게 해서 미안해. 그렇지만 이렇게 밖도 내다보고 그래야지 안 그래?" 그녀는 길게 숨을 토해내며 기영의 손을 창턱에 얹어 놓는다. "꼭 잡고 있어. 안 그럼 떨어진다." 그녀는 기영의 옆에 서서 2층 아래 창밖을 내다본다.

밖은 회뿌연 하니 무겁다. 언제나 그런 것은 아니다. 때론 맑은 햇살이 막 씻어놓은 채소처럼 있기도 하고 열정적인 우울로 그득할 때도 있다. 밖은 크게 보이기도 하고 작게 보이기도 하나 그럴 수 없이 슬프게 보이기도 한다. 창이 작아서, 혹은 닦지 않아서 그럴지도 모른다. 아니다. 눈이 오려고 그러는 것이다.

역 광장은 짙은 회색이 을씨년스런 기운으로 짓누른다. 택시 정류장엔 택시 두어 대가 서 있고 오가는 사람은 없다. 그녀는 자신의 얼굴을 기영의 얼굴에 바짝 들이민다. "잊어, 저길 잊어." 그녀는 말을 하며 끄윽 트림을 한다. 김치 트림이 기영의 얼굴로 푸짐하게 쏟아진다. "어, 미안. 내가 이렇게 주책바가지라니까." 그녀는 손바닥을 부채모양 펴 입 주변을 부친다. 기영의 눈이 밖 어딘지도 모를 곳을 멀거니 떠다닌다. 그녀는 티 테이블 아래로 축 늘어진 기영의 다리를 툭툭 친다. "잊어, 잊으라구. 난 괜찮아. 괜찮다니까. 이제 일하러 나가야겠다."

그녀는 기영을 창가에 눠둔 채 뒷방을 나온다. 홀로 나오기 무섭게 그녀는 전화기를 집어 든다. "서 국장님? 요새 뭐 봉 잡은 일 있어요? 얼굴 보기도 힘드네." 전화기 저편에서 걸걸한 목소리가 흘러나온다. "하— 이게 누구신가 차 마담 아냐? 아직도 이 오빠 잊지 못해 전화까지 주다니 역시 차 마담밖에 없어." 그녀는 거울을 들여다보며 이빨에 낀 고춧가루를 이쑤시개로 뺀다. "오빠면 다예요? 눈이 빠져 애꾸가 되기 전에 좀 보자고요." 서 국장은 이 오빠 없이 어떻게 살고 있는지, 지국장 때려치우고 새 사업을 하느라 바빴다는 둥, 말꼬리를 늘인다. 그녀는 전화로 이럴 게 아니라 와서 얘기하자며 전화를 끊는다. "쳇, 오빠 좋아하시네. 마누라한테 얻어터지지나 말지 사업은 무슨 사업?" 그녀는 모 일간지 지국장이었던 서를 떠올리며 몇 달 전 간통으로 콩밥을 먹네 마네 떠들썩했던 소문을 되새긴다.

그녀는 다시 전화기를 집어 들고 부동산으로 한밑천 잡았다는 강 사장을 찾는다. "어머, 강 사장님 너무 오랜만이다, 저 차 마담이에요. 저 없이 얼마나 즐겁게 지내시기에 매일 밤 제 꿈에 나타나시나 몰라. 그것두 주인공으루다. 아이, 전화로 이럴 게 아니라

한 번 들리세요. 제가 사장님 드리려고 직접 담근 매실주 꼭꼭 숨겨두고 있단 말이에요."

그녀는 전화를 끊고 전화번호가 빼곡히 적힌 수첩을 들춘다. 다시 전화기를 집어 들고 깜짝 놀란 투로 말한다. "어머머? 최 이사님 아니세요? 아이, 전 또 누군가 했네. 친구한테 전화를 한다는 게 그만 최 이사님한테 해버렸네. 하도 최 이사님만 생각하다보니 손가락이 자동으루다 막 나갔나 봐요. 저 말이에요, 최 이사님 보고 싶어 불면증에다 안질까지 걸린 거 아세요? 아이, 위문공연 좀 오세요. 언제 오실 거예요?" 그녀는 몇 통인가를 더 돌린 다음 싱크대로 간다.

조금 전에 먹었던 밥그릇을 씻어 엎고 어제 밤에 담가두었던 찻잔들을 씻는다. 다 씻은 잔을 스테인리스 다라 속에다 하나씩 끼워 맞춰 넣는다. 잔이 든 스테인리스 다라를 홀 한쪽에 놓인 무쇠 연탄난로 위에다 얹는다. 다라를 따라 둥글게 끼워 맞춰진 찻잔들 위에다 물을 붓는다.

그녀는 주방으로 가 냉장고에서 청양고추 한 움큼을 꺼내 녹즙기에다 간다. 얼마 되지 않은 즙을 작은 유리병에다 조심스레 따라 붓고는 유리병을 들어본다. 쿡, 그녀의 입가에 짧게 웃음이 맺힌다.

그녀는 화장실로 가 세면대에다 물을 받으며 하나로 묶은 머리를 푼다. 세면대 물에서 김이 오른다. 그녀는 푼 머리를 세면대에다 담근다. 따끈한 기가, 근심과는 전혀 상관없는 편안한 기가 전신으로 퍼진다. 샴푸를 짜 머리칼을 문댄다. 머리칼 사이로 부드럽게 거품이 인다. 머리를 다 헹구자 젖은 머리칼을 수건으로 비비며 뒷방으로 간다.

방문을 열자 기영이 창틀을 부여잡은 채 그대로 앉아있다. 그녀는 수건을 휙 던지고 기영에게로 달려간다. "아이, 내 정신 좀 봐. 널 내려놓지도 않고 그냥 나가버렸네. 미안! 왜 좀 부르지 않구 그랬어." 그녀는 기영의 겨드랑이에다 두 팔을 집어넣어 티 테이블에서 끌어내린다. 기영이 균형을 잃는 것과 동시에 그녀는 기영을 안고 바닥으로 나뒹군다. "어마야! 미안! 다치지 않았니? 내가 꼭 이 모양이라니까." 그녀는 기영을 끌어다 간신히 요 위에다 눕힌 후 이불을 덮어준다. 기영이 질끈 눈을 감아버린다.

그녀는 기영 곁에 누워 기영의 머리칼에다 손가락을 넣고 쓸어본다. "이 머리칼, 그때랑 참 똑같다. 변한 게 없어." 기영이 그녀의 손을 뿌리친다. 그녀는 뿌리쳐진 손을 그대로 든 채 바라본다. 사육하기엔 더할 수 없이 적당한 손.

그녀는 느리게 일어나 창가로 가 역 광장을 내려다본다. 봄도 아니고 겨울도 아닌 계절이 흐릿하게 깔려있다. 맞은편에 있는 24시 해장국집도, 택시 대 여섯 대가 줄지어 있는 것도, 15년 전이나 오늘이나 다르지 않다. 시간은 흘렀지만 흐르지 않았다. 진공 속에 갇힌 시간도 시간이라 할 수 있을까.

그녀는 창을 등지며 기영을 향한다. "1시간 동안 할 수 있는 일이 무엇일까 생각해 봤어." 그녀는 허리를 반으로 꺾어 머리칼을 거꾸로 쏟는다. "1시간 동안 뭘 할 수 있을 거 같니?" 그녀는 노랗게 염색한 머리칼을 쓱쓱 빗는다. "독설이 성폭행하는 일, 독설에게 성폭행당하는 일, 미래를 기다리는 일, 미래를 기다리게 하는 일." 그녀는 머리 밑이 하얗게 드러나도록 머리칼을 싹싹 긁어모아 뒤통수 꼭대기에다 꽁꽁 묶는다. 그녀는 바지 뒷주머니에서 쪽거울을 꺼내 들여다본다. "그때보다 얼굴이 많이 삭았네."

그녀는 쪽거울을 바지 뒷주머니에다 꽂으며 창 쪽으로 돌아선다. "뭣 좀 봤니? 저 역 광장 말이야. 택시가 아직도 그대로네. 잊어, 잊으라구. 난 괜찮아." 택시 기사들이 어깨를 잔뜩 움츠린 채 담배를 피우기도 하고 자판기 커피를 마시기도 한다. 스산한 바람이 역 광장 바닥을 부옇게 훑는다. 시커먼 비닐봉지가 풀썩 광장 복판으로 날아가더니 너불너불 날아가다 멈추고 날아가다 멈춘다. "봄도 아니고 겨울도 아닌 계절이야. 이런 계절은 뭐라 불러야 좋을까? 이것도 아니고 저것도 아닌 게 참 싫어진다."

이십 대 후반쯤 된 여자가 청바지에 검정색 오리털파카를 입고 역 광장으로 걸어간다. 그녀는 기다렸다는 듯이 중얼거린다. "왜 안 나타나나 했더니 드디어 나타나셨군. 대단한 여성동무야."

그녀는 갑자기 생각났다는 듯 기영을 잡아 일으켜 창 턱 아래 티테이블에다 앉힌다. "저 여자 보이니?" 기영은 반쯤 감은 눈으로 광장이 아닌 유리창을 본다. 그녀는 기영의 귀에다 대고 속삭인다. "저 여자 말이야, 떠나지도 못할 거면서 만나지도 못할 거면서 왜 저렇게 매일 역으로 출근하는지 몰라. 기다림에 대해 생각해 본 적

있니?" 기영은 아무 대꾸도 하지 않은 채 무표정한 눈 그대로 움직이지 않는다. 오리털파카의 여자가 역사 안으로 들어간다.

기차가 도착하자 사람들이 하나 둘 역사를 빠져나온다. 크로스백을 멘 청년, 보따리를 든 할머니, 양복 차림의 중년 남자, 부러질 듯 정장을 빼입은 여자 …… 사람들은 역사를 빠져나오기 무섭게 택시를 타기도 하고 길을 건너기도 하고 버스정류장으로 가기도 한다. 역 광장은 늘 그렇게 못 박힌 그림이다. 달라진 건 없다. 달라질 수가 없다. 기차가 있고 역이 있는 한, 그 무엇도 달라지진 않는다.

오리털파카의 여자가 역사를 나와 뿔뿔이 흩어지는 사람들을 멀뚱히 본다. 그녀는 오리털파카의 여자를 손가락으로 가리킨다. "저 여자, 이리 들어오라고 해볼까?" 기영이 다 귀찮다는 듯 카시미론 이불 쪽으로 고개를 돌린다. 그녀는 얼른 기영을 내려준다. "어, 미안. 피곤한 모양이구나. 그러니까 잊으라고 했잖아. 잊어, 잊으라구. 난 괜찮아." 그녀는 카시미론 이불을 기영의 목 언저리까지 올려 꼭꼭 눌러준다. 홀에서 차 마담 없냐고 소리친다. 그녀는 째지는 목소리로 "어서오세요!" 하며 뒷방을 나간다.


"어이, 차 마담. 오랜만이야." 서 국장이 너스레를 떨며 손을 내민다. 그녀는 서 국장의 손을 잡는 대신 보리차를 따른다. "영감님도 아니면서 꼭 문안드려야만 오기예요?" 서 국장은 눈이 닳게 그녀의 아래위를 훑어보며 입치레를 한다. "거참, 차 마담은 오랜만에 봐도 여전히 탱탱하다니까. 그 허벅지, 누가 채 가지도 않았어?" 그녀는 살짝 눈 흘기는 시늉을 한다. "개시인데 제일 비싼 걸로 시키세요." 서 국장이 담배를 꺼내 물며 재떨이를 앞으로 당긴다. "비싼 건 나중에 하기로 하고 모닝커피나 줘."

그녀는 커피를 타들고 서 국장에게로 간다. "그나저나 신문 때려치우고 새로 사업하신다면서 저도 좀 끼워주면 안 돼요?" 그녀는 서 국장의 건너편 자리에 반쯤 엉덩이를 걸치고 앉는다. 서 국장이 학창시절 여드름으로 흉터가 된 볼을 쓱쓱 문댄다. "아니, 천하의 목화다방 사장님이 그런 말을 하면 돈 버는 사람만 벌게?" 그녀는 서 국장의 얼굴 가까이로 얼굴을 들이민다. "사장이요? 세상의 모든 사장들 다 죽었나보네. 그러지 말고 좋은 일이면 끼워주세요. 안 끼워주는 게 아니라 못 끼워주는 거 아녜요? 으슥한 일이라?" 서 국장이 커피를 젓다말고 손을 휘휘 젓는다. "거 무슨 흉측한 소리! 나, 이래 봐도 평생 활자만 보며 살아온 사람이야. 활자 빼고 본 게 있다면 딱 하나, 차 마담뿐이구." 그녀는 빙글, 자리에서 일어난다. "저야말로 커피 빼고 들을 만한 소리를 들은 건 딱 하나네요. 지금 하신 그 말씀!"

서 국장이 커피를 마시다말고 인상을 팍 쓴다. "커피가 어째 좀 찝찌름하네. 혹시 여기다 차 마담 오줌 탄 거 아냐?" 그녀는 주방으로 가며 쿡, 웃는다. "지국장님이 하도 싱겁게 사시는 거 같아 저도 모르게 설탕 대신 소금을 쳤나 봐요. 새 걸로 갖다 드릴 테니 쫌만 기다리세요." 서 국장은 "에이!" 하며 입맛을 쩝쩝 다시더니 커피 말고 제일 비싼 걸로 가져오라고 한다. 그녀는 서 국장이 한 말이 식을세라 재빨리 쌍화차를 탄다. 그녀가 쌍화차를 가져가자 서 국장이 옆 자리를 손바닥으로 탁탁 치며 앉으라고 한다. 그녀는 잠시만 기다리라고 말하며 뒷방으로 간다.

누렇게 뜬 기영의 얼굴이 계절 없는 나신의 석고상 모양 멀뚱히 누워있다. 그녀는 한동안 기영의 얼굴을 가만히 내려다본다. 색도 없고 속도도 없고 냄새도 없다. 그 많은 자극, 그 많은 생각, 그 많은 시선들은 다 어디로 가 버렸을까. 기영의 움직임은 고집스레 옹고된 채 무엇인지도 모를 것에 붙박여 있다. 그녀는 기영의 앞에 쪼그리고 앉는다. "밖에 남자 손님이 왔어. 날더러 여전히 탱탱하다네. 그 허벅지 누가 채 가지도 않았냐고 그래. 치욕이 뭔지 생각해 봤니?" 기영은 여전히 말이 없다. 그녀는 기영 앞에 철푸덕 앉는다. "차라리 번민이 났겠어. 이렇게 각도 없고 모양도 없는 시간들만 누적된다면······ 그래, 잊어. 잊으라구. 누구의 것이라고 말할 만한 게 세상 그 어디에 있겠니."

홀에서 "언니야!" 부르는 소리가 난다. 그녀는 예의 째지는 목소리로 "어서오세요!" 하며 뒷방을 나간다.

철로 잡역부 노 씨가 와랑대는 소리로 커피 두 잔을 달라고 한다. 그녀는 노 씨 맞은편에 앉은 유 씨를 흘깃거리며 커피를 탄다. 노씨가 해장술이 거한 얼굴로 그녀를 오라고 손짓한다. "언니야, 이따 밤에 시간 좀 내라. 오늘 마누라가 며느리 산바라지 하러 갔는데 며칠 있다 온단다." 그녀는 커피에다 청양고추 즙 한 술을 넣으며 대꾸한다. "바람맞힐 소린 그만하시구 목화다방이나 열심히 오세요."

유 씨가 두 사람의 말을 자르려는 듯 냅다 소리 지른다. "어이! 돌아와요 부산항에 좀 틀어라!" 그녀는 커피 두 잔을 노 씨와 유 씨에게 가져간다. 노 씨와 유 씨가 커피를 한 모금 마시더니 떨떠름한 표정을 짓는다. "언니야, 근데 커피가 어째 좀 맵냐? 내 입이 그런가?" 그녀는 쿡, 웃으며 "어때요? 쌉쌀하니 매콤하니 특이한 맛이죠? 요즘 하도 웰빙 웰빙 해서 웰빙 커피 개발해 본 거예요" 하고 노 씨와 유 씨를 번갈아본다. 노 씨와 유 씨가 서로 얼굴을 마주보며 무슨 말인가를 하려다 만다. 그녀는 기밀문서라도 누설하듯 목소리를 낮춘다. "이런 커피 아무 데서나 파는 거 아니에요. 한국인 입맛에 맞게 하느라 한 달 동안 머리도 감지 못한 채 고민고민해가며 만든 거예요. 체인점을 차리려구 임자 찾는 중인데 특별히 두 분한테만 내 온 거예요." 노 씨와 유 씨는 석연치 않은 표정으로 매운 커피를 홀짝홀짝 마신다.

그녀는 돌아와요 부산항에를 틀고 뒷방으로 간다. 기영은 눈을 감은 채 미동도 하지 않는다. 그녀는 솜이 죽어 얄팍해진 오렌지색 카시미론 이불자락을 만지작거린다. 살 땐 꽃잎을 화르르 떨쳤을 카시미론 이불 위의 목단 꽃은 수가 뜯겨 실밥이 너덜대고, 색깔 역시 때를 타 당시의 화사함 대신 꾀죄죄함만이 노골적으로 드러난다. 그녀는 실밥을 손끝으로 잡아 뜯으며 중얼거린다. "남자 손님들이 왔어. 밤에 시간 좀 내라네. 그지 같은 새끼들! 다방 한다니까 개나 소나 다 집적거려. 그래봤자 겨우 이천 원짜리 손님인 주제에. 청양고추 간 걸 커피에다 타 줬더니 찍소리도 못하고 마셔. 뭘 생각해? 생각 같은 거 …… 참 귀찮다. 그치?"

홀에서 계산하라는 소리가 난다. 그녀는 발딱 일어나 뒷방을 나간다. 서 국장이 카운터 앞에서 못마땅한 얼굴로 푸푸거린다. "사람을 오라구 해놓구선 …… 거참, 쌍화차 값도 못 빼구 …… ." 그녀는 거스름돈을 세며 "아이, 그러니까 둘만 있을 시간에 오셔야죠" 하고 말한다. 서 국장이, 언제가 둘만 있을 시간이냐고 묻는 순간, 네 명의 남자 손님들이 우르르 들어온다. 그녀는 "어서오세요!" 소리치며 보리차 쟁반을 든다. 남자들이 무쇠난로 옆 테이블에 자리를 잡는다.

베이지색 점퍼 차림의 남자가 부루퉁한 얼굴로 안경 낀 남자를 향해 말한다. "아니 왜 꼭 이 다방이야? 와 봐야 목화 비슷한 나부랭이도 없구만." 말이 떨어지기 무섭게 안경 낀 남자가 그녀를 눈짓으로 가리킨다. "없긴 왜 없어. 저기 목화아가씨 있잖아."

그녀는 보리차 잔을 테이블에다 놓는다. 넙적한 얼굴의 남자가 그녀를 올려다보며 말인지 시비인지 모를 말을 한다. "어이, 목화아가씨, 근데 아가씨 맞어?" 그녀는 보리차 쟁반을 옆구리에 끼며 시큰둥하게 대꾸한다. "글쎄요, 목화아가씨는 목화농장에 가야 있는 거 아닌가요? 여긴 목화농장이 아니라 목화다방이니까 잘 헤아려 보세요." 말한 남자는 얼굴이 퉁그러지고 다른 남자들은 키들거린다.

그녀는 커피 네 잔을 주문받고 주방으로 간다. 줄무늬 와이셔츠를 입은 남자가 연신 다방 안을 둘러본다. "인테리어가 죽여주는군. 들어올 때 보니 문도 시뻘건 색이더니 …… 두꺼운 패드를 넣어 마름모꼴로 누빈 게 잘 봐줘서 영화관 출입문이야. 목화다방이라고 해서 흰 색 톤을 연상했더니 이건 온통 싼티에다 천티가 질질이구만." 안경 낀 남자가 불퉁거리는 표정을 그대로 드러낸다. "그래, 지방 역전다방이 별 수 있어? 그래서 불만이면 빠져 임마." 줄무늬 와이셔츠의 남자가 머쓱해진 얼굴로 머리를 긁적인다. "그게 아니라 공사가 끝날 때까지 일 년을 이 곳에서 살려면 지역 정서를 알아둘 필요가 있을 거 같아서 ……" 베이지색 점퍼의 남자가 탁자를 탁 치며 큰소리로 웃는다. "상황에 아주 잘 맞는 말이군. 당신 같은 인테리어 업자는 이미지로 먹고 사는지 몰라도 우리는 그런 거엔 관심 없거든. 건설사에서 돼지우리를 궁전으로 만들라 하면 그렇게 짓는 거구, 궁전을 쓰레기통으로 만들라 하면 그렇게 지으면 되는 거거든." 넙적한 얼굴의 남자가 연신 그녀를 흘깃거리며 안경 낀 남자에게 묻는다. "저 여자, 아가씨 맞어?" 안경 낀 남자가 새삼 그녀의 아래위를 훑어본다. "아가씨면 왜 작업 들어가게? 내가 보기엔 삼십 대 중반 같은데 아가씨는 무슨 아가씨. 샛서방 끼고 사는지 누가 알어?"

그녀는 남자들의 말을 들으며 커피를 탄다. 이기적인 말들, 자신을 중심으로 숫자와 그림을 조합하는 비대한 체구의 언어들, 소름을 다닥다닥 달고 공격적으로 달려와 무섭게 진물을 터뜨리는 말의 말의 말들. 그녀의 턱이 금강석만큼이나 단단해진다.

얼굴이 넙적한 남자가 고스톱 칠 때나 나올 목소리를 낸다. "목화씨! 여긴 아가씨들 없나?" 그녀는 말하는 남자를 거들떠보지도 않은 채 커피 잔을 내려놓는다. "티켓다방은 길 건너에 있으니 그리로 가 보세요." 넙적한 얼굴의 남자가 붉으락푸르락 다혈질을 감추지 못한다. "거 참, 되게 까칠하네. 요즘 세상에 아가씨 없이 혼자 하다니 자신 있다 이거지?" 안경 낀 남자가 얼굴이 넙적한 남자의 옆구리를 쿡 찌른다. 그녀는 돌아서가다 말고 남자들에게 말한다. "커피는 한 잔에 이천 원, 도합 팔천 원이니까 가실 때 저기 카운터에다 놓고 가세요. 샛서방 만나러 가니까 저 찾지 마시라는 얘기예요." 그녀의 등 뒤에서, 다방이 여기 하나뿐이냐, 건방지다, 손님을 우습게 여긴다, 두 번 다시 오나 봐라, 겁대가리도 없이 말을 막 한다, 는 소리가 난다. 그녀는 남자들의 말을 뒤로 한 채 뒷방으로 간다.

기영의 얼굴은 어제보다 그제보다 한층 더 누렇다. 그녀는 기영의 볼을 쓰다듬는다. "오이마사지를 해주고 싶어." 기영이 고개를 돌려 벽을 향한다. 그녀는 기영의 머리칼을 손끝으로 만진다. "남자 손님들이 왔어. 날더러 아가씨냐고 물어. 샛서방 두고 있냐고도 묻고. 결혼한 적도 없는 날더러. 말이 싫어. 말 같지도 않은 말들이 징그럽게 싫어. 그때 그런 말만 듣지 않았어도……" 홀에서 차 마담 어디 갔냐고 외치는 소리가 난다. 그녀는 성대가 찢어져라 "예에~나가요!" 소리치며 홀로 나간다.

유 씨가 계산대 앞에서 지갑을 연다. "언니야, 진짜 샛서방 있는 거 아냐? 자꾸 뒷방엘 들락거리는 걸 보니 숨겨둔 애인 있나봐." 그녀는 거스름돈을 세어 유 씨에게 준다. "그걸 어떻게 알았어요? 샛서방에다 애인에다 남자들이 우글우글 끓어요." 유 씨 옆에 서 있던 노 씨가 그녀의 손을 덥석 잡는다. "에이, 그러지 말고 이따 문 닫고 나 좀 보자고. 먹고 싶은 거 다 사줄 테니. 알았지?"

노 씨와 유 씨가 나가자 그녀는 냉장고에서 오이를 꺼내 강판에 간다. 오이를 강판에다 갈 듯 마음을 갈면 뭐가 나올까. 은빛 날개를 단 육체가 나왔으면. 누구라도 보는 순간 눈이 멀 잔인한 향이 나왔으면. 하늘이 내려앉고 바다가 올라가는 냉기, 혹은 열기가 나왔으면. 모두가 다 천 년 동안 미라가 될 말 한마디가 나왔으면.

그녀는 이끼색으로 걸쭉해진 오이에다 밀가루와 물을 섞어 되직하게 갠다. 오이 양푼을 들고 그녀는 뒷방 문을 연다.

기영은 플라스틱 인형처럼 그 자세 그 표정으로 어디랄 곳도 아닌 곳에 눈을 두고 있다. "지루했지?" 그녀는 걸쭉한 오이를 손으로 퍼 기영의 얼굴에 바른다. "밖에 온 남자 손님들 말이야, 손주까지 본 할아버지거든? 근데 날더러 이따 밤에 문 닫고 보재. 먹고 싶은 거 다 사준다고. 어떻게 생각해? 어떻게 하는 게 좋겠니?" 기영이 냉랭해진 얼굴로 눈을 감는다. 그녀는 오이 팩 그릇을 옆으로 치운다. "사람을 사고 싶어. 이천 원만 주면 말로 살 수 있는 그런 거. 그때 난 이천 원도 …… 아이, 내가 지금 무슨 소릴 하는 거지? 널 만나서 이렇게 기쁜데."

그녀는 티슈로 손을 닦으며 창가로 간다. "어머, 저 여자, 아직도 있네. 저 여자 왜 저런다고 생각하니?" 오리털파카를 입은 여자가 광장 주변을 왔다 갔다 하더니 구석으로 가 우두커니 선다. 하늘이 온기 없는 색으로 오리털파커의 여자를 밀쳐낸다. 오리털파커의 여자가 역사 안으로 들어간다. 그녀는 오리털파커의 여자를 눈으로 쫓는다. "저 여잔 비가 오나 눈이 오나 매일 이 시간이면 역 광장에 나와 저렇게 얼쩡거려. 벌써 일 년째야. 저 여자의 시간은 어디로 가고 있을까? 내 시간은 결국 역전다방으로 흘렀는데. 역전다방이 영화로 들어가면 꽤 괜찮을 거야. 갑자기 흑백영화가 보고 싶어지네. 너와 나의 이야기도 어쩌면 흑백영화가 될 수 있을지도 모르는데."

그녀는 한동안 기영을 보다말고 기영에게 다가간다. 기영의 얼굴이 푸르스름하게 굳어간다. 그녀는 기영의 얼굴을 가만가만 눌러본다. "조금만 참아. 꾸덕꾸덕한 게 곧 뗄 수 있겠어."

그녀는 다시 창가로 가 오리털파커의 여자를 눈으로 찾는다. "너 이거 아니? 15년 전에도 이 역 광장에 저런 여자가 있었다는 거. 그 여잔 매일 같은 시간이면 여행가방을 들고선 이 역 광장을 서성댔어. 약속이었으니까. 그 여잔 지금 어디서 무얼 하고 있을까? 어디서 무얼 하든 그 여잔 아직도 역 광장을 기웃대고 있을 거야. 저 여자처럼 침묵하는 몸으로."

그녀는 기영의 얼굴에서 오이팩을 뜯는다. 기영이 이마를 찡그린다. 그녀는 말라붙은 팩을 턱에서부터 위로 살살 잡아 뜯는다.

기영이 신경질적으로 얼굴을 돌린다. 그녀는 기영의 얼굴에서 오이팩 잔 찌꺼기를 하나하나 세심하게 뜯는다. 옹색한 말을 하나하나 뜯어 말끔하게 정리해 놓는다 치자. 기억하고 싶은 것만 하나하나 뜯어 저장해 둔다 치자. 그렇다 한들 뭐가 달라질 것인가. 날선 말은 날선 말로, 정지된 바람은 정지된 바람으로, 목화다방은 목화다방으로 있을 뿐.

"니가 왜 아무 말도 하지 않는지 알아. 포기하지 마. 나를 위한 묵비권이 아니라 너를 위한 묵비권이니까. 난 후회하지 않아."

그녀는 두 손으로 기영의 얼굴을 감싼다. "널 보고 싶었어. 보고 있지만 자꾸 보고 싶어져. 눈을 감아봐. 아무 것도 보지 마. 이제 밖은 네 것이 아니야. 저 밖도 너를 잊었을 거야. 니가 여기서 늙길 바래. 나와 함께. 오래 오래, 아주 오래."

그녀는 따뜻한 물수건을 가져오겠다며 뒷방을 나간다. 홀엔 남자 넷마저 나가고 담배연기만이 스모그처럼 짙다. 텅 빈 홀 안. 조용필이 가지 말라고, 가지 말라고, 모든 것을 잊고 싶다고 하소연하는 음이 치근댄다. 질량으로 잴 수 없는 헛헛함이 그녀의 코끝에 맴돈다. 언제는 이렇지 않았던가. 그녀는 우뚝 서 있다말고 수건을 따뜻한 물에 적신다.

그녀는 뒷방으로 들어가 기영의 얼굴을 닦는다. 카시미론 이불이 가늘게 들썩인다. 그녀는 기영의 얼굴을 닦다말고 가만히 있는다. "울고 있구나. 그래, 울어. 15년 전 그 여자도 울고 있었어. 이역 광장에서." 그녀는 따뜻한 물수건으로 기영의 얼굴을 마저 닦는다. "그때 비가 왔어. 전두환이 닮은 남자가 오토바이를 타고 지나갔어. 바람이 불었어. 너랑 꼭 닮은 여대생이 지나갔어. 눈도 왔어. 아줌마가 눈처럼 희고 보글거리는 강아지를 코트 속에 품고 지나갔어. 역 광장이 녹아내릴 듯이 뜨거운 날도 있었어. 복숭아 입술의 어자애가 까만 콩을 콕 박아놓은 듯한 눈을 가진 사내아이와 하드를 쪽쪽 빨며 지나갔어. 사람들은 참 많았어. 날도 많았구." 그녀는 손바닥에다 로션을 따라 기영의 얼굴에 바른다. "근데 자꾸 눈물이 나왔어. 꼼짝도 못하고 누굴, 무엇을 기다리고 있었던 걸까. 그 긴긴 시간을." 그녀는 기영의 눈가에 아이크림을 바른다. "그 후 절망을 배웠어. 절망이 왜 절망인지 아니? 기억하기 때문에 절망인 거야." 그녀는 에센스를 따라 기영의 얼굴에 꼼꼼히 펴 바른다. "운다는 건 절망하지 않았다는 뜻이야. 절망은 눈물이 아니거든." 그녀는 오이 반죽이 든 양푼과 물수건을 주섬주섬 집어 든다. "그때 끊었던 서울행 기차표, 아직도 가지고 있어. 버릴 수가 없었어. 아직도, 아직도, 버릴 수가 없어."

그녀는 기영을 벽에 기대어 앉힌 후 뒷방을 나온다. 금방이라도 눈을 뿌릴 듯한 하늘이 휘청휘청 그녀 곁으로 다가온다.


낮고 음산한 하늘에서 듬성듬성 눈이 내린다. 오리털파카의 여자는 눈을 맞으며 광장을 오락가락한다. 봄도 아니고 겨울도 아닌, 그러나 메마르기가 깡마른 마른 나뭇가지보다 더한 계절을 오리털파카의 여자는 온통 누비고 다닌다. 저런 여자에게 어울릴 만한 모자 하나 없을까. 그녀는 창가에 붙어 서서 오리털파카의 여자에게 호, 입김을 불어본다.

역사 안에 있는 제과점에서 바바리코트를 입은 여자가 나온다. 바바리코트의 여자는 작은 여행용 가방을 들고 역 광장을 가로지른다. 여자는 도로 쪽으로 가는가 싶더니 문득 고개를 돌려 목화다방이 있는 건물을 올려다본다. 여자가 몸을 돌려 버스정류장 쪽으로 간다. 바바리코트와 여행용 가방이 날씨만큼이나 추워 보인다.

눈인지 먼지인지 모를 눈이 하나 둘 내리다 말다 한다. 여기가 끝인가? 살아온 모든 것들이 스틸사진과도 같이 목화다방으로 정지인가? 그녀는 뒤통수 높이 묶었던 머리를 와락 끌러 허리를 반으로 꺾는다. 푸슬푸슬 노랗게 탈색된 머리칼이 거꾸로 쏟아진다. 긴 머리칼을 손가락으로 쓱쓱 빗어 다시 머리 꼭대기에다 꽁꽁 묶는다. 머리 밑살이 하나하나 하얗게 일어난다. 그녀는 묶은 머리를 가볍게 흔들며 무쇠연탄난로로 간다.

난로 위의 스테인리스 다라에서 희미하게 김이 오른다. 물에 잠긴 채 켜켜이 물려 있는 커피 잔. 물고 물리며 자리를 잡아가는 저 질서. 이렇게 살다보면 이렇게 틀이 잡힐 것이고, 그것은 이물스러움과 경멸을 자연스레 받아들이며 하나의 튼튼한 자리를 제공해 줄 것이다. 근심이나 겁낼 게 그 무엇이란 말인가.

문이 열리고 손님이 들어온다. "어서오세요!" 그녀는 거의 반동에 가깝게 높은 톤으로 소리친다. 바바리코트의 여자가 파랗게 언 얼굴로 난로를 본다. 그녀는 난로를 가리키며 이쪽으로 앉으시라고 말한다. 여자가 여행용 가방을 소파 위에 놓더니 난로 앞에 선다.

　그녀는 보리차를 테이블에다 놓으며 말을 붙인다. "밖이 춥죠? 윤달 낀 삼월이라지만 삼월은 삼월인데 눈까지 오다니 너무했어요." 바바리코트의 여자가 난로에 대고 언 손을 비빈다. "그러게요. 날씨가 성질을 부려요. 봄인 줄 알고 얇게 입고 나왔더니 너무 춥네요." 그녀는 쟁반을 옆구리에 끼며 말한다. "봄은 치사하죠. 한 번 따뜻해지면 그 다음부턴 계속 따뜻해져야 하니까 선뜻 자릴 내주기 싫은 거죠. 뭘 마시겠어요?" 여자가 무쇠연탄난로 앞으로 바짝 다가선다. "커피 주세요. 아주, 아주, 뜨거운, 뜨거운, 커피요."

　그녀가 커피를 가져다놓기 무섭게 여자는 커피 잔을 두 손으로 감싼다. 추위로 손등이 얼룩얼룩 붉으레하다. 여자가 커피를 호호 불어가며 한 모금 마신다. 여자의 눈이 홀 여기저기를 둘러본다. 소파는 한눈에 보기에도 천박하다. 빨간색은 터무니없이 들떠있는데다 때가 끼어 칙칙하다. 언제부터 깔려있었는지 모를 여름 방석은 비둘기 색인지 회색인지 모르게 색이 없다. 여자가 벽에 걸린 조화로 시선을 옮긴다. 졸업식 때나 개업식 때 받아다 걸어놓았음직한 조화는 제법 예쁜 보라색이었으리라는 추측을 던진다.

　그녀는 여자의 눈을 쫓으며 말한다. "이 다방, 촌스럽죠? 15년 전과 똑같아요. 저 소파며 조화, 저기 걸린 거울도 그때 것 그대로예요. 바꾸거나 고친 게 하나도 없죠." 여자는 고개를 끄덕이며 씨익 웃는다. "그럴 만한 이유라도 있었나요?" 그녀는 노파의 늘어진

뱃가죽의 주름살처럼 흉하게 금이 간 소파를 눈으로 가리킨다. "글쎄요……처음 이 다방에서 레지 노릇을 했어요. 그러다 주인이 바뀔 때 인수했는데 왜 그랬는지 나도 모르겠어요. 이쁘지도 않은 이런 싸구려 티가 어쩌면 나랑 꼭 닮아서였는지도 모르죠. 호호." 여자는 들어선 안 될 말을 들은 듯 난처해진 얼굴을 숙인다.

그녀는 창쪽으로 얼굴을 돌린다. 하늘은 금세라도 울 듯한데 눈은 내리는지 마는지 찌득찌득 답답하다. 외계의 어느 행성이 이렇지 않을까. 서울 역시 그런 행성의 하나쯤일지도 모른다. 짓무르게 붉은 입술이 있고 미등과 전조등과 상향등과 폭죽이 있다 해도 저 찌푸린 하늘보다 나을 게 없을 수도 있다. 10분 동안 해야 할 일을 해야만 하고, 1시간 동안 해야 할 일을 마쳐야만 하고, 15년 동안 해야 할 일을 완성해야만 하는, 그런 기획의 도시에 불과할지도 모른다. 그래, 그렇게 생각하자. 그렇게 생각해 본 게 어디 어제 오늘의 일인가. 하늘 저 끝에서 조금 밝은 기운이 돌기 시작한다. 바람이 부는지 셀 수 있을 만큼만 내리던 눈이 휘휘 날린다. 광장 건너편 24시 해장국집으로 한 무리의 군인들이 들어간다. 저들은 어느 도시에서 이곳까지 와 이 눈을 맞고 있을까.

그녀는 팔짱을 낀 채 창밖에 시선을 꽂으며 말한다. "설명이 잘 안 되죠? 나도 그래요." 여자가 소파에 앉으며 난로 쪽으로 몸을 튼다. "자신을 설명한다는 게 쉬운 일은 아니겠죠." 그녀는 여행용 가방으로 시선을 돌린다. "여행을 왔나 봐요. 여행하기엔 날이 좀 그런데." 여자는 난로에다 손을 쬐며 문득 생각났다는 듯이 말한다. "여행이요? 여행은 여행이죠. 그런데 이런 역전다방 ……
여기만한 여행도 없을 것 같네요." 여자가 손등을 번갈아 비비며
말을 잇는다. "손님이 없는데 오래 좀 있다 가면 안 될까요?" 그녀
는 쟁반을 들고 주방으로 간다. "자고 가겠다는 것만 아니라면 얼
마든지요."

그녀는 뒷방으로 들어간다. 기영은 벽에 기대앉은 채 눈을 감고
있다. 그녀는 기영 옆에 나란히 앉아 두 다리를 쭉 뻗으며 벽에 기
댄다. "밖엔 눈이 오고 있어. 이런 날씨에 여행가방을 들고 여자
손님이 왔어. 그 여잔 여기 이 역전다방을 여행이래. 그 여자 말대
로라면 나는 여행 속에 있는 셈이야. 그런데도 여행을 해 본 적이
없어. 여행해 봤어?" 기영은 귀를 막고 싶다는 표정이다.

그녀는 슬며시 일어나 창가 티 테이블에 걸터앉는다. 바람이 그
쳤는지 눈발이 희끗희끗 맥없이 내린다. 그녀는 여전히 창밖을 보
며 중얼거린다. "오리털파카의 여자가 없어졌어. 그 여잔 어디로
갔을까? 이런 날씨에. 혹시 약속을 찾으러 간 건 아닐까?" 기영이
잔기침을 한다. 그녀도 잔기침을 하며 기영을 돌아본다. "감기 들
지 마. 너를 만나 기쁜데 병나면 안 되잖아."

역사 안으로 긴 머리칼의 여자가 들어간다. 그 뒤를 사복을 입
은 군인 둘이 쫓아간다. 긴 머리칼의 여자가 역사 밖으로 나온다.
사복 입은 군인 둘이 여자 뒤를 따라 나오며 말을 붙인다. 여자가
사복차림의 군인들에게 뭐라 말을 하더니 다시 역사 안으로 들어
간다. 군인들이 들어가려는 여자의 앞을 가로막는다.

그녀는 혼자 웅얼거린다. "가게 내버려둬라. 동물에겐 성추행도 없고 강간도 없는데 어째서 사람에게만 있는 걸까?" 역사 안으로 들어가려던 여자가 광장을 빠르게 걸어 길을 건넌다. 여자의 긴 머리칼이 보기 좋게 찰랑거리며 추위를 가른다.

그녀는 기영 쪽으로 몸을 돌려 꽁꽁 묶은 머리를 푼다. "머리 스타일을 바꾸고 싶어." 그녀는 허리를 반으로 꺾어 노랗게 쏟아진 머리칼을 활활 턴다. "15년 동안 같은 머리 스타일이야. 이렇게 사납고 질긴 머리스타일은 정말 싫어. 기둥서방이라도 있다면 이런 쌍스럽고 독살스런 머리는 하지 않아도 될 거야." 그녀는 다시 머리칼을 그러모아 뒤통수 꼭대기에다 꽁꽁 묶는다. 머리 밑살이 하얗게 당겨 일어난다. "그때 생각나니? 니 머리칼도 내 머리칼도 참 보기 좋았어. 들기름 바른 것처럼 반들반들."

그녀는 다시 역 광장을 내려다본다. "그때엔 노을이 있었지. 약속도 있었구. 서울에 가서 모델이 되자는 약속." 그녀는 기영을 돌아본다. 기영의 얼굴이 허옇게 굳는다. 그녀는 한동안 기영을 물끄러미 보더니 쿡, 웃는다. "잊으라고 했는데 잊지 못하는구나 …… 참, 배고프겠다. 뭐 먹고 싶니? 뭘 만들어줄까?" 그녀는 기영을 빤히 쳐다보다 뒷방을 나온다.

역전다방을 여행이라고 말했던 여자는 책을 읽는다. 이제 여자는 추위를 타지 않는다. 간혹 책에다 줄을 긋기도 하고 작은 노트에다 뭔가를 적기도 한다. 여자는 오직 책에 묻혀 여기가 어디인지 무엇을 하고 있는지조차 모르는 듯하다.

그녀는 보리차 주전자를 들고 여자에게로 간다. 여자가 고개를 든다. 그녀는 뜨거운 보리차를 잔에 따라준다. "읽고 있는 게 뭐예요?" 여자가 책을 내려놓더니 보리차 잔을 잡는다. "여행에 관한 거예요." 그녀는 외국어로 써진 책을 넌지시 본다. "혹시 번역하는 일을 하나요?" 여자가 고개를 끄덕인다. 그녀는 희미하게 김이 오르는 스테인리스 다라를 보며 말한다. "아, 번역을 하는구나. 아까 역전다방을 여행이라고 했죠? 실은 사람도 여행이 아니겠어요? 그런 여행은 어떻게 번역하면 좋을까요?" 여자는 순간 난감한 표정을 지으며 책 모서리를 만지작거린다. "그러게요. 그런 여행을 뭐라 번역할 수 있을까요. 다행이 전 그렇게 어려운 걸 번역하는 게 아니라 여기 이 책에 있는 걸 번역해요. 여행에 관한 번역이라 여행 흉내를 좀 내볼까 해서 나선 길인데 날씨가 영 안 받쳐주네요." 여자가 창쪽으로 고개를 돌린다. 이마에서 콧대를 거쳐 인중과 입술, 턱까지 이어진 선이 상상을 품고 있는 오솔길이다.

　그녀는 여자 건너편 자리로 가 앉으며 묻는다. "번역, 재미있어요?" 창쪽을 보던 여자가 고개를 돌린다. 적당한 호기심과 이해를 가진 맑은 눈, 사색이 담긴 이마, 빠르지도 느리지도 않은 추진력이 담긴 입술, 노스탤지어를 자극하는 콧대와 콧방울. 모델을 하기엔 적당하지 않지만 시골 토담집의 아름다움이 슬몃 깃든 얼굴이다. 여자가 조용한 손놀림으로 보리차를 마신다. "번역하는 게 재미있냐는 건가요 번역하는 책 내용이 재미있냐는 건가요?" 그녀는 팔을 어긋나게 끼며 다리 한쪽을 다른 쪽 다리에 포갠다. "둘

다요." 여자가 가볍게 웃는다. "재미없으면 할 수 없겠죠. 예, 재미있어요." 그녀는 스테인리스 안에 켜켜이 물려있는 찻잔을 보며 고개를 끄덕인다. 여자는 노트와 책을 번갈아보며 말을 잇는다. "어려서부터 외국어에 관심이 많았어요. 그래 그런지 학교를 다니면서 자연스레 원서를 보게 됐고 번역을 하게 됐어요."

그녀는 한쪽 귀퉁이가 닳아 허옇게 속이 드러난 소파 팔걸이에 팔을 올려놓는다. "난 고등학교를 졸업하자마자 다방 레지가 됐어요. 레지가 되기 전까진 의상 모델이 되고 싶었구요." 여자가 순간 어쩔 줄 모르는 표정이 된다. 그녀는 한쪽 다리를 내리며 말을 계속한다. "듣기 거북한가 봐요? 그럴 거 없어요. 난 깡촌에서 찢어지게 가난하게 살았어요. 서울로 가는 게 소원이었죠. 아마……갈 형편이 못 된다는 걸 뻔히 알았기에 약속을 했을 거예요. 서울로 가서 모델이 되자구요. 이 나이가 되도록, 아니 요즘 세상에, 아직 서울엔 한 번도 가보지 못했어요. 그래도 매일 간 거죠. 마음으로. 그리고 약속으로. 또 텔레비전으로."

그녀는 갑자기 다리가 비대하게 무거워진 양 힘들게 일어나 주방으로 간다.

그녀는 카레라이스를 만들어 뒷방으로 가져간다. 기영은 이불을 머리끝까지 뒤집어쓴 채 꼼짝도 하지 않는다. 그녀는 카레라이스 쟁반을 들고 발끝으로 이불을 밀친다. 기영의 몸이 그녀의 발에 묵직하게 걸린다. "밥 먹게 일어나." 그녀는 쟁반을 놓고 기영을 일으켜 앉힌다. 기영은 그녀가 하는 대로 가만히 있다. "카레라이스야. 카레라이스만 보면 생각 나. 여기 이 다방에 와서 첨 먹어본 게 카레라이스였거든." 그녀는 밥에다 카레를 쏟아 부어 썩썩 비빈다. 기영이 고개를 돌리며 눈을 감는다. 그녀는 카레라이스를 수저 가득 퍼 기영의 입에 댄다. 기영이 인상을 쓰며 반대편으로 고개를 돌린다. "아침도 안 먹더니 또? 그러다 죽으면 어쩌려고." 그녀는 기영에게 주려던 밥을 입안 가득 물고 우물거린다. "난 영원히 죽지 않을 거 같아. 15년 전에 죽어버렸는데 또 죽겠니? 죽음이 그렇게 할 일 없고 인심이 남아돈다고 생각하진 않아." 기영이 고꾸라지듯 그 자리에 엎어진다. 그녀는 카레라이스 한 그릇을 다 비운다.

그녀는 쟁반을 문 쪽에다 밀친 후 기영을 일으킨다. "아휴 배불러. 배가 부르니까 얘기가 하고 싶어지네. 아까 그 여자 손님 말이야, 책을 읽고 있더라. 여행에 관한 원서인데 그거 번역한대. 책을 읽은 지가 꽤 됐어. 마지막으로 읽은 게 어떤 거였는지 생각이 안 나." 기영은 말이 없고 그녀는 기영을 반듯하게 눕힌 후 그 옆에 눕는다. "내가 사람도 여행인데 그런 것도 번역할 수 있느냐고 물었더니 그런 건 어려워서 못한대. 만약 할 수 있다고 그랬으면 나를 번역해달라고 말하려고 그랬어. 나를 번역할 수 있을까? 이렇게 사는 나를?" 기영의 얼굴이 파르르 떤다.

그녀는 무심한 얼굴로 천장을 본다. 천장 속엔 가뭄이 들어있다. 수분하나 없이 탈수된 생각들이 매일 똑같이 재현된다. 선도 악도 아닌, 재미도 권태도 아닌, 반성도 회한도 아닌, 충격도 평화

도 아닌, 소리도 색도 아닌, 동요도 부동도 아닌, 기쁨도 불안도 아
닌, 씹고 씹히는 것도 아닌, 아닌 것도 아닌, 정체 모를 것들이, 물
리지도 않고 오글오글 들어있다. 그녀는 심드렁한 얼굴로 베개를
고쳐 벤다. "여기서 이렇게 사는 건 내가 아닐지도 몰라. 아닌 게
맞을 거야. 화가 나질 않거든. 화도 안 나는 게 어디 사람이라고
할 수 있겠니?" 그녀는 몸을 돌려 바닥에다 가슴을 댄다. "구토가
나던 때가 좋았어. 역겹게 생긴 이 역전다방과 똑같이 사는 나를,
내가 싫어하던 때가 더 좋았어. 에이, 이런 소리나 하다니 미안."

광장 로터리 쪽에서 꽝 소리가 난다. 그녀는 벌떡 일어나 창가
로 간다. 봉고차가 승용차의 운전석을 들이받은 채 서 있다. 봉고
차에서 운전자가 내려 승용차로 간다. 레커와 구급차가 앵앵거리
며 달려온다. 경찰차가 오고 승용차 운전자가 들것에 실려 간다.
시간이 분주해지는 때. 시간이 저렇게 극명하게 살아 있을 때에라
야 무료함은 옷깃을 여민다. 천둥이 치고 번개가 내리쩍을 때 시
간은 제왕이 된다. 속도계를 넘어 모든 때와 때의 때, 때 이전의
때, 그 이후의 때까지 흡수하며 기억의 잔상마저 지배한다.

그녀는 뒷방을 나와 주방으로 간다. 바바리코트의 여자는 난로
옆에 앉아 여전히 책을 읽는다. 그녀는 깐 땅콩과 빈 사이다병을
쟁반에 담는다. "밖에 교통사고가 났어요. 봤어요?" 여자는 읽던
책을 덮고 창쪽으로 고개를 돌린다. "아, 그래서 사이렌 소리가 났
구나. 안 봤어요. 서울에선 거의 매일 듣는 소린 걸요 뭐."

서울이 분주하게 돌아간다는 건 과장된 제스처다. 과속이라 불

리는 속도는 매일 의심에 찬 시선을 받으며 제 구실을 하지 못한다. 더 빨리, 더 확실하게, 더 날카롭게 돌아가지 않으면 서울은 서울이 될 수 없다. 서울을 질투하나.

그녀는 쟁반을 들고 여자 건너편 자리로 가 앉는다. "원본과 다르지 않게 번역을 하려면 신경이 좀 쓰이겠어요." 그녀는 빈 사이다병을 옆으로 잡아 땅콩을 눌러 으깬다. 여자가 땅콩 으깨는 것을 보며 말한다. "그렇죠. 직역만이 오역을 막을 수 있는 건 아니니까요. 근데 지금 하는 건 뭐예요?" 그녀는 쟁반 밖으로 튀어나간 땅콩을 집어 쟁반에 넣는다. "쌍화차에 넣을 거예요." 여자가 고개를 끄덕인다. 그녀는 자잘하게 부서진 땅콩을 쟁반 가장자리로 밀친다. "그런데 사는 건 직역보다는 오역이 더 많지 않나요?" 여자가 책과 노트를 가만가만 여행용 가방에 넣는다. "그럴지도 모르죠. 아직 다 살아보지 않아서 잘 모르겠지만 뭐 그럴 때도 있더군요." 그녀는 팔에 힘을 주어 알진 땅콩을 사이다병으로 으깬다. "누군가가 한 말로 인해 한 사람의 인생이 그 말한 대로 살아지게 된다면 그건 직역이 될까요 오역이 될까요?" 여자가 가방을 닫다 말고 그녀를 돌아본다. "전 그렇게 어려운 건 잘 몰라요. 어떤 얘기를 하시는 건지⋯⋯." 그녀는 연신 땅콩을 으깨며 말한다. "모델이 되고 싶다고, 그래서 서울로 가고 싶다고 말했을 때 우리 엄마가 말했죠. 허파에 바람이 들어간 년이라구요. 오빤 더 했죠. 니 꼬락서니에 역전다방에서 레지를 해도 출세한 걸로 칠 텐데 무슨 서울이며 모델이냐구요. 그리고 친구는 그 말에 더 보탰죠. 니가 역전다방에서 일하면 남자들 많이 꼬일 거니까 그 돈 모아서 서울 가도 늦지 않는다구요. 동네 언니도 말했어요. 다른 사람과 약속한 것도 아닌데 돈도 없이 어떻게 모델 학원엘 가겠냐구요. 내가 그랬거든요. 어려서부터 난 서울에 가서 모델이 되겠다고 나 자신과 약속했다구요. 내가 그 말들을 직역한 게 되나요? 직역한 게 오역이 돼서 지금처럼 역전다방에서 차나 파는?" 여자가 쩔쩔매는 표정을 숨기지도 못한 채 여행가방의 지퍼를 닫는다. "글쎄요 …… 직역도 오역도 본인이 하기 나름 아닐까요? 이제 가봐야겠어요. 갑자기 집이 그리워지네요. 제 방 책상도. 뜨거운 커피도 보리차도 휴식도 정말 고마웠어요."

여자가 가방을 들고 잠시 난로 가에 선다. "여기, 다시 오고 싶어질 때가 있을 것 같아요. 계절이 이쯤 될 때면." 그녀는 땅콩을 으깨다 말고 여자를 올려다본다. "약속은 하지 마세요. 아무나 아무 때나 오고 싶을 때 오고 가고 싶을 때 가는 게 역전다방이거든요."

여자가 가볍게 고개를 숙이더니 문을 향해 간다. 여자는 문을 반쯤 열더니 도로 그녀에게로 온다. "참, 제가 번역한 책이 있어요. 여행에 관한 거니까 부담 없이 읽을 수 있을 거예요." 여자가 가방에서 책 한 권을 꺼내더니 앞장을 펼친다. "저 …… 성함이 어떻게 되나요? 사인해 드릴 게요." 그녀는 자잘하게 부서뜨린 땅콩을 한데 그러모으며 대답한다. "차기영이라고 해요." 여자가 사인한 책을 그녀에게 건넨다.

그녀는 계단을 내려가는 여자의 구둣발 소리가 들리지 않을 때까지 가만히 있다 창가로 달려간다. 눈은 그쳐있고 봄도 아니고 겨울도 아닌 계절이 으스스하게 저녁 초입으로 들어간다. 갑자기 뜨겁게 목이 멘다. 봄의 그 맑고 투명한 핏빛이 눈앞에 어른거린다.

바바리코트의 여자가 역사로 들어가 더는 보이지 않자 그녀는 뒷방으로 들어간다. 검은색 레이스와 망사로 뒤덮인 원피스를 입은 기영이, 색 바랜 오렌지색 카시미론 이불을 덮고 있다. 그녀는 여자가 준 책을 펼쳐 사인한 부분을 기영에게 보여준다. "차기영 님에게. 참 좋다, 그치?"

그녀는 딱딱하게 누워있는 기영을 내려다보며 하나씩 옷을 벗는다. "갈 수 있다는 게 얼마나 큰 행복인지 아니?" 그녀는 파티복과 같은 기영의 원피스를 벗겨 자신이 입는다. 그리곤 알몸의 기영을 일으켜 세워 꼬옥 끌어안는다. 여자의 구둣발 소리가, 차 마담이나 언니야가 아닌, 차기영 님이라고 가만히 말해주던 목소리가, 그녀의 귓전에 맴돈다.

그녀는 그 소리의 리듬에 맞춰 기영을 안고 춤을 춘다. 10분 동안, 20분 동안, 1시간 동안, 15년 동안, 하지 못했던, 할 수 없었던, 그 잿빛 공백을, 어서오세요! 하고 가공의 목소리로 높이 소리치던 새된 마음을, 검은 춤으로 메운다. 그녀의 춤이 기영이라는 마네킹 속으로 아프게 들어간다. ❑

## ◻ 덧문을 기웃이

　벽 속에 누가 산다. 누군지는 몰라도 소리로 살아있음을 증명한다. 나는 벽에서 나는 소리의 정체를 알아내려 긴 시간 벽 앞에 서 있기 일쑤다. 어떤 놈인지 잡기만 하면 요절을 내려 하나 벽은 좀체 자신을 드러내지 않는다. 시간이 갈수록 나는 벽의 포로가 되어가는 것을 느낀다. 그렇다. 나는 벽에서 나는 소리에 생으로 포획되어간다.

　지금도 나는 벽 앞에서 이 소리들을 노려본다. 실체도 없으면서 실체를 드러내는 이 소리는 끊임없이 나를 손짓한다. 나는 협박과도 같은 이 소리의 결합체를 포기하지 못한 채 질질 끌려 다닌다.

벌써 소리들의 장난감이 된 것인지도 모르고 먹이감이 된 것인지도 모른다. 짐짓 소리를 무시하며 세수를 한다. 이를 갈 듯 빠드득거리는 소리나 진저리치며 한숨을 쉬는 소리 같은 건 들리지 않는다. 수건으로 얼굴을 문지른 다음 세면실을 나온다. 방으로 들어오는 순간 갑자기 벽에서 키득거리는 소리가 난다.

"어떤 놈이냐?"

벽을 향해 냅다 수건을 던진다. 벽은 나를 비웃기라도 하듯 아무 소리도 내지 않는다. 벽에서 나는 소리에 또다시 농락을 당하고야 만다. 이렇게는 안 하리라 수없이 다짐하면서도 나는 벽에서 나는 소리에 번번이 말려든다.

곤두선 신경은 이미 찢겨졌고, 나는 상처 입은 신경을 애써 누르며 티셔츠를 갈아입는다. 벽에선 더는 소리가 나지 않는다. 그렇다고 마음이 놓이는 건 아니다. 소리가 귀에 닿지 않을 뿐, 소리는 살아 꿈틀대며 벽을 뚫고 내게로 오려 기를 쓴다. 어느 땐 나를 죽일 작정인지 굵은 쇠사슬을 철걱철걱 끌고 다니는 소리를 내기도 한다. 나는 소리의 이 야만적인 행위에 대책 없이 당한다. 이렇게 살해당하며 살 순 없다고 발버둥을 쳐보지만 소용이 없다. 벽에서 나는 소리는 내 의지와는 무관하게 나를 개 끌듯 끌고 다니며 여기다 메다꽂았다 저기다 메다꽂았다 한다.

소리에 녹초가 되고 난 후면 나는 소리들이 벽 속에서 성장하고 있음을 느낀다. 뼈가 튼튼해지고 살이 오르고 뺨에 발그레 물이 오르는 그런 성장이 아니다. 골리앗이 더 큰 골리앗으로, 어쩌면 반고의 성장과도 같은 성장일지도 모를 성장이 진행되고 있음을 체감한다. 이런 나를 미쳤다고 한다면 나는 미쳤다. 볼 수 없고 만질 수 없고 확인할 수 없는 것은 다 미친 것이라 여기는 세상에선 그렇다.

문을 잠그다 말고 다시 벽 앞에 선다. 소리의 흔적은 그 어디에도 없다. 가만히 벽 앞으로 가 벽을 쓸어보기도 하고 귀를 대보기도 한다. 그렇게 줄창, 깔짝깔짝 나를 건드리던 소리는 동사라도 했는지 꿈쩍도 하지 않는다. 이상하게도 조금 서운한 기분이 든다. 전후방 없이 종횡무진 혈투를 해대는 그 소리들이 잠잠하다는 게 어째서 서운한지 알다가도 모를 일이다. 나는 벌써 소리, 그들에게 동화가 된 것인지도 모른다. 아니, 그렇진 않다. 나는 이 소리란 놈이 흉악범이라는 생각에서 벗어난 적이 없다. 전염병처럼 하루 종일 쏘다니다 막판에 가선 아무 문제도 없이 사는 나를 암살하려 한다. 그런 치들을 무엇 때문에 내가 용납하겠는가. 그러나 나는 지금 서운함마저 든다. 왜 그럴까. 나를 나로 자유롭게 하지 못하는 그 짧고 까부는 난투극이 없다는 게 어째서 나를 이렇게 허전하게 하는 것일까. 벽에선 여전히 아무 소리도 나지 않는다. 체온을 감지하는 센서라도 달고 있는지 아니면 나도 모르는 어떤 텔레파시를 쏘아대는지, 소리는 내가 들어보기만 하려면 그만 딱 그친다. 생각 끝에 나는 소리가 난 쪽에다 표시를 해 두었다. 벽은 펜으로 그린 그림도 아니고 점도 아닌 이상한 모양의 벽화가, 말하자면 음성 지도가 생겼다.

소리가 날 때마다 벽 앞에 서서 음성 지도를 살펴본다. 어느 점에서 나는지 어느 타원형에서 나는지 알아내려 하지만 번번이 실패다. 벽 속에서 소리를 내는 그, 혹은 그들은 어느 면에선 나와 닮은꼴이다. 타인의 시선이라면 무조건 받아들이고 싶어 하지 않는 나처럼, 벽 속의 그들 역시 나를 받아들이기 싫어 숨어버리는 것일 수도 있다. 나를 나로 허락하지 않는 그 무시무시한 시선을, 벽 속의 그들도 알고 있었던 모양이다.

그렇다면 벽 속의 그들도 이런 나를 이해해주면 좋으련만 그들은 그럴 의사가 없어 보인다. 마치 밉살스런 놈 골려주자고 작정한 듯 느닷없이 떼거지로 달려와 돼지 멱따는 소리를 내기도 하고, 멱살잡고 으르렁거리는 소리를 내기도 한다. 그런 충동질로 나를 끌어들이려는지 몰라도 나는 그들과 어울리거나 동조할 마음이 없다. 벽 속의 누가 누구일까 궁금한 건 사실이나 두려운 것도 사실이다. 결국 나는 소리를 끝장내지 못한 채 갈등의 샅바만 잡고 비질비질 땀만 흘린다.


집을 나와 어느 콘도에서 운영하는 케이블카를 타러간다. 혼자 무슨 맛에 케이블카를 타러 가나 싶지만, 티켓을 끊고 저 산 끝에서 건너오는 케이블카를 기다리노라면 눈물이 핑 돈다. 오직 한 가닥 줄을 타고 흔들흔들 위태롭게 건너오는 케이블카는 자명하지 않으면서도 자명한 나를 보는 듯하다. 그래서였나.

고시원 앞으로 긴 머리칼의 여자가 지나간다. 긴 머리칼이 얇고 보드라운 홑이불이다. 긴 머리칼이 뒤를 돌아보며 웃는다. 저렇게 향기로운 것도 있었나. 출렁이는 머리칼을 향해 다가간다. 다가갈수록 아찔하게 눈이 부시다. 긴 머리칼이 오랜만이라고 말한다. 나는 같이 라면이나 끓여먹지 않겠느냐고 묻는다.

긴 머리칼의 여자가 라면을 끓인다. 벌거벗은 채 라면 끓이는 여자를 본다. 여자가 긴 머리칼을 어깨 뒤로 홱 젖히며 라면냄비를 내려놓는다. 긴 머리칼이 스르르 앞으로 쏟아져 내린다. 푸른 숲, 작은 시내, 몽환의 그림자가 사각사각 새어나온다. 긴 머리칼에다 손을 집어넣는다. 여자가 긴 머리칼을 뒤로 젖힌다. 여자의 손을 낚아챈다. 여자가 라면을 보며 붇는다고 말한다. 캄캄한 절망, 누린내 나는 매연, 끝 모를 시궁창이 목을 타고 올라온다. 여자의 긴 머리칼을 그러모아 페니스를 감싼다. 여자가 내 손을 뿌리치며 이게 벌써 몇 번째인 줄 아느냐고 쏘아붙인다. 아무 대꾸 없이 긴 머리칼에다 페니스를 문댄다.

으흐흐흑! 정액이 허옇게 눌러 붙은 머리칼에다 얼굴을 묻고 흐느낀다. 잠시 사라졌던 캄캄한 절망, 누린내 나는 매연, 끝 모를 시궁창이 다시 번진다. 여자가 등을 두드려주는 대신, 눈물을 닦아주는 대신, 더는 못 참겠다며 나를 떠다민다.

"일주일째야. 일주일 내리 한 번도 밖에 나가지 않았어. 옷도 입지 않았고. 그동안 다섯 번 먹었고 오백 번 울었니? 뻑 하면 이런 식인 거, 고문이야. 저 책들은 뭐야? 나 보라고 폼으로 놔 둔 거야 뭐야?"

길고 질긴 어둠에 둘러싸인 채 긴 머리칼에 눈을 박는다. 따뜻한 젖가슴보다, 셀 수 없이 많은 주름을 가진 질보다, 사랑을 보낼 줄 아는 눈동자보다, 헤아릴 수 없이 탐욕스럽다. 가차 없이 뭉개고 핥고 또 쓰러져 흐느껴도 될 시간이자 공간에 나는 홀리고 또 홀린다.

여자는 참을 수 없다며 발딱 일어난다. 긴 머리칼이 출렁 들썩이다 내려앉는다.

"고시에 낙방한 사람이 어디 너뿐이니? 그래, 그건 그렇다 치자. 그런데 허구한 날 정액으로 내 머리칼을 샴푸하고 린스하는 건 더 봐 줄 수가 없어!"

여자는 정액이 허옇게 들러붙은 머리칼을 활활 턴다. 꿈틀꿈틀 탐욕의 돌기들이 그리운 눈으로 긴 머리칼에게로 향한다.

방바닥에 떨어져있는 긴 머리칼을 줍는다. 머리칼은 한 개도 아니고 두 개도 아니고 한 묶음이다. 여자는 한 묶음의 머리칼을 남기고 갔다. 아니, 던져주고, 아니, 적선해주고 갔다. 한 묶음의 긴 머리칼을 쓰레기통에다 버린다. 여자의 몸을 떠난 머리칼은 머리칼이 아니다. 쓰레기통을 들고 마당으로 나간다. 마당에 깔린 낡은 블록 몇 장을 들추고 머리칼 묶음을 묻는다. 긴 머리칼이 없는 여자는 여자가 아니다. 여자는 죽었다. 징그럽고 섬뜩하고 혐오스런 머리칼 묶음으로 죽어버렸다.

누군가 대문을 두드린다. 티브이를 든 남자가 물건을 배달하러 왔다고 한다. 티브이를 주문한 적이 없다고 말한다. 배달원은 집

주소를 확인하더니 여자의 이름을 댄다. 여자가 구입한 티브이를 안에다 들여놓는다.

하루가 지나기 전에 냉장고가 오고 세탁기가 오고 소파와 침대가 온다. 물건이 올 때마다 여자의 이름을 듣는다. 여자의 이름은 여자가 배달시킨 물건들과 다를 바 없이 그저 그런 물건의 이름으로 들릴 뿐 아무 것도 일깨워주지 않는다. 여자는 실패한 것이다.

대문 앞에 떨어진 종이들을 무심히 집는다. 처음 보는 지로용지다. 티브이, 냉장고, 세탁기, 소파, 침대를 삼십사 개월 할부한 금액이 내 이름과 함께 찍혀있다.

안으로 들어가 티브이를 켠다. 티브이 안에는 긴 머리칼의 여자가 없다. 냉장고를 열고, 세탁기를 돌려도 긴 머리칼의 여자는 보이지 않는다. 소파에 비스듬히 기대 마스터베이션을 해본다. 자리를 옮겨 침대로 가 하다 만 마스터베이션을 계속해본다. 다시 소파로 가 티브이를 켜고 벌거벗은 여자들을 보며 마스터베이션을 한다. 아랫도리를 벗은 채 방으로 거실로 엉거주춤 돌아다닌다. 긴 머리칼은 그 어디에도 없고 마스터베이션은 성공하지 못한다. 여자는 성공한 것이다.

지로용지는 흐린 날에도 맑은 날에도 꼬박꼬박 날아온다. 지로용지를 비행기로 접어 날린다. 소파에 닿기도 전에 뚝 떨어진다. 여자는 실패한 것이다.

주말의 명화까지 다 본 다음 티브이를 끈다. 잠이 들 만한 즈음 툭 소리를 내며 티브이 켜지는 소리가 난다. 벌떡 일어나 거실로 나가 티브이를 본다. 티브이는 꺼진 채 그대로다. 다시 잠자리로 돌아와 잠을 청한다. 잠이 들 즈음 툭 하고 티브이 켜지는 소리가 난다. 벌떡 일어나 티브이 앞으로 간다. 티브이는 꺼진 채 그대로다. 다시 잠자리로 돌아와 눕는다. 한잠 막 들었을 즈음 조금 전보다 더 크게 툭 소리가 난다. 티브이 앞으로 가지 않는다. 느닷없이 티브이 쪽에서 여자의 음성이 짜랑짜랑 울린다.

"내가 산 티브이 어때? 쓸만하지? 세상을 열심히 보고 정신에 낀 각질 좀 떼보시라고 보내봤어."

여자의 목소리는 변하지 않았다. 오히려 더 높고 탱탱하다. 떨리는 몸을 죽어라 이불 속에 처박는다. 이불을 비집고 세탁기 돌아가는 소리가 난다. 귀를 틀어막는다. 부웅부웅 세탁기 돌아가는 소리가 점점 커진다. 이불을 박차고 세탁기 쪽으로 간다. 세탁기는 돌아가지 않는다. 세탁기를 빤히 쳐다보다 안으로 들어간다. 세탁기 쪽에서 여자의 음성이 난다.

"내가 주문한 세탁기, 참 좋지? 너 같이 더러운 놈을 세탁하기엔 딱이야."

뒤돌아볼 엄두도 못 내고 그대로 도망친다. 이불을 뒤집어쓰고 끙끙댄다. 잠은 달아날 대로 달아나고 머릿속은 온통 소리들로 넘쳐난다. 이불을 걷어찬다. 소리들은 생명을 달고 내게 흡착 빨판을 철썩 갖다 붙인다. 헐떡헐떡 거실로 나와 소파에 철푸덕 앉는다. 소파 등받이 쪽에서 여자의 목소리가 난다.

"아이, 이 소파 참 로맨틱하다. 그때 그 짓거리 할 때 있었으면 더 좋았을 걸 아깝다."

소파에서 일어나 소파를 노려본다. 무엇인가로 가득 차 보이는 소파는 텅 빈 낯짝으로 나를 빈정댄다. 지칠 대로 지쳐 침대로 와 눕는다. 침대 어디에선가 부스럭 부스럭 소리가 난다. 이불을 푹 뒤집어쓴 채 숨을 죽인다. 침대 어딘가에서 수군대는 소리가 난다. 이불로 귀를 틀어막는다. 수군대는 소리가 갈수록 커진다. 왈칵 이불을 젖히고 어디서 소리가 나는지 두리번거린다. 소리의 실체는 그 어디에도 없다. 침대에서 일어나 눈을 부릅뜬다.

똑똑!

아무도 없는 집에서 누가 방문을 노크한다.

"어떤 새끼냐?"

벌컥 방문을 연다. 방 앞엔 아무도 없다. 방문이 부서져라 닫는다. 방문 뒤에서 여자의 목소리가 난다.

"그 침대 좋지? 긴 머리칼은 유도 아닐 걸?"

소리가 거칠 것 없이 귓속을 후벼 판다. 나는 열에 들떠 방문을 발길질한다. 방문 밖에서 쿡쿡 웃는 소리가 난다. 방문을 열고 나간다. 소리라 할 수 있는 그 어떤 것도 보이지 않는다. 냉장고를 열고 찬물을 꺼내 벌컥벌컥 들이켠다. 한 컵을 다 마시기도 전에 여자의 소리가 난다.

"아, 물맛 좋다. 그보다 더 좋은 건 긴 머리칼 맛이었을 거야. 변태!"

물 컵을 냉장고에다 던진다. 물이 흩어지는 소리, 물 컵이 깨지는 소리, 변태라 말하며 깔깔대는 소리, 소리들은 진동을 멈추지 않고 커다란 몸체를 흔들어댄다. 바닥에 나동그라진 채 벽을 본다. 벽 어딘가에서 소리들이 와르르 쏟아져 나오며 나를 타고 앉는다.

"그렇게 사는 것도 사는 것이라 할 수 있냐? 잘 살아보세 라는 노래나 목젖 터지게 불러보시든가."

소리들이 발가벗은 채 뇌수를 파먹는다. 숨을 할딱거리며 소리들에 인질이 된다. 소리들은 나와 동거를 강요하며 밀착된 관계를 요구한다. 뼈가 훤히 드러나게 신음을 토해내며 눈을 감는다. 소리들은 완전정복의 깃발을 휘두르며 내 주변을 빙글빙글 돈다. 드디어 여자는 성공한 것이다.


그르릉, 케이블카가 다가온다. 잠시 눈가에 어룽거렸던 눈물이 이내 마른다. 케이블카 주변으로 바람이 몰려온다. 바람이 가슴 터지게 차오른다. 비로소 건너편 산이 크게 보이고 산 위를 휘젓고 다니는 바람도 크게 보인다. 사물이 커 보이는 탓인가, 내가 왜소하게 보인다. 왜소한 사람은 그룹 안에 편입하기가 어렵다. 그렇다고 왜소하게 살기에도 적당하지 않다. 적당하게 사는 길은 케이블카를 타는 일이다. 불안스레 흔들리는 그 작은 상자 안으로 들어갈 때면 오히려 금지구역으로 들어가는 기분이 든다. 금지구역 그 안에 무엇이 들어있을지, 들어있는 무엇이 나를 어떻게 사로잡을지, 나는 몹시도 설렌다. 아, 그것은 떨림이다. 보석이 형형

색색 빛을 내는 떨림이다. 아슬아슬하게 매달려 생과 사를 줄타기하는 그 떨림이 나를 매료한다. 나는 매료된 만큼 위태로움에 가뿐히 올라탄다. 그래서였을까.

나는 절대 안전띠나 안전모, 안전화를 착용하지 않는다. 실리콘 총 하나만을 들고 신축된 아파트 창틀로 올라간다. 이십 몇 층 뻥 뚫린 창틀 위에서 여기저기를 본다. 거대한 고층 아파트가 깎아지른 듯한 절벽이다. 실리콘 총으로 외벽 틈새를 쏘다 말고 허공에 눈을 댄다. 허공과도 같은 바람이 보호 장구 하나 없이 대드는 나를 기분 좋게 날려버리려 한다. 나는 날려간다. 고층 사이를 이리저리 날다 외벽 모서리에 부딪친다. 몸뚱이가 깊게, 깊게, 낙하한다. 머리가 깨지고, 팔다리가 흩어지고, 손톱발톱이 뽑힌다. 터진 피와 뽑힌 손발톱이 이제 막 갈기 시작한 팥빙수 얼음에 떨어진다. 내 몸의 일부가 얼음과 함께 갈려 팥빙수가 된다. 근처 빌딩 사무실에서 여직원이 팥빙수를 포장해간다.

녀석이 팥빙수를 푹푹 찔러가며 얼음과 팥을 섞는다. 녀석에겐 보호 장구 따위는 필요 없다. 녀석이 잘 나가는 게 배가 아프다. 내가 배를 쓱쓱 문댄다. 녀석이 여사무원을 부른다. 녀석은 여사무원에게, 저 사람 배가 아픈가본데 약 좀 사다주라고 말한다. 여사무원이 흘깃 나를 본다. 나는 여사무원이 보는 나를 본다. 낡은 작업복 차림이 마음에 걸린다. 여사무원이 녀석에게인지 나에게인지 모를 소리로 소화제를 사다드릴까 묻는다. 나는 낡은 작업복 차림새와도 같은 얼굴을 녀석에게로 돌린다. 녀석이 나를 보며 소화제도 사오고 진통제도 사오라고 말한다. 나는 여전히 배가 아프지만 배를 문대지는 않는다.

여사무원이 쟁반에다 소화제와 진통제, 물 한 컵을 받쳐 들고 온다. 소화제와 진통제를 한꺼번에 털어먹는다. 녀석이 나를 보며 씨익 웃는다. 소화제와 진통제, 그리고 녀석의 웃음이 들어갔지만 배는 여전히 아프기만 하다. 녀석이 빈들거리는 웃음을 끝까지 털어 내지 않는다.

"너 걔랑 헤어졌다며? 근데 하필 왜 걔였냐? 걘 재수 없는 애야. 걔랑 자 본 애들은 하나같이 떨어졌…… 참! 이상한 소문 들리더라. 너 걔랑 자면서 이상한 짓 했…… "

벌떡 일어남과 동시에 쟁반을 집어던진다.

"어떤 게 재수 없는 거고 어떤 게 재수 있는 거냐? 어떤 게 이상한 거고 어떤 게 이상하지 않은 거냐? 형법에 있냐 민법에 있냐? 있으면 몇 조 몇 항에 있는지 대봐 임마!"

나는 심하게 휘청댄다. 말을 하고 있는 내가 말을 하고 있지 않은 나보다 더 아슬아슬하다. 나는 지금 형법 몇 조 몇 항을 위반하고 있는 것인가. 민법 몇 조 몇 항을 어기고 있는 것인가. 이렇게 남의 사무실에 와서 기물을 부수고 폭언을 하는 행위에는 어떤 판결이 내려질 것인가.

"그래그래, 이해한다 이해해. 히스테리가 날 만도 하지. 그렇다고 고시 포기하고 공사장이나 떠돌면 되겠냐? 동창모임에도 나오고 용돈이 필요하면 말도 하고 그래봐 마."

사람이 싫다고 말하는 건 어느 법을 위반하는 것일까. 이대로 얼굴을 붉히며 나오는 건 어느 죄에 걸려드는 것일까.

얼굴을 붉히며 녀석의 사무실을 나온다. 찬바람이 얼굴을 스친다. 찬바람도 달아오른 열기를 식혀주지 않는다. 붉은 열기로 길거리를 쏘다닌다. 철 지난 에어컨 광고가 형편없이 들뜬 열기를 붙잡는다. 에어컨에서 쏟아지는 바람이 간절해진다. 이 간절함은 형법과 어떤 관계가 있을까. 이 필요성은 민법과 상법과 행정법 국제법 그 어디에 관련이 있을까.

빨간색 보석상자는 형법을 말하지 않는다. 민법도 특별법도 국제법도 거론하지 않는다. 오직 바람을 타고 케이블을 타고 허공을 가로지르기만 한다. 케이블카가 연인을 향해 오듯 내게로 온다. 벌써부터 가슴이 떨린다. 아, 이래선 안 된다. 케이블카는 고체이며 사각의 구조물이며 관광 상품의 하나일 뿐이다. 줄 선 사람들이 티켓을 쥐고 케이블카 앞으로 간다. 나는 안내원에게 표를 보이고 케이블카에 오른다. 케이블카가 줄을 타고 미끄러진다. 창에 바짝 붙어 서서 아래를 내려다본다. 아래를 내려다보는 짓은 위험하다. 온갖 것들이 있어 위험하고 온갖 것들 속에 내가 없기에 위험하다. 위험한 줄 알면서도 위험한 짓을 하기에 위험하다. 위험한 생각이나 위험하다 여기는 짓을 하면 남의 눈에 뜨이기도 쉽거니와 형법과 민법으로 갈라 언도를 받을 수도 있다. 그래선 안 된다. 그마저 빼앗기면 나는 보통의 사람으로 살아가기 어렵다.

케이블카를 매단 케이블로 눈을 돌린다. 케이블은 케이블카를

직선으로 밀고 간다. 곡선 없이 그저 앞을 향해 나아가는 것밖엔 모른다. 사는 건 그래야 한다. 여기 기웃 저기 기웃거리다간 떨어져 가루가 되는 일밖엔 없다. 가루가 되면 가루를 쓸어 모아 원래 있던 모양으로 맞춰야 하는데 내겐 그럴 힘이 없다. 나는 안다. 직선으로 살아야 한다는 건 헌법에 적혀있진 않지만 헌법 전부에 다 들어있기도 한 범례이다.

케이블카가 바람을 뭉개며 건너편 산 쪽으로 간다. 뭉개져도 괜찮은 것들은 얼마나 있을까. 아니, 이대로 가자. 이대로 저 케이블카 정류장까지 무사히 가자. 도착점이 있다는 것은 터무니없는 꿈을 꾸는 것에 비하면 확실히 안전하다. 확실한 것들 속에서 불확실한 것을 잡으려 애 쓰는 짓은 어리석다.

어리석지도 불확실하지도 않은 목소리가 난다.

"이거 뭐야? 이러다 우리 떨어져죽는 거 아냐?"

큰 목청만큼이나 휘청, 몸이 옆으로 쏠린다. 케이블카 창에 붙어있는 바를 잡고 간신히 몸을 추스른다. 까만색 야구 모자를 쓴 사내가 벌겋게 달구어진 소리를 쉴 새 없이 내뱉는다. 저보다 더 달구어진 소리를 들은 적이 있다. 그렇다. 벽, 그 막힌 공간에서 쇠도 녹일 만한 소리를 들었다.

_으흐흐흐!_ 나는 육식만을 해. 채식은 너무 싱겁단 말씀이야. 그 밍밍한 맛을 어찌 맛이라 할 수 있겠어. 육식은 나를 장악했다. 그 비릿하고 고약한 노린내야말로 나를 미치게 하지. 나는 육식이라면 뭐든 가리지 않고 해. 용이 그림에만 있다는 건 말이 안 되는

일이야. 나는 육식 중에서도 인육을 최고로 치지. 최고의 인간 스토커, 인간 사냥꾼이 되고 싶은 게 나야. 인육을 사냥하는 방법으론 수장과 화장이 있지. 물불 안 가리고 잡아먹는다는 뜻이야. 그런 사냥 법은 사실 고전적이기도 하고 무식하기도 해서 요즘엔 좀 가려가며 해볼까해. 인육에 인이 박히다 보니 입맛이 까다로워졌다고나 할까. 아무튼 인육의 수준이 높아지니까 사냥 법에도 신경을 써야겠더군. 자신이 죽어가면서도 죽는 줄 깨닫지 못하게 하는 방법을 궁리중이지. 저기, 저 놈 보이지? 변호사 아무개라고 써진 명패 앞에 앉아있는 저 놈 말이야. 저 놈이 바로 이번에 내 타깃이야. 저 놈을 유심히 보라구. 기름이 얼마나 번드르르 한지 군침이 도는군. 두고 보면 알 거야. 저 먹음직스러운 놈은 내가 쳐놓은 덫에 걸려 변호사라는 명패를 넘겨주지 않곤 못 배길 거니까.

벽에서 나는 소리가 고통스럽게 나를 유혹한다. 나는 소리의 유혹에 비참할 정도로 옥죄이다 풀어지다 해가며 시간을 삼킨다. 소리는, 그 시뻘건 소리는, 나를 녀석에게로 데려간다. 소리가 준 소리를 녀석에게 던지며 반응을 살핀다. 녀석이 피식 웃어가며 내 어깨를 툭툭 두드린다.

"그동안 너 많이 컸구나. 어디 무게가 얼마나 나가는지 달아볼까?"

녀석은 부드럽고 다정한 얼굴로 나를 번쩍 들어올린다. 녀석의 손에 대롱대롱 매달려 버둥거린다. 녀석은 팔딱거리는 물고기의 무게를 손끝에서 가늠하듯이 신중하고도 조심스럽다.

"너무 가벼워. 무게가 나가지 않으면 머리가 비었다는 거고 머리가 비었다는 건 미쳤다는 건데 …… 너 미친 거 아니냐?"

녀석이 고개를 설레설레 저으며 나를 내려놓는다. 속이 뜨거워진다. 녀석이 회전의자에 등을 기댄 채 꼰 발 하나를 건들댄다.

"변호사라 써진 인육을 먹겠다고? 흥, 그 살맛이야말로 지상 최고의 맛이겠군."

나는 뻣뻣해지려는 목을 가누며 간신히 대꾸한다.

"그래, 지상 최고의 맛을 보려 지상 최악의 그 더러운 살점을 발라먹을 작정이다."

녀석이 회전의자를 빙그르르 돌려가며 껄껄 웃는다.

"어허, 그러서? 그러면서 지난번엔 어째 보증을 부탁하러 오셨나? 널 뭐로 보증해 줄 수 있을까? 병든 네 아버지? 돌아가신 네 어머니? 고시에 번번이 떨어져 지금은 아파트에 샤씨나 끼우러 다니는 너? 보증을 부탁하려면 네가 가진 게 뭔지나 안 다음에 해. 학교 다닐 때는 너를 가장 친한 친구라고 생각했지. 보증 아니라 목숨이라도 내 줄 수 있을 것 같은 사이로 말이야. 하지만 지금은 졸업했잖아. 학교 시절이면 누구나 가질 법한 그 순진한 때를 아직도 벗지 못했다는 말인데 …… 옛 우정도 있고 해서 한마디만 충고하마. 변호사라는 인육은 아무나 먹을 수 있는 게 아니야. 누가, 어떤 자가 먹을 수 있는지 단식하며 고민 좀 해 봐라."

녀석이 가엾다는 표정을 숨기지 않는다. 나는 눈앞이 노래지며 벽을 잡고 주르르 미끄러진다. 벽에서 부패와 감금의 냄새가 물

큰, 물큰, 쏟아진다. 벽에다 뜨거운 물을 끼얹는다. 벽이 화상을 입고 나자빠진다. 벽에서 나는 비명을 들어가며 정신없이 뜨거운 물을 끼얹는다. 벽이 뒤틀린 낯짝을 더욱 뒤틀며 뒤틀린 소리를 쏟아낸다.

케이블카 주변으로 먹구름이 잔뜩 낀다. 먹구름보다 더 짙은 바람이 케이블카를 들까분다. 사람들이 케이블카 안에서 야수가 된다. 관람자의 시선으로 나약해진 야수들을 본다. 그저 한 걸음 뒤에서 보기만 하는 건 밥맛없는 짓이다. 그럼에도 나는 그 어떤 것에도 개입하길 원치 않는다. 모범수의 처세일지도 모를 이런 태도가 마음에 들지 않는다. 그래도 나는 더는 추락할 마음이 없다.

케이블카가 어렵사리 줄을 타는가 싶더니 덜컹 멎는다. 사람들이 한꺼번에 와르르 쓰러지며 소리 지른다. 케이블카가 종잇장처럼 가볍게 흔들린다. 케이블카 바닥에 나동그라진 채 케이블카 천장을 본다. 천장 위엔 한 가닥 줄이 있을 것이고 줄 위엔 하늘이 있을 것이다. 하늘 속엔 바람이 있을 것이고 바람 속엔 비가 있을 것이다. 케이블카 위로 비가 내리기 시작한다. 비는 바람을 몰고 케이블카를 사정없이 흔들어댄다. 포로를 수용한 요람이 바람을 먹고 몸을 뒤챈다. 케이블카 구석에 박힌 사내가 욕지거리를 하다 경련까지 일으킨다. 흰색 스포츠캡을 쓴 남자가 사내 저만치서 나뒹군다. 사내가 사지를 와들와들 떨며 악을 쓴다.

"개새끼들! 이 따위로! 으─윽, 사람 살려! 이대로 죽나 봐라.

죽기 전에 이 새끼들을 다 처넣고 말,…… 어이쿠! 으윽!"

사내가 뒤집히며 출렁거린다. 케이블카가 뒤집힐 듯 출렁거린다. 문화가 뒤집히고 교육이 출렁거리고 정신이 뒤집히고 사랑이 출렁거린다. 사랑 너머, 케이블카 너머, 저 쪽에 완강하게 틀을 잡고 있던 고집들이 우르르 들썩인다. 비바람이 사람들의 아우성보다 더 큰소리로 케이블카를 위협한다. 사람들이 이쪽으로 와르르 무너지는가 하면 저쪽으로 무너진다. 무너진 사람들이 한쪽에 뒤엉켜 울부짖는다. 케이블카는 한쪽으로 기우뚱한 채 무뚝뚝하기만 하다. 누군가가 무게를 이동시켜야 한다며 몰려있지 말고 분산하라고 외친다. 남자 몇이 엉금엉금 기어 반대편으로 간다. 저 엉덩이들은 무게 중심이라는 사명을 받은 엉덩이들이다. 너도 살고 나도 살게 해줄 의미 있는 엉덩이들이다. 엉덩이들이 반대편으로 도착하기도 전에 케이블카가 요동을 친다. 한쪽 구석에 박혀있던 사람더미가 이쪽저쪽으로 흩어진다. 무게중심이 자연의 섭리에 의해 분배된다.

한 남자가 내 겨드랑이에 머리를 박은 채 엎어져 있다. 남자의 머리 밑이 듬성듬성하다. 듬성듬성한 머리숱과도 같이 남자의 말이 끊어졌다 이어졌다 한다.

"아이쿠! 여보 …… 아이쿠! 여 …… 보, 당신 몰래 …… 이차 딱 두 번 간 거 …… 미 …… 안 …… 으윽, 나 죽거든 …… 으윽, 연금 타서 …… 으윽, 그걸로 …… 명품, 으윽, 사고 싶다던 …… 으윽, 명품 핸드백이나 …… "

남자는 지나치게 착실하다. 출근 시간을 어긴 적도 상사의 말씀을 거스른 적도 없다. 월급봉투를 위해 자신을 꼭꼭 감추면서도 감춘다는 걸 감춘다. 소주 한잔에 자신을 희석시켜가며 이것이 소시민의 행복이라고 핑계 대기도 한다. 소시민의 행복을 담보잡고 있는 재해는 멈출 기미가 없다. 돌풍과 비로 빨간색 보석상자를 잡아먹을 듯이 흔들어댄다. 사람들이 여기저기서 흔들리며 부르짖는다. 부르짖는 소리가 벽을 뛰쳐나와 나를 보며 조준한다.

"미치지 않았어! 난 미치지 않았어!"

이를 닦다 말고 벽에다 치약을 던진다. 벽은 언제 그랬냐는 듯 소리를 그친다. 순간 내 귀를 의심한다. 내 귀는 당나귀 귀가 아니며 나팔 귀도 아니다. 중이염에 걸린 적도 없고 보청기를 써본 적도 없는 멀쩡한 귀다.

수돗물을 세게 틀어 세수를 한다. 푸푸푸푸! 푸푸푸푸! 벽에서 나던 소리들이 물소리에 묻혀 사망한다. 다시 푸푸푸푸! 푸푸푸푸! 벽에서 나던 소리들이 저 멀리 변방 너머로 물러간다. 소리들을 이겨먹은 순간, 의기양양, 수건으로 얼굴을 닦는다.

"나는 미치지 않았어! 미치지 않았단 말이다!"

잠갔던 수도를 다시 튼다. 쏴아—, 나를 위협하던 소리가 물소리에 섞여 더 크게 난다.

"미친놈! 나를 미쳤다고 정신병원에 넣다니 네 놈이 미친놈이다!"

벽은 미쳤다. 미쳐서 갈 데까지 갔다. 갈 데까지 간 놈에게 던질

온정은 없다. 벽이 스크럼을 짜고 아무리 데모를 한다 해도 나는 받아들이지 않을 참이다.

사람들도 지금의 이 상황을 받아들이려 하지 않는다. 사람들의 아우성이 낭비하듯이 쏟아진다. 휴대전화기에 대고 어서 빨리 구해달라는 소리, 죽을지도 모른다는 소리, 그런 소리는 하지도 말라는 소리, 아이쿠! 엄마! 사람 살려! 엉엉! 으윽! 악, 으악 …… 단발마들이 단단한 고체로 서로를 찌르기도 하고 조각나기도 한다. 저 소리들은 화상 입은 벽의 그 소리와는 다르다. 세입자처럼 오기도 하고 떠나기도 하면서, 때론 손님처럼 와선 폭소를 터뜨리고, 주인인 양 큰소리를 치기도 하며, 나를 집적거리기도 하는, 그런 원소들과는 비교할 수 없는 소리다.

케이블카가 위아래인지 좌우인지 모르게 마구 흔들린다. 공중에 매달려 요동치는 케이블카가 눈에 선하다. 꿈속에서도 상상 속에서도 아닌, 부피와 무게를 가진 내 몸이 빈 공간 어디쯤에 달랑 떠있을 수 있다는 게 신기하기만 하다. 벽에도 허공과도 같은 공간이 있을지도 모른다. 있다고 가정하면 나는 벽이라는 공간 그 어디쯤에 떠있을 수도 있다. 무게와 부피로 둥둥 떠다니며 이 소리도 듣고 저 소리도 듣는 것인지도 모른다. 아니, 이 소리를 피하러 가다 저 소리와 박치기를 하고, 저 소리를 피하러 가다 이 소리와 박치기를 하며, 이마에 굵은 혹을 달고 쫓겨나게 될지도 모른다.

이럴지도 모른다 저럴지도 모른다는 소리들이 케이블카 안을 떠다닌다. 우리는 죽게 될지도 몰라, 119에서도 손을 쓸 수 없대,

그 안에 떨어져 죽게 될지도 몰라, 비바람이라도 멎어야 구조작업을 할 수 있대, 떨어져 죽기 전에 심장마비로 죽게 될지도 몰라 …… 떨어져 죽는 줄 알았다고 말했던 아줌마가 생각난다.

새 아파트로 입주한 아줌마에게서 에어컨을 달아달라는 전화가 온다. 벽걸이 형인지 스탠드 형인지 묻는다. 스탠드 형이라고 말한다. 구입처에서 에어컨을 인계받아 아줌마가 사는 아파트로 간다. 차에서 에어컨을 내려 등에 지고 엘리베이터로 간다. 이십 삼 층에서 내려 에어컨을 등에 지고 집안으로 들어간다. 에어컨 실내기가 얇은 내 등을 내리누른다. 등에 굳은살을 주는 이 등짐이야말로 나를 나로 실감하며 살게 한다. 시지프의 고집과는 다르게 나는 등짐을 밀어 올리는 대신 기꺼이 받아들이기로 한다. 이게 아니라고 발버둥치며 밀어 올려봤자 돌덩이는 돌덩이로 짓누른다. 그래서 돌덩이인 것이다. 시지프가 끝까지 싸웠던 돌덩이는 허무하다. 내겐 허무와 싸울 기력이 없다.

"어디다 내려놓을까요?"

나는 시지프를 흉내 내지 않는다. 등짐을 내려놓고 배관을 잇고 나사를 조인 다음 수평이 됐는지 살핀다. 콘센트에다 전원을 연결하고 에어컨이 잘 돌아가는지 시운전도 해본다. 내 등에서 내려앉은 에어컨은 냉매를 뿌리며, 헛되이 비지땀을 흘리고 있는 저 시지프를 차갑게 식혀준다. 시지프는 냉각되어야 한다. 눈에 보이지도 않는 등짐을 이겨먹으려 눈에 보이도록 몸부림쳤으니 마땅히 그래야 한다. 시간은 시지프의 노력을 받아주지 않고 시지프는 시간에 놀림을 당한 것이다.

실내기를 다 설치한 다음 실외기를 설치할 수 있는 작은 방으로 간다. 작은 방 외벽에 붙어있는 에어컨박스는 눈어림으로도 다른 아파트에 비해 더 내려가 있는 상태다. 작은 방 창턱 역시 다른 아파트에 비해 조금 높아 성인의 목 높이다. 나는 의자 위로 올라가 실외기를 창턱에 얹은 다음 아줌마를 부른다.

"제 허리띠 좀 잡아 주세요."

아줌마는 뭘 어쩌려고 저러나 싶은 얼굴로 내 허리띠를 잡는다. 나는 실외기를 에어컨 박스에다 던지듯 집어넣는다. 실외기의 무게로 내 몸은 반 이상이 아래로 꺾인다. 반 이상 꺾인 몸으로 이십 몇 층 아래를 내려다본다. 휘잉— 머릿속으로 어지러운 바람이 인다.

내 허리띠를 잡고 있던 아줌마가 악! 소리 지른다. 나는 창턱에서 몸을 일으켜 세운다.

"아니, 이런 일을 하면서 안전장치 하나 갖추지 않고 하면 어떻게 해요? 하다못해 저 문짝 손잡이에라도 끈을 묶고 했었어야죠. 댁도 댁이지만 나까지 끌려가 떨어져 죽는 줄 알았잖아요!"

나는 죄송하다고 말한 후 단숨에 창을 타고 에어컨박스로 뛰어내린다. 실외기 하나가 겨우 들어갈 공간에서 아래를 본다.

아래엔 벽이 산다. 벽은 섭생이 잘 된 소리들로 응집해있다 나를 찾아낸다. 건장한 체구로 몸을 키우곤 나를 독살하려 계획한다. 비단옷 춤으로 때론 독주로 현혹한 다음 정교한 솜씨로 포를 뜨려 한다. 나는 그 소리들과 난장판이 되도록 춤을 추고 노래를 부르며 피투성이가 되도록 싸움질을 하다, 벽이 아닌 광장으로 뛰쳐나가 엉망진창 뻗었으면 한다. 벌써부터 나는 소리들과 한 덩이가 되어 간음을 하고 있었을 수도 있다. 어쩌면 형제보다 더 진한 정으로 혈맹을 맺어 둘이 아닌 하나가 돼 버린 것인지도 모른다.

실내기의 줄과 실외기의 줄을 다 연결하기도 전에 전화가 온다. 한 두 시간 후면 달아줄 수 있다고 말한 후 에어컨 설치를 마무리한다.

나는 또다시 등에 무게를 느끼러 가려한다. 두 팔에 무게를 느끼며 저항을 일삼았던 시지프는 얼마나 무모했던가. 등에 무게를 느끼러 가고 싶어 하는 나는 또 얼마나 무모한가. 그보다 더 무모한 사람이 정신병동에 있다. 만나봐야 할 말도 들을 말도 없건만 나는 정신병동에 있는 그 시지프를 만나러 간다.


케이블카가 떨어지면 어떻게 하냐고 난리를 친다. 케이블카는 소리 지르는 사람들보다 더 필사적으로 흔들린다. 비바람은 무섭게 살아 가볍게 사람들을 만지며 케이블카를 금세라도 동강내려 한다. 건너편 산은 물론 케이블카 바로 앞도 온통 비와 먹구름이다. 아, 신기하게도 사물이 사물로 보이지 않는다.

사물이 사물로 보이지 않는다고 해서 없어진 건 아니다. 돌풍은 커질 대로 커지고 비는 사납게 이를 드러낸다. 케이블카는 한 가닥 줄에 매달려 제멋대로 사람들을 패대기치기도 하고 이리저리 쓸어대기도 한다. 케이블카, 이 멋들어진 보석상자 속에서 나는 보석상자가 토해내는 홍분을 고스란히 맞는다. 보석상자는 벽에서 나는 소리와도 같이 통제 불능이다. 통제 불능의 소리가 저벅저벅 벽에서 걸어 나온다.

"날 더러 미쳤다구? 난 미치지 않았다. 내가 황제라는 건 이 세상이 다 아는 사실이다. 야, 이놈아, 니가 이 황제를 정신병원에다 처넣겠다구? 넣을 테면 넣어봐. 내 심복들이 당장 달려와 네놈을 단칼에 컥 그어버릴 테니."

자신을 황제로 알고 있는 것은 잘못된 것일까. 정신병동으로 들어가 치료를 받아야 할 만큼 나쁜 것일까. 이 세상엔 얼마나 많은 황제들이 사는가. 돈의 황제, 명예의 황제, 성의 황제, 춤의 황제, 음식의 황제 …… 이 많은 황제들이 다 정신과 치료를 받아야 한다면 정신과 의사들은 황제의 수보다 많아야 할까 적어야 할까.

"나를 정신병원에다 가두려는 건 네 놈의 계략이다! 내 옥좌를 갈취해 나라를 말아먹으려는 네 놈의 속셈이란 말이다!"

황제의 말은 그칠 줄 모른다. 황제에게 신경안정제 두 알을 먹인다. 황제가 독약이라며 퉤 뱉는다. 기어이 황제를 일으켜 세운다. 황제가 안 가겠다며 발버둥친다. 황제의 팔을 잡아끌어 밖으로 나간다. 황제가 정신병동으로 들어가며 뒤를 돌아본다. 휘잉— 이십 몇 층에서 만났던 어지러운 바람이 머릿속을 훑는다.

"너를 신용할 수 없어. 집안 내력이 그렇잖아. 설사 고시에 패스한다 해도 임용 받기는 어려울 거다. 법이란 원래 그렇잖아. 정신이 그렇고 그런 내력을 가진 사람한테 누가 법을 맡기겠냐. 맡는다 해도 네 주장을 믿어줄 사람이 있기나 하겠냐. 그렇다고 있는 내력을 없는 내력으로 바꿀 수 있는 것도 아니겠고……."

연좌제보다 더한 소리가 쓰디쓰게 이글거린다. 어지러운 바람보다, 가스실의 죽음보다, 말에 담긴 뜻이 활기차게 폐를 누른다. 구역질이 난다. 구역질이라도 해야 그나마 낯이 설지도 모른다. 곧 토할 것 같은 얼굴을 애써 돌린다.

케이블카 구석에서 웩웩 토하는 소리가 난다. 통곡도, 흐느낌도, 살려달라는 소리도 난다. 소리들이 쉴 새 없이 터지며 산발한다. 불투명하지만 수축과 이완을 반복하며 나를 길들이는 저 벽속의 소리들처럼, 케이블카의 소리들이 육즙 좋게 귀를 휘젓는다. 덩덩 울리는 북소리로 가슴 저 밑바닥을 두들겨대는가 하면, 디오니소스가 주는 취음제로 혼미하게 들뜨게도 한다. 소리가 나를 흡수하고 내가 소리를 흡수하는 관계가 끈끈하다. 소리는 이제 한낱 소리가 아니라 나를 지배하고 조종하는 제조기가 되어간다. 소리를 내지르는 사람들도 내지른 소리, 그 자체에 잔뜩 겁을 먹는다. 케이블카는 겁먹은 죄수들을 사육하려 이리 흔들고 저리 흔든다. 나도 상자 속 죄인으로 이리 흔들리고 저리 흔들린다. 사람들의 호흡이 가빠진다. 케이블카의 호흡도 가빠진다.

나는 가쁘게 숨을 몰아쉬며 허망한 짓을 하러 간다. 만나봐야 할 말도 들을 말도 늘 같건만 그래도 정신병동을 찾아간다.

황제는, 참모는커녕 신하 하나 거느리지 못한 불쌍한 황제는,

신하들이 입는 똑같은 줄무늬 유니폼으로 비칠비칠 걸어온다. 황제가 누구를 보는지 모를 눈을 이리저리 굴리더니 내 쪽으로 향한다. 나는 황제 맞은편 자리에 앉는다. 황제는 연신 이쪽인지 저쪽인지 모를 곳을 둘러보며 독설을 퍼붓는다.

"날더러 미쳤다구? 뭘 보고 미쳤다는 거지? 미치지도 않은 사람을 미쳤다고 말하는 놈들이야말로 미친놈이다!"

황제의 말은 맞다. 황제를 미쳤다고 생각한 건 대단한 잘못이다. 어느 대다수에 포함되지 못했다고 해서 미쳤다고 한다면 그렇게 규정짓는 자들이 미친 것이다.

"저 놈 좀 보게. 먹지 말라고 그렇게 일렀건만 피가 뚝뚝 떨어지는 저 끔찍한 걸 먹고 있네."

황제가 혀를 끌끌 차며 쳐다보는 곳엔 황제와 비슷한 나이로 보이는 남자가 토마토를 먹는다. 황제는 미쳤다. 사실을 사실로 보지 못하니 미친 것이다. 황제는 역겨워 죽겠다는 표정으로 일어나더니 토마토를 먹고 있는 남자 앞으로 간다. 토마토를 먹던 남자가 황제를 보는 듯하더니 홍! 하며 돌아앉는다. 황제는 눈을 가느스름하게 뜨며 또 한 번 혀를 찬다.

"쯧쯧쯧! 불쌍한 자식! 정신병원에 와서도 정신을 못 차리는군!"

황제는 미친 것인가 미치지 않은 것인가. 토마토를 먹고 있던 남자가 황제의 말을 받아친다.

"그런 니 놈은 왜 여기 왔쪄? 여기가 왕궁이라도 되는 줄 알고 왔쪄?"

황제가 토마토를 먹는 남자를 향해 팔을 쭉 뻗는다.

"명령이다! 피비린내 나는 그 강아지 태는 먹지 말렸다!"

토마토를 먹던 남자가 토마토를 뒤로 감추며 황제에게 대든다.

"야 이 짜식아! 니눔은 왜 맨날 명령이냐? 이건 강아지 태가 아니라 송아지 태다."

황제는 말하는 남자를 향해 냉랭하게 중얼거린다.

"세상은 오류투성이로군!"

황제는 바른말을 한다. 세상은 오류 없이는 돌아가지 않는다. 성했든 미쳤든 오류라는 굽이굽이 휘돈 강을 노 저어 가는 것이야말로 세상이다.

남자가 황제를 올려다보며 삿대질을 한다.

"오류가 아니라 오물이야, 오물! 미친 새끼! 알지도 못하문서 명령만 내리긴!"

일순, 황제는 남자를 보던 눈을 내게 꽂는다. 저 눈길, 알 수 없는 저 눈길, 제대로 마주보길 꺼려했던 저 눈길, 태어나서 처음 마주치는 듯한 저 눈길. 나는 황급히 황제의 눈길을 외면한다. 황제의 명령이 쩌렁쩌렁 면회실 안을 울린다.

"명령이다! 금관과 곤룡포를 가져와라! 내 그 모자를 쓰고 그 옷을 입고 왕오천축국전을 읽을 것이다!"

황제는 황제의 말을 한다. 다만, 어느 길바닥을 헤집고 다녀도 누구 하나 거들떠보지 않을 상으로 위엄을 부린다. 황제를 등지고 앉는다. 면회실 밖으로 노을이 몸체를 길게 끌며 내려앉는다. 감탄을 자아내는 노을이 아니라, 더위에 익을 대로 익은 노을이 아니라, 노을인 노을을 본다. 노을 속엔 황제가 들어있을까 황제의 아들이 들어있을까. 내일이라는 불안한 희망이 들어있을까 포기라는 평화가 들어있을까. 황제와 황제의 아들과, 희망과 포기가 계보를 이룬다면 서열 맨 위엔 무엇이 놓이게 될까. 무엇이 서열 맨 위에서 명령다운 명령을 내릴 것인가.

등 뒤에서 황제가 내 귀에 대고 속삭인다.

"나는 미치지 않았어. 미친 척 할 뿐이지."

아뜩해진다. 차마 황제를 돌아보지 못하고 면회실을 나온다. 황제는 내가 면회실을 나갈 때마다 하던 말을 다시 한다.

"공부 잘 하려면 공부 열심히 하라고 말하는 게 미친 거야."

황제가 여자의 목소리를 흉내 내며 키득거린다. 마치 노래하듯, 가볍게 음을 타는 황제의 음성은 벽에서 나는 소리와 흡사하다. 캄캄한 절망, 누린내 나는 매연, 끝 모를 시궁창, 벽은 이런 것들을 마구 복제해 기어이 나를 찾아낸다. 안색이 창백해질 여지가 없다. 관절이 삐걱거릴 새도 없다. 벽은 헌혈을 하고 또 해도 남아도는 피로 전이를 거듭한다. 벌떡벌떡 피 끓는 전의를 과시하며 공장에서 제품을 생산하듯 소리를 만들고 또 만들어낸다. 벽은, 소리를 만들어내는 벽은, 수도 없이 많고 측량하기 어려울 정도로 빡빡하다.

빡빡한 소리들이 케이블카 안에 무더기로 쌓인다. 책임 없이 내지르는 소리, 책임을 물을 수 없는 소리들이 펄펄 살아 나를 고문한다. 나는 소리가 내지르는 소리에 압사한다. 소리는 정직하다. 손때도 묻지 않은 새것이다. 정직해서 무섭고 손때가 타지 않아 무섭다. 나는 이 무서운 것들 속에서 살아가며 또 죽어간다. 죽기 전에 할 말이 있다.

시지프, 너는 이렇게 유서를 써라. 책임지지도 못하면서 끈질기게 돌덩이만 밀어 올렸다. 돌덩이를 밀었지만 돌덩이에 밀렸다. 돌덩이를 단속했지만 돌덩이에 단속 당했다. 이제야 알겠다. 돌덩이를 포기하는 건 포기각서가 아니라 돌덩이를 돌덩이로 보는 것이다. 두 팔이 굳어버릴 만큼 돌덩이를 받치고 있을 까닭은 없다. 돌덩이는 혼자 구르기도 하고 멈추기도 할 것이고, 돌아다니기도 하고 안으로 들어와 자리를 잡기도 할 것이다. 시지프, 너는 고독하지 않다. 너를 향한 돌덩이가 있는 한 너는 외롭지 않다.

누군가 나를 흔든다. 머리 밑이 듬성듬성한 남자가 케이블카가 가기 시작했다며 일어나라고 말한다. 바닥에서 일어나 남자가 가리키는 곳을 본다. 바로 앞에 깎아지른 듯한 산이 보이고 케이블카 정류장이 보인다. 맨살로 소리를 지르던 사람들이 탄성한다. 탄성이 어쩐지 낯설다. 나는 낯선 그 소리들을 조금 섭섭하게 듣는다. 여길 나가면 착하게 살 거야, 마누라한테 잘 해 줘야지, 집을 잡혀서라도 애를 유학 보내야겠어, 그동안 주식이 오르진 않았을까?, 어머, 저기 좀 봐. 방송국에서 나왔나봐. 우리 오늘 텔레비전 뉴스에 나오는 거 아냐?, 동창 모임엔 뭘 입고 나가지?, 오늘 저녁은 반찬도 마땅찮고 외식이나 해야겠다.

벽이 아닌 사람이 내는 소리가 피둥피둥 기능을 강화하며 나를 포위한다. 소리들이 흉기로 고발했던 적은 까마득하고, 흉기에 찔려가며 벽 앞에서 일인 시위를 벌이던 때는 기억에도 없다. 기억이 상실되면 어떻게 될까. 지층을 뚫고 쩍쩍 균열되어 나오던 소리의 저 아프고도 근질거리던 애무는 찾을 길이 없게 된다. 그렇게 되면, 그렇게 되면 …… 아, 추위가 깔린다. 춥지도 않은데 습하고 추운 기가 내 속에 깔린다.

사람들이 우르르 케이블카 밖으로 나간다. 사람들에 떠밀려 케이블카에서 내린다. 어느 방송국에서 나왔는지 마이크를 든 사람이 내게로 다가온다. 마이크를 피해 저만치로 간다. 흰색 스포츠캡의 남자가 성큼 마이크 앞으로 간다.

"사실 이렇게 살아 나온 건 기적이 아닙니다. 침착하고 질서 있게 행동했던 게 살아 나올 수 있었던 중요한 요인이라고 봅니다. 아무리 어려운 일이 닥쳐도 침착함을 잃지 않으면 …… ."

어디선가 많이 들어본 소리다. 저 자는 아마도 텔레비전 뉴스를 닳도록 보았거나 국민교육헌장을 달달 외운 덕을 이제야 보는 중인가 보다. 돼먹지 않게 속 어디에선가 메슥거림이 뒤틀뒤틀 기어오른다. 입을 틀어막으며 뛰다시피 건물 화장실 쪽으로 간다. 얼핏 스치는 모습에 뒤를 돌아본다. 한 여자가 긴 머리칼을 흩날리며 마이크를 잡는다. 긴 머리칼이 보기 좋게 바람에 날린다. 절망

속에 든 매연, 매연 속에 가라앉은 시궁창, 시궁창 속에 매몰된 얼굴이 긴 머리칼에 파묻힌다. 갑자기 머릿속으로 와다닥 소름이 돋는다. 긴 머리칼이 소름을 콕콕 찌르며 간질간질 웃는다. 저 웃음, 나를 못 견디게 하는 소리와 꼭 닮은 저 웃음의 타래. 자력의 힘으로 나를 지배하던 소리의 웃음들이 어느 새 자전과 공전의 수레바퀴를 타고 나를 포옹한다. 나는 웃음을 닮은, 벽 저 어딘가에 틀어박힌 그 외침들에 눈으로 입을 맞춘다. 눈꺼풀의 여닫음보다 짧게, 그러나 강하게, 아주 속속들이. ❑

# ◻ "너 없인 살 수 없어"

세상은 절박하지 않다. 레나 정은 절박하다. 세상은 지루하지
않다. 레나 정은 지루하다. 세상이 절박하지도 지루하지도 않은
까닭은 스스로 축을 돌리기에 그렇다.

자, 자, 그렇다면 세상은 얼마나 자랐을까. 투박한 손으로 동굴
벽에다 소를 그리던 때보다, 페니실린이 없어 고열로 죽어가던 때
보다, 노예로 부를 칭하던 때보다, 많이, 아주 많이 자랐다. 가냘픈
손으로 마우스를 잡고 컴퓨터 모니터에다 소를, 그것도 색을 입힌
소를 단박에 그릴 수 있으니 자랐고, 페니실린은 급수도 아니게
줄기세포를 잡았으니 자랐고, 노예라 못 박지 않으면서도 노예를

부리거나 부림을 당하니 자랐다. 우—, 세상은 자랐다. 이미지를 뻥튀기로 팔아 부자가 될 수 있을 만큼 자랐고, 신의 체중까지 잴 수 있을 만큼 자랐다. 이런 것을 굳이 자랐다고 우긴다면, 자랐다. 싸우기 싫으니 자랐다고 치자.

자란 그 자리에 비가 내린다. 더 잘 자라라고 주룩주룩 비가 내린다. 세상은 비를 맞고 무럭무럭 잘도 자란다. 너도 나도 착하게 잘 자라라고 햇빛까지 보너스로 준다. 거기다 상큼하게 맑은 공기마저 레드카펫 모양 쫘악 펼쳐준다. 이래서 우리는 일찌감치 식물의 3대 성장요소를 배웠다. 물! 햇빛! 공기!

이리하여 세상의 모든 식물, 더불어 생물은, 물! 햇빛! 공기!를 먹고 씹고 삼키고 되새김질하며 자란다. 생물과에 속하는 인간이 자라고, 인간 안에 있는 마음이 자라고, 마음 안에 있는 사랑과 미움이 자라고, 사랑과 미움 안에 있는 지배와 피지배가 자라고, 지배와 피지배 안에 있는 폭력과 복종이 자라고, 폭력과 복종 안에 있는 투쟁과 복수가 자란다. 투쟁과 복수가 콩깍지 속의 콩이 자라듯 쑥쑥 자라, 툭툭 콩깍지를 찢고 일사분란하게 밖으로 튀어나온다면? 책임질 수 없다. 책임질 사람이나 부서가 없기 때문이다. 그런가? 정말 그런가? 그래서 세상은 점점 비계 덩어리가 되어 간다.

사설이 왜 이리 긴가. 지금 레나 정은 지루하다 못해 절박하고, 절박하다 못해 숨이 딱 끊어질 지경인데 왜 이리 허튼 소리로 시간을 끄느냐 말이다.

"환·장·해"

레나 정은 지루함을 잘근잘근 씹듯 단어 하나하나를 씹어가며 웅얼거린다. 우리 안을 으르렁거리며 돌아다니는 짐승처럼 방안을 왔다 갔다 하는데, 그래봐야 운동장도 아니고 평야도 아닌 안방이다. 버선도 신지 않은 안방마님이 안방을 거점으로 아무리 싸돌아다녀봐야 사각의 틀일뿐이다. 서서히, 그러다 급격히, 안절부절, 두통, 멀미가 레나 정을 공격한다. 그럼 그렇지, 레나 정은 안절부절이라는 쓰나미에 쓸려 장롱으로 돌진한다.

장롱 깊숙이에서 가발상자를 꺼내 열어본다. 갈색의 긴 생머리, 노란 색의 긴 웨이브 머리, 먹물색의 짧은 단발머리, 밤색의 쇼트커트 머리, 가발은 색도 많고 종류도 많다. 이 가발 저 가발을 바꿔 쓰고 거울 앞에 선 레나 정. 어제까지만 해도 멋의 총체로 믿어 의심치 않던 가발들이 하나같이 구닥다리에다 싸구려에다 천박에다 싼 티가 줄줄 흐른다. 시각의 변덕을 충족시킬 만한 가발이 간절해진다.

레나 정은 옷걸이에 걸린 정장용 옷을 제치고 옷걸이 뒤에 몰래 숨겨둔 옷을 꺼낸다. 댄스클럽용 옷이 지금까지의 지겹던 감정을 단칼에 쓱싹 베어낸다. 그래, 이렇게 나가는 거야. 레나 정은 노란 색의 긴 웨이브 가발을 쓰고 댄스클럽용 옷을 떨쳐입고 현관을 나선다. 그런데 이게 어인 일인가? 대문 안 잔디 위엔 처음 보는 예쁜 상자가 놓여있다. 택배로 온 물건은 아닌 듯, 발신인이나 수신인은 적혀있지 않다. 목을 빼고 흰색 나무 담장 너머를 기웃이 내다본다. 집 근처를 얼씬거리는 사람은 보이지 않는다. 흰 바탕에 빨갛고 노란 채송화가 자잘하게 그려진 상자를 연다. 상자 안엔 흰 바탕에 빨갛고 노란 달리아 무늬의 포장지로 싼 꾸러미가 나온다. 꾸러미 한가운데는 꽃 모양의 빨간색 리본테이프가 붙어있다. 짜아식 제법이네. 이런 센스도 있었나? 레나 정은 마틴 장을 떠올리며 들뜬 마음으로 상자를 연다.

상자 속 물건은 낯설고도 대단히 낯설다. 대체 어따 쓰라고 있는 것인지, 왜 이런 게 들어있는지, 길고도 구불구불한 노란색 머리칼 한 묶음과 가위, 수술용 고무장갑이, 선물용 과일세트인 양 들어있다. 노란색 머리칼은 포장지를 묶은 것과 같은 빨간색 리본테이프에 묶여있고, 가위의 날엔 피 인지 머큐로크롬인지 모를 붉은색이 묻어있으며, 수술용 고무장갑은 한 번도 쓰지 않은 새것이다. 레나 정은 부르르 떨며 상자를 통째로 쓰레기통에다 구겨 박는다.

잠시나마 지겹도록 지루했던 일은 일시에 사라지고, 어디 숨어있었는지 모를 불안감이 고무탄 내로 레나 정을 뭉실뭉실 누른다. 그렇다고 다른 수가 있나? 없다. 옷을 홀홀 벗는다고 불안이라는 이 불청객이 물러난다면 세상은 나체족들로 넘쳐날 것이다. 불안이라는 녀석은 원래 사람을 상대한다. 멀쩡한 정신을 갑자기 사각사각 갉아먹기도 하고, 심장을 널판으로 널뛰기를 하기도 하고, 심할 땐 더럭 목을 누르기도 한다. 불안이라는 녀석 때문에 누군가는 불면증에 시달리다, 시달리다, 불후의 명작을 내놓는가 하면, 어떤 이는 전쟁의 황태자가 되기도 하고, 또 누군가는 연쇄살인과 방화를, 또 어떤 이는 명품 홀릭에, 또 누군가는 튀는 가발과 옷차림으로 변장한다.

레나 정이 이상한 상자를 보았기로서니, 그래서 지루함이 불안감으로 돌변했기로서니, 그 때문에 검사님 사모님이 직업 댄서 못지않은 옷차림으로 바꾼 건 아니다. 레나 정은 태어날 때부터 그랬던 듯, 잠시도 지루한 걸 참지 못한다. 지루함은 레나 정의 이성과 감성과 인격마저 야금야금 파먹는 벌레다. 벌레라면 벌레를 연상시키는 비읍부터 싫어하는데다, 그것도 지루함이라는 벌레는 아주 딱 질색으로 여기는 레나 정, 상자 속의 이상한 물건들이 지루함을 순간 날려 보낸 건 사실이나 그렇다고 즐거운 건 아니다. 그런 종류의 자극이랄지 좋게 말해 변화는 그저 짜증나는 불쾌감일 따름이다. 어쨌거나 예상치도 못한 불쾌감을 거미줄로 둘둘 감고서 레나 정은 홍대 앞으로 간다.


〈데이 댄스〉 앞. 마틴 장이 터무니없이 큰 원색의 꽃무늬가 인쇄된 민소매 티셔츠를 입고 담배를 피운다. 레나 정의 속이 공연히 뒤틀린다.

"오늘은 오나가나 꽃 파티로군. 어느 임이 사준 건지는 몰라도 들어가선 벗고 노시지 그래? 꽃이라면 그 옛날 유치원 때 그리던 개나리도 싫으니까."

마틴 장은 레나 정의 비꼬는 말에도 느물느물 웃기만 한다.

"꽃 같은 세상 꽃 갖고 웬 시비셔? 꽃님이 날 좋아죽겠다는데 어찌 그리 핫트한 말씀을? 그러고 보니 와우, 오늘 컨셉 죽여주는 군! 꽃 같은 가발, 꽃 같은 머리, 내 꽃님이 시기하시겠어.”

마틴 장은 레나 정을 싹싹 훑어보며 팔짱을 낀다. 레나 정이 마 틴 장의 팔을 뿌리친다. 마틴 장은 그러거나 말거나 레나 정의 머 리칼을 쓰윽 쓰다듬는다. 되직한 석고 액을 물결모양으로 빚은 듯 한 노란색 머리칼은 머리칼이라기보다 이 분쯤 감상할 만한 사진 이다. 아니, 이십 분쯤 만지며 놀 만한 인형의 머리다. 아니, 생화 인가 조화인가 이십이 분쯤 들여다보고 만져볼 만한 머리칼이다.

레나 정은 〈데이 댄스〉 지하로 내려가며 마틴 장의 말을 톡 쏘 아붙인다.

“꽃이라는 말밖엔 아는 말이 그렇게도 없냐? 혓바닥 굳겠다. 그 래서 그딴 걸 보낸 거야? 장난을 치려면 좀 세련되게 쳐라. 널더러 머리 잘라달라고 한 적 없거든?”

마틴 장은 연신 담배연기를 레나 정의 머리에다 뱉으며 다시 레 나 정의 팔을 낀다.

“벌써 벽에다 똥칠할 때가 됐나 왜 이러셔? 뭘 보냈다고 이리 선수를 치시나. 받고 싶다는 뜻이야 보내달라는 뜻이야? 우리 그 런 거 안 한다는 거 싸모님아가 더 잘 알잖아.”

레나 정은 계단을 내려가다 말고 그 자리에 서 마틴 장을 쏘아 본다. 쏘아보나마나 얼굴의 반을 가린 짙은 갈색의 동그란 선글라 스 속의 눈동자는 이미 술기운이 번진 마틴 장에겐 마이동풍이다. 마틴 장은 레나 정의 허리를 와락 감으며 레나 정의 뒷목에 입을 맞춘다. 체리와도 같은 짙은 핏빛을 반사하는 비즐 목걸이, 그와 똑같은 귀걸이, 까만색 탱크톱에 까만색 야구모자, 갈색 전투화, 인도의 전통의상인 사리와 비슷하게 생긴 긴 스커트, 춤 출 때 결정적인 순간에 벗어던질 스커트 속의 팬티나 다름없는 흰색 반바지, 보나마나 뻔한 레나 정의 옷을 마틴 장은 일찌감치 감상한다. 레나 정은 다른 때와는 달리 마틴 장의 손을 뿌리친다.

"이거 놓지 못해? 지금 누구 허락받고 시건방을 떨고 이래?"

레나 정의 손등을 덮고 있는 일명 손찌라 부르는, 인도 여인들이 사용하는 액세서리가 바닥으로 떨어질 듯 흔들거린다. 마틴 장이 레나 정의 손등을 다정스레 잡는다. 나뭇잎의 그물맥을 연상시키는 손찌는 큐빅이 다닥다닥 박혀있는 것으로, 가운데 손가락에 끼워져 손목까지 이어져 있다. 마틴 장이 술 냄새를 풍기며 손찌에 입을 맞춘다.

"오늘따라 왜 이리 앙탈이 심하실까. 혹시 검사님 서방님이 눈치라도 챘을까봐? 그래봐야 풍기문란 죄도 못 때릴 걸 뭘 그래."

레나 정이 마틴 장의 뺨을 후려친다.

"뭐가 어째? 대체 왜 그따위 것은 보내서 사람 신경질 나게 만드는 거야?"

마틴 장이 레나 정의 손을 움켜잡는다.

"이년이 미쳤나 누굴 때리고 지랄이야? 아니, 내가 뭐가 아쉬워 너 같은 아줌마한테 뭘 보냈다고 발광이냐? 유학 동기라 놀아줬더니 이젠 막 나가시겠다? 자, 더 때려봐라 더 때려봐. 니 남편한테

고소장 날려 보내달라고 보채는 거냐 뭐냐?"

레나 정은 핸드백에서 십만 원짜리 수표 석 장을 꺼내 마틴 장의 그 요란한 민소매 티셔츠 속에다 찔러 넣는다.

"용서해라. 기분 더러워서 먼저 간다. 이걸루 다른 애들하고 재밌게 노셔라."

시원스레 결판을 내고 〈데이 댄스〉를 나왔건만 레나 정은 영 불안하다. 이 불안감은 대체 어디서 태어나 어디를 경유해 여기까지 온 것인지 알 길이 없다. 그래서 불안감이다. 알 수 있다면 불안이라는 말은 애초 없었을지도 모른다. 불안감은 알 수 없기에 불안하고, 불안하기에 알 수 없다. 이런 것을 군이 역학관계라 칭한다면, 레나 정은 이 역학관계의 복판에서 그저 찝찝할 뿐이다.

흰 색의 야트막한 나무 울타리 앞엔 세콤 딱지가 붉은 바탕에 경비구역이라는 글씨로 경쾌하고 반들반들하게 경계경보를 대신한다. 레나 정은 울타리로 된 대문을 열다말고 잔디밭에 있는 상자를 발견한다. 어스름 해질 무렵 외출 직전에 보았던 것과 같은 크기의 예쁜 상자는, 누가 얌전히 놓아둔 양 부유스름한 외등 빛을 받아 동화적이기까지 하다. 레나 정은 상자 앞에 우두커니 선다. 저게 대체 무엇일까. 누가 이런 짓을 하는 것일까. 마틴 장은 아니다. 그렇다면 누가? 왜? 레나 정은 상자 앞에 쪼그리고 앉아 조심스레 상자를 연다.

상자 안엔 통닭 한 마리와 피 묻는 가위, 한 번도 쓰지 않은 수

술용 고무장갑이 들어있다. 통닭은 허연 날 것으로 눈도 부리도 붉은 벼슬까지 그대로이며, 목엔 빨간색 리본이 나비넥타이로 매어져 있다. 레나 정은 진저리를 치며 벌떡 일어난다. 이것은 어느 괴기영화나 드라마를 흉내 낸 치기어린 모방이 아니다. 정확한 대상과 목표를 두고 공격하는 짓이다. 목적이 무엇일까. 혹시 남편에게 원한을 품은 피의자의 짓? 그렇다면 이런 물건은 남편이 있을 날짜와 시간을 알고 보내야 하며 또 알고 있어야 마땅하다. 남편은 지방 검찰청에 있으며 일주일에 한번, 혹은 이 주일에 한 번 주말에나 온다. 범인은 얼치기이거나 아니면 남편이 아닌 다른 것을 노리는지도 모른다. 무엇을? 왜?

레나 정은 의문을 떨쳐내지 못한 채 안으로 들어가 문을 걸어 잠근다. 창의 커튼도 모조리 닫고 소파 깊숙이 파묻힌다. 하염없이 어딘지도 모를 곳에 눈을 박고 있자니 느닷없이 호주 유학시절이 떠오른다. 그렇지, 맞아, 그때도 이런 일이 있었지.

대학 입시에서 떨어져 유학이라는 명분으로 호주에 갔을 때였다. 공부는 당연히 안 되기도 했고 하기도 싫었다. 그렇다고 노는 게 잘 되느냐하면 그것도 아니었다. 이곳이 낯선 곳이며 너를 아는 사람도 알아주는 사람도 없다는 사실은, 자유보다는 우울감과 불안감만을 증폭시켰다. 술과 담배를 사러 밖으로 나갔다. 마틴 장을 만난 건 술과 담배를 사들고 아파트로 들어오던 입구에서였다. 같은 동양인이라는 사실에, 그것도 같은 한국인이라는 사실에, 레나 정과 마틴 장은 급속히 가까워졌다. 레나 정은 마틴 장이 주선하는 파티와 모임에도 불이 나게 들락거렸고, 마틴 장의 방에서 자고 나오는 일도 허다했다. 어느 날인가, 마틴 장의 방에서 나와 자신의 방으로 들어갈 때였다. 방문 앞엔 흰 바탕에 제비꽃이 자잘하게 그려진 상자가 발신인이나 수신인이 적혀있지 않은 채 놓여있었다. 레나 정은 상자를 들고 들어가 뜯어봤다. 상자 안엔 검은색 머리칼이 빨간색 리본에 묶여 있었고, 가위와 한 번도 사용하지 않은 수술용 고무장갑이 들어있었다. 미친 놈. 이따위 장난을 치면 놀라 죽을 줄 아나보지? 레나 정은 같이 놀던 남자들 중 하나가 장난을 친 것인지도 모른다고 여겼다. 혹시나 하고 마틴 장에서 전화를 걸어 무슨 상자 같은 거 보낸 적이 있냐고 물었다. 마틴 장은 웬 헛소리냐는 식으로 대꾸했다.

"상자라면 선물상자인 모양인데, 우리 같은 사람들 선물 같은 거 안 한다. 향수병이 도지면 가끔 헛것을 보는데, 너 지금 향수병 도진 거 아니냐?"

그 때와 똑같은 일이 다시 벌어진 셈이다. 다른 것이 있다면 까만색 머리칼 대신 노란색 머리칼이며, 피가 묻어있지 않던 가위 대신 피 묻은 가위라는 점이다. 그제야 레나 정은 지금 자신이 쓴 가발이 상자 속의 노랗고 긴, 구불거리는 머리칼과 같다는 걸 깨닫는다. 그랬구나. 호주에서의 일은 장난도 아니고 잘못 배달된 물건도 아니었구나. 누구일까. 무엇 때문에, 왜 이런 짓을 하는 것일까.

불안감이라는 바이러스는 자신을 감추고 겁을 집어먹은 레나 정에게 촉수를 뻗는다. 촉수는 끈끈하고, 차지고 질기며, 길고도 긴 혓바닥을 날름댄다. 레나 정은 과연 불안감의 좋은 먹잇감이 될 것인가 말 것인가. 아니면 반격을 가해 엎어치기를 할 것인가 가지고 놀 것인가. 생전가야 뒤돌아볼 줄 모르는 레나 정을 두고 이러쿵저러쿵 추측을 하기보다는 다음을 보면 알 수 있을 것이다.

　밖에서 오토바이 소리가 요란하다. 레나 정은 커튼을 살짝 젖히고 밖을 내다본다. 파랗게 잔디가 깔린 마당엔 흰색의 나무 울타리가 담장으로 쳐져 있을 뿐 오토바이도 사람도 보이지 않는다. 커튼을 닫고 옷장을 연다. 가발 상자와 댄스 클럽용 옷을 만지작거리다 그대로 팽개친다. 벌써 며칠째, 하루에도 여러 번 같은 동작이다. 밖으로 나갈 수가 없다. 그런데도 밖으로 나가고 싶다. 무엇이 문제인가. 레나 정은 어두컴컴한 거실 복판을 서성이며 어딘지도 모를 곳으로 눈동자만 굴린다.
　다시 커튼을 젖히고 밖을 내다본다. 달구어진 해가 대낮의 잔디밭에 뜨겁게 내려앉는다. 잔디 위엔 그새 누가 가져다 놓았는지 상자 하나가 놓여있다. 레나 정은 주방으로 가 코냑 한 잔을 따라 마신다. 애써 상자를 무시해보지만 가슴은 툭탁거리다 못해 벌렁거린다. 레나 정은 연거푸 코냑을 털어 넣은 후 휘청휘청 마당으로 나간다.
　잔디 위엔 흰색 바탕에 보라색 분홍색 과꽃이 그려진 상자가 어스름 저녁을 맞고 있다. 레나 정은 바르르 떨리는 손으로 상자를 열어본다. 상자 안엔 사진 몇 장이 빨간색 리본테이프에 묶여 있고 피 묻는 가위와 수술용 고무장갑이 들어있다. 레나 정은 사진을 집어 한 장씩 넘겨본다.

첫 번째 사진 — 노란 머리에 야구 모자를 눌러쓴 레나 정이 택시에서 내린다. 두 번째 사진 — 마틴 장이 그녀의 팔짱을 끼고 클럽 안으로 들어간다. 세 번째 사진 — 아프리카를 배경으로 사자가 영양을 잡으려 근육을 다 해 뛰어간다. 네 번째 사진 — 사자가 영양의 시뻘건 살덩이를 문 채 카메라를 정면으로 노려본다.

레나 정은 사진을 찢으려다 말고 뒤집어본다. 첫 번째 사진 뒤에는, 내일은 목요일 댄스클럽 가는 날 이라고 적혀있고 두 번째 사진 뒤에는, 사랑 없이 간음하는 자들 이라고 쓰여 있다. 레나 정은 헛웃음을 웃어가며 세 번째 사진의 뒤를 본다. 네가 있기에 내가 있다 라는 글이 적혀있고 네 번째 사진 뒤에는, 너를 지배할 수 있어 행복하다 라고 쓰여 있다.

레나 정은 잔디에 철퍼덕 주저앉아, 일부러 왼손으로 삐뚤삐뚤 쓴 듯한 글씨를 내려다본다.

"지배? 웃기고 자빠지셨네. 누구 허락받고 지배야? 내가 어디를 봐서 니 따위의 지배를 받을 성 싶냐 이 미친놈아!"

레나 정은 술주정하듯 주절거리며 사진을 북북 찢어 허공에 날린다. 자잘하게 찢긴 조각들이 잔디 위로 나불나불 떨어진다. 골목 어디에선가 희미하게 개 짖는 소리가 난다. 레나 정은 부스스 일어나 비틀거리는 걸음으로 안으로 들어간다. 그래, 개나 키워야겠다. 어떤 놈인지 콱 물어버리게 사나운 걸로 하나 키워야겠다.

목요일 저녁, 다른 때 같으면 벌써 입체화장으로 나설 시간이지만 레나 정은 아직도 거울 앞에서 미적거린다. 누가 시킨 것도 아니건만 집안에 갇혀 집인지 감옥인지 모르게 지낸 지도 벌써 일주일째다. 문제는 오늘로 끝나는 게 아니라 앞으로도 계속 이렇게 지내야 할지도 모른다는 사실이다. 계속해서 이렇게 지내야 한다면 갑갑한 게 아니라 미칠 것이며 그것은 사이코가 바라는 바이기도 할 터이다. 무슨 방법이 없을까? 레나 정은 썼던 가발을 벗어 거울에다 던진다. 왕년의 기개는 어디 가고 이토록 쩔쩔매는 것인지, 레나 정은 울화가 치밀어 견딜 수가 없다. 레나 정 다 죽었구만. 레나 정은 입었던 옷도 벗어던지고 주방으로 간다.

코냑을 따라 들고 거실 창 커튼을 살짝 젖힌다. 집 주변을 어슬렁거리는 사람은 보이지 않는다. 커튼을 닫으려다 말고 레나 정은 잔디밭 위에 얌전히 놓인 상자를 본다. 또 저거야? 야 이놈아, 그깟 사진이나 통닭, 피 묻는 가위 따위로 나를 지배하겠다구? 까불고 계시네. 사진으로 찌르고 통닭으로 찌르고 가위로 찔러 봐라. 내가 너 따위한테 지배당하나. 미친 새끼! 레나 정은 연거푸 코냑을 털어 넣은 후 마당으로 나간다.

잔디밭 위엔 흰색 바탕에 옅거나 짙은 빨간색 봉숭아 무늬가 자잘하게 그려져 있는 예쁜 상자가 놓여있다. 상자 안엔 DVD 테이프 하나가 빨간색 리본에 묶여있고, 어느 외국인 목사의 설교집

한 권과 피 묻은 가위, 수술용 고무장갑이 들어있다.

"그래, 잘 한다, 잘 해. 너도 잘 하고 나도 잘 해보자 새꺄!"

레나 정은 혼잣말을 주절거리며 선물상자를 안 듯 상자를 품에 안고 비틀비틀 안으로 들어간다.

설교집은 읽으라는 것이니 읽으면 될 일이고, DVD는 보라는 것이니 보면 될 일이다. 생각하면 경솔했다. 생닭 한 마리에 놀랄 게 아니라 삶든 튀기든 날것으로든 고양이나 개를 주어도 될 뻔했다. 어느 멍청한 바보가 또라이로 한 짓에 지레 겁을 먹은 것은 지금까지 지켜온 레나 정의 자존심에 먹칠을 한 것이다. 그건 그렇다. 아무래도 그렇다. 레나 정은 그 정도에 놀라거나 주춤거린 적이 없거니와 주춤거려서도 안 된다. 레나 정이기 때문이다. 이 설교집 역시 그렇고 DVD에 든 내용 역시 폭약이 내장된 것이 아니라면 아무 것도 아니다. 레나 정은 상자의 물건들을 마구 비웃는다. 그렇지, 그래야 할 일이다.

레나 정은 코냑 한 잔을 들고 소파로 간다. 홀짝홀짝 코냑을 마시며 회색의 양장본 설교집을 펼친다. 목사의 사진과 약력이 레나 정을 압도한다. 그것은 레나 정이 한 번도 만나본 적이 없는, 죽었다 다시 태어난다 해도 만나볼 수 없을 듯한 고요하고도 인자한 얼굴이며, 무엇 때문에 그렇게 많이 공부를 했는지 모를 정도의 학위로 넘쳐난다. 대체 왜 이런 걸 보냈을까? 스토커는 이런 낯선 노년의 외국인을 보내 어쩌자는 것일까. 레나 정은 다음 장을 넘긴다. 목차와 머리말이 나오고 본문 첫 장이 나오도록 별다른 건 보이지 않는다. 뭐야? 이 두꺼운 책을 다 읽으란 말이야? 쳇, 이딴 설교집 따위로 반성할 것도 없는 사람한테 반성하기라도 바란다는 거야 뭐야?

　레나 정은 코냑을 한 모금씩 넘기며 책장을 한 장 한 장 넘겨본다. 몇 장을 넘기지 않아, '너는 내게로 오라'라는 대목에서 '너는'이라는 글자에 연두색 형광펜이 칠해져있고, 그 위에 작은 글씨로 1이라고 적혀있다. 또한 '내게'에 역시 형광펜이 칠해져있고 그 위에 2가 적혀있다. 레나 정은 손가락에 침을 묻혀가며 빠르게 다음 장을 또 다음 장을 넘긴다. 군데군데 형광펜으로 칠해진 부분 위엔 영락없이 숫자들이 적혀있다. 14, 23, 9, 7, 32……, 어떤 글자엔 한 글자에 5, 16, 43이 한꺼번에 적혀있기도 하다. 퍼즐게임? 레나 정은 혹시나 하며 1과 2를 연결해 본다. '너는 내게'라는 말이된다. 레나 정은 3을 찾아 책 여기저기를 뒤진다. 몇 장 뒤에서, '설교를 듣는 사람은' 이라는 대목에서 '설교를'에 3이 적혀있다. 레나 정은 다시 4를 찾아 책장을 넘긴다. 바로 뒷장에서 '말했다'라는 대목에서 '했다'에 4가 적혀있다. 레나 정은 1부터 4까지 이어본다. '너는 내게 설교를 했다'가 된다. 미친 놈! 어디서 저질 영화나 흉내내는가본데 이따위 짓으로 무너질 레나 정이 아니지.

　글쎄…… 그렇기만 할까? 두고 봐야 알겠지만, 이런 것을 흔히들 이렇게 말하지. 과대망상증, 혹은 정서불안증. 레나 정이 과대망상증에다 정서불안증이 겹쳐 폭력과 비폭력의 그 어중간한 자리에 서게 된다면, 그 튼튼한 가슴은 어찌될지 눈을 감고 볼 일이겠다. 왜냐하면 눈을 뜨고 보는 일은 너무 어색하고, 많이 불편하고, 몹시 안쓰러울 테니까. 말이 너무 심했나? 아니, 과격했다. 레나 정의 저 까딱없는 얼굴을 보면 지금 한 말은 취소해야 옳다. 레나 정은 허접한 말을 참을성 있게 들어줄 만한 시간을 가지고 있지 않다. 인간미가 없어서가 아니라 오직 시간이 없어서이다.

레나 정은 책을 탁 덮고 주방으로 간다. 니 놈이 누군지도 모르는데 내가 니놈한테 설교를 했단 말이지? 흥, 나, 목사님 아니거든? 레나 정은 코냑을 병째로 가져다 소파 앞 테이블에다 놓는다. 한 모금을 마시다 말고 레나 정은 정신이 번쩍 든다. 이건 범죄영화에서 흔히 나오는 수법이다. 번호를 다 맞추면 글이 되고, 글이 다 되면 뜻을 알게 되고, 뜻을 알게 되는 순간 범행이 시작된다는 뜻이다.

레나 정은 커튼을 살짝 젖히고 밖을 내다본다. 잔디는 무료할 정도로 한가롭게 펼쳐져 있을 뿐, 지나가는 사람이나 그 어떤 움직임도 보이지 않는다. 설교한 적도 없는 사람에게 설교했다고 우기다니 사이코는 사이코다. 레나 정은 머리를 절레절레 흔들며 다시 설교집을 연다. 숫자가 매겨진 글자들을 찾아 읽지만 도무지 무슨 말인지 종잡을 수가 없다. 레나 정은 술기운을 털어내며 형광펜으로 칠해진 글자들을 종이에다 차례차례 적기 시작한다. '아무' '이다' '속지' '콜라' '훈' '싶' …… 글자들은 암호화된 부호처럼 낱개로 흩어져 뜻을 전달하지 못한다. 레나 정은 글자를 적으며 글자 위에 적힌 숫자까지 적는다. 와우, 이제야 다 됐군. 레나 정은 숫자대로 정리한 글자들을 읽는다.

　너는 내게 설교를 했다. 통닭을 뜯으며 콜라를 마시며 훈장처럼 설교를 했다. 네게 훈장을 달아주마. 지배자의 얼굴로 값싼 즐거움에 취했던 네게 훈장을 달아주마. 내가 무릎 꿇고 너의 설교를 들을 때, 나는 네가 되고 싶었다. 폭력과도 같은 너의 훈장이 되고 싶었다. 너는 속지 마라. 내가 달아주는 훈장에 속지 마라. 이 훈장은 너를 위한 훈장이 아니라 나를 위한 훈장이다. 네게 받았던 고통과 쾌감을 고스란히 느끼려는 훈장이다. 남자를 대리모로 좋아하는 너(남자를 통해 너 자신을 사랑했다는 뜻이다), 스테이크와 코냑을 좋아하는 너, 목요일과 댄스클럽을 좋아하는 너. 나와는 아무 상관없이 사는 너를, 신기루처럼 떠올리며 잊지 못해하는 내가 신기하다. 그래, 그것은 희한한 일이다. 가벼운 기쁨이 아닌 불안한 기쁨이기에, 웃지 못하지만 은밀한 즐거움이기에, 신기한 일이다. 너는 웃어라. 그리고 울어라. 너와 내가 꾸렸던 잔인한 기억을 위해. 오우, 브라보!

　레나 정은 종이에 적은 글을 읽고 또 읽는다. 스테이크와 코냑, 목요일과 댄스클럽은 알겠지만 그 외의 얘기는 단 하나도 이해가 가지 않는다. 통닭을 뜯으며 콜라를 마시는 것을 무슨 대단한 일인 양 과대포장을 한 듯한 것도 그렇고, 통닭을 뜯으며 콜라를 마시며 설교를 했다니 이건 말이 되지 않는다. 어느 누가 통닭을 뜯으며 콜라를 마셔가며 설교를 할 수 있단 말인가. 훈장은 또 무엇이고 지배자의 얼굴로 값싼 즐거움에 취했다는 말은 또 무엇인가.

불안한 기쁨이라거나 은밀한 즐거움 같은 말을 쓰는 자라면 정신 병자가 맞다. 레나 정의 머릿속으로 주변 사람들이 빠르게 스쳐간 다. 누구일까, 무엇 때문에 이렇게 하는 것일까.

레나 정은 커튼을 살짝 젖히고 밖을 내다본다. 잔디는 고요하고 울타리 밖 골목길은 무서울 정도로 조용하다. 정지된 듯한 이 현 실에서 누군가가 자신을 지켜볼 것이라 생각하자 레나 정은 머리 가 주뼛 선다. 어떻게 할 것인가. 이쪽에선 무슨 뜻인지 전혀 모르 는데 저쪽에선 이미 뜻을 전했으니 알아먹었을 것이라 여기고, 어 떤 액션을 취한다면 무엇이든 어떤 것이든 대책을 세워야 한다. 레나 정의 팔뚝에 소름이 쪽 끼친다. 그렇지, 증거, 증거다. 증거 없이는 죄가 없어도 죄인이 되는 세상이 아니던가. 넌 죽었어!

레나 정은 디지털 카메라로 증거물을 찍기 시작한다. 빨간색 리 본테이프가 달린 DVD를 찍고, 설교집을 찍고, 피 묻은 가위와 수 술용 고무장갑을 찍는다. 물건들을 상자 속에 넣은 채로 찍고, 설 교집을 펼쳐 형광펜이 칠해진 부분과 숫자가 적힌 것도 찍는다. 피 묻은 가위야말로 결정적인 증거물이다. 가위 자체만으로도 위 협인데 피 묻은 가위라니, 닭 피든 돼지 피든 설혹 케첩일지라도 이것은 살해를 의미하는 협박이다. 수술용 고무장갑 역시 살해를 뜻한다. 흔히 지문을 숨기기 위해 사용하기도 하지만, 피부에 찰 싹 달라붙는 수술용 고무장갑은 살인하고자 하는 대상을 예리하 게 처리하겠다는 뜻이다. 이런 강력한 증거물이 있는 한 범인은 무기징역, 아니 사형 선고다. 아쉬운 게 있다면 처음에 받았던 노란색 머리칼과 두 번째로 받았던 통닭을 놓친 일이다.

　레나 정은 통닭 생각이 나자 방금 전에 적었던 글귀가 생각난다. 뭐가 어째? 통닭을 뜯으며 설교를 해? 웃기고 자빠지셨네. 레나 정은 자신이 정리한 문장도 찍는다. 생각해 보면 어이가 없다. 별 것도 아닌 걸로 댄스클럽을 놓치다니, 사이코의 수족이 되어준 셈이다. 앞으로 사이코인지 스토커인지가 계속 이상한 짓을 한다면 CCTV를 설치하든 이사를 가면 될 일이다. 지금처럼 단독주택이 아니라 경비도 삼엄한 아파트로 가면 따로 CCTV를 설치하지 않아도 된다. 그것도 정 안되면 해외로 나가 살 수도 있다. 요즘 같은 세상에 스토커든 사이코든 해결하지 못할 일은 없다. 그 안에 행운이 따라준다면 사이코는 교통사고를 당할 수도 있다. 못할 짓을 하고 있으니 길 가다 떨어지는 간판에 맞아 죽을 수도 있고, 전동차를 기다리다 저보다 더 정신이 나간 자에게 등떠밀려 떨어져 죽을 수도 있다. 가능성은 적지만 그런 가능성에 대비해 생명보험을 비롯한 온갖 보험들이 있지 않은가.

　그래, 그럴 것이다. 지루한 불안감보다는, 이런 저런 궁리를 하는 게 훨씬 나을 것이다. 궁리가 끝나기도 전에 레나 정은 궁금증을 이기지 못해 DVD를 볼 것이다. 그렇지, 레나 정은 상자 안에 든 DVD를 꺼내 플레이어에 올려놓고 리모컨을 누른다.


　텔레비전 모니터에선 자막도 음향도 없이 한 장면이 점인 양 나오는가 싶더니 점차 커진다. 레나 정은 나온 장면을 보자 김이 빠진다. 잔인한 살인도, 한다하는 유명 연예인의 프리한 사생활도 아닌, 건전하기 짝이 없는 학교다. 사이코이자 스토커는 겨우 이런 고리타분한 장면을 보여주고자 그토록 머리를 썼단 말인가. 레나 정은 픽 웃으며 다음 장면을 본다.

카메라는 학교건물 전체를 보여주는가 싶더니 느닷없이 교문을 비춘다. 교문에 비친 카메라가 교문 기둥에 새겨진 학교 이름에서 멈춘다. 어? 저거 우리학교 아냐? 레나 정은 깜짝 놀라 소파 등받이에서 등을 뗀다. 십오륙 년 전에 나온 모교를 어째서 카메라가 찍고 있는지 레나 정은 전혀 감이 오지 않는다.

장면은 벌써 다른 장면으로 넘어간다. 학교 건물의 호젓한 또 다른 건물 뒤에서, 체크 스커트에 흰 블라우스 교복을 입은 여고생이 같은 학교 여고생의 눈을 주먹으로 친다. 맞은 여학생은 눈을 감싸며 그 자리에 주저앉고, 때리는 여학생은 주저앉은 여학생을 계속해서 발길질한다. 여학생들의 얼굴은 모자이크로 처리되어 알아볼 수 없다. 레나 정은 마른침을 삼키며 다음 장면을 본다.

까만색 스커트에 까만색 재킷을 입은 여학생 서넛이 한 여학생을 둘러싸고 서 있다. 둘러싸인 여학생은 고개를 푹 숙인 채 서있고, 둘러선 여학생 중 하나가 고개를 숙인 여학생의 머리칼을 홱 낚아챈다. 둘러선 여학생 중 하나가 머리칼을 낚아챈 여학생에게 가위를 건넨다. 가위를 든 여학생이 움켜쥔 머리칼을 자르기 시작한다. 머리를 잘리는 여학생은 얼굴을 감싼 채 어깨를 들먹이며 운다. 둘러선 서넛의 여학생들이 서로 옆구리를 찌르며 키득거린다.

장면이 바뀌고 이번엔 갈색 주름치마에 같은 색 조끼를 흰색 블라우스에 덧입은 교복의 여학생들이 다리 아래 앉아 있다. 다리는 제법 크고 넓으며 다리 아래로는 냇물이 흐른다. 홍수를 염두에 둔 듯 냇물 양쪽으로는 비스듬히 경사지게 석축이 쌓아져 있다. 여학생들은 다리 아래 맨 위쪽, 석축이 판판하게 골라진 곳에 앉아 뭔가를 먹으며 웃는다. 그 중 한 여학생은 다른 여학생들 앞에 무릎을 꿇고 고개를 푹 떨어뜨린 채 있다. 카메라는 뭔가를 먹는 장면을 가까이 잡는다. 여학생들이 먹고 있는 것은 잘게 토막 난 튀김 닭이며, 그 중 한 여학생만이 통째로 구운 통닭을 뜯어먹는다. 통닭을 먹던 여학생이 목을 뒤로 젖혀 캔 콜라를 벌컥벌컥 마신다. 튀김 닭을 먹고 있던 여학생들과 통닭을 뜯던 여학생이 무릎을 꿇고 있는 여학생을 손가락질하며 킬킬거린다.

DVD는 편집을 한 것인지 장면이 바뀔 때마다 교복도 다르고 여학생들도 다르다. 아무리 달라 자신의 모교가 아니라 해도 레나 정의 얼굴은 벌겋게 달아오른다.

DVD는 계속해서 다른 장면으로 이어간다. 자주색 에이라인 스커트에 흰색 블라우스를 입고 자주색 넥타이를 맨 여학생 하나가, 같은 교복을 입고 선 다른 여학생의 뺨을 이쪽저쪽 마구 후려친다. 코피가 나는지 뺨을 맞은 여학생이 연신 코를 닦으며 손으로 얼굴을 감싼다. 때린 여학생은 코피를 닦는 여학생의 정강이를 구둣발로 찬다. 맞은 여학생이 그 자리에 주저앉는다. 때린 여학생은 맞은 여학생의 등이며 허벅지를 닥치는 대로 찬다. 맞는 여학생이 옆으로 쓰러져 애벌레처럼 웅크린다. 때린 여학생은 마치 장군이라도 된 양, 허리에 두 손을 짚고 서서 겁에 질린 여학생을 내려다보며 칵칵 침을 뱉는다.

느닷없이 장면이 바뀌고 두 눈만이 커다랗게 화면을 가득 채운다. 화면을 가득 채운 눈은 움직임도 없이 카메라를 똑바로 응시한다. 레나 정은 흠칫 놀라 자신을 쳐다보는 듯한 눈에 고개를 돌린다. 카메라가 두 눈 중 시커멓게 멍이 든 한쪽 눈을 서서히 클로즈업한다. 멍든 눈이 뚫어져라 레나 정을 본다. 레나 정은 두 팔로 몸을 감싸며 부르르 떤다. 멍든 눈이 다시 두 눈으로 바뀌며 렌즈 한가운데를 쏘아본다.

레나 정은 정지 버튼을 누르려 리모컨을 집는다. 정지 버튼을 누르려는 순간, 화면에 있던 눈은 어느 새 사라지고 입술이 화면을 가득 메운다. 입술이 소리 없이 벙싯댄다. 레나 정은 벙싯대는 입술이 무슨 말을 하는지 눈을 부릅뜬다. 소리 없이 입술만 움직이는 말은 같은 말을 반복한다. 너 없인 살 수 없어, 너 없인 살 수 없어 …….

레나 정은 정지 버튼을 누른다. 식은땀이 이마며 등을 타고 내린다. 레나 정은 리모컨을 집어던지고 창가로 가 밖을 내다본다. 익을 대로 익은 여름이 계절을 태울 뿐 지나가는 사람은 보이지 않는다. 레나 정은 소파로 와 쓰러지듯 앉는다. 어느 해 여름, 그때의 일들이, 캡짱 언니라 불리던 일이, 방금 본 장면보다 더 또렷하다. 레나 정은 급히 주방으로 가 코냑을 털어 넣는다. 아! 이사를 가야겠다. CCTV가 잘 된 아파트로 이사를 가야겠다. 도곡동으로 갈까 삼성동으로 갈까. 어느 동네가 치안도 좋고 개방적일까.

레나 정은 목요일이면 입던 옷가지들과 장신구를 쇼핑백에다 넣어 쓰레기통에다 넣는다. 흥, 이까짓 것들? 앞으론 더 기찬 걸로 살 거야. 레나 정은 손을 탁탁 털며 집으로 들어간다.

이삿짐이 탑차로 실려 가고 사람의 몸처럼 있어주던 가구들이 하나씩 빠져나간다. 레나 정은 마당 뒤 차고로 가 리모컨으로 차고를 연다. 차를 빼내어 앞문이 있는 골목으로 돌아 나오다말고 레나 정은 그 자리에 선다. 누군가 나무 울타리 앞에서 목을 길게 빼고 집을 본다. 레나 정은 차에서 내려 나무 울타리 앞에 선 사람 쪽으로 간다. 울타리 앞에 서 있던 사람이 흘깃 고개를 돌린다. 레나 정은 그 자리에 얼어붙는다. 울타리 앞에 서있던 사람이 다시 레나 정의 집 쪽으로 고개를 돌린다. 레나 정은 아뜩 현기증을 느끼며 자신의 집을 무심히 보고 있는 사람의 아래위를 훑어본다. 노랗고 긴 가발에 검정색 야구 모자를 푹 눌러쓰고, 넓은 갈색 안경에 까만색 탱크톱, 체리 비즐 귀걸이와 목걸이를 한 여자가, 전투화에 스커트를 둘둘 말아 입고선, 손찌를 낀 손을 들어 마당을 가리킨다.

"여기다 과꽃이랑 나팔꽃이랑 봉숭아, 달리아, 채송화를 심었으면 좋겠다. 이사 가지 말고 여기서 살아라."

레나 정은 쓰러지려는 몸을 흰색 울타리를 잡고선 간신히 버틴다.

나는, 천천히 몸을 돌려, 시력을 상실한 한쪽 눈을 레나 정에게
꽂으며 말한다.

"너 없인 살 수 없어." ❏

# ◻ 곁눈질

잠, 드디어 잠이다. 이십오 년 동안 한 번도 본 적이 없는 잠이 내게로 온다. 이제 나는 잠이라는 그 성역의 땅을 밟으려 아무도 깨우지 마시오라는 팻말을 목에 건다. 내가 선택한 잠은 일종의 수면병이다. 그렇다고 아프리카에 가서 체체파리가 옮기는 기생 충에 피를 빨려 얻은 건 아니다. 굳이 병이라 말하는 건 그동안 자 지 못했기에 병이고, 한꺼번에 자려니 병이다. 헌데 나는 왜 내 나 이의 절반을 한 번도 자지 못했을까. 수면병이란 기생충에 뇌를 뜯겨 마냥 자다 죽는 병이라고 하는데, 내가 자지 못한 것 역시 그 렇다. 나는 생각이라는, 욕망이라는, 다소 추상적인 기생충에 잠

아 뜯기느라 자지 못했다. 내 중추신경은 이루 말할 수 없이 예민
해졌었고 변연계는 툭하면 비상등이 켜졌었다. 흥분과 우울의 세
포가 달구어지는가 하면 이내 얼음장이 되기 일쑤였다. 나는 지금
그 지긋지긋한 불면의 지옥을 벗어나려 한다. 아마도, 미루어 짐
작컨대, 이 잠의 고장엔 시계가 없을 것이며 질문과 대답이 없을
것이다. 그렇다는 걸 확신하기에 나는 가까스로 내 목숨을 담보로
잠을 잡는다.

　잠의 수족이 휘적휘적 걸어와 나를 에워싼다. 잠의 품을 헤집으
며 눈을 감는다. 몸을 조여 대던 웃음이나 허탈한 긴장 따위는 보
이지 않는다. 생각이라는 그 질긴 끈도 보이지 않는다. 이제야 비
로소 나는 홑몸으로 두둥두둥 잠의 허공을 밟으며 걸어간다. 흐
흐, 내 발걸음은 물 위를 점프하며 노니는 물벼룩보다 무게가 없
다. 나는 무게 없는 걸음걸이로 두둥두둥 골목 없는 허공을, 하늘
같은 허공을 걸어간다. 내 앞을 가로막는 건 하나도 없다. 지나온
곳을 돌아봐도 있는 것이란 아무 것도 없는 것뿐이다. 어렵사리
잡아챈 잠은 드디어 내게 만족을 줄 모양이다. 나는 아무 것도 걸
치지 않은 채, 무럭무럭 자라는 새싹과도 같이 걸어간다.

　저만치 앞에 무엇인가가 가로 걸린다. 어라? 저게 뭐지? 나를
가로막듯이 서 있는 물체는 길고도 새까만 색으로 일직선이다. 보
면 볼수록 점점 더 새까매지는 물체가, 나를 어서 오라고 손까지
까분다. 으, 저토록 무거운 색은 불길하다. 잠을 자지 못했던 시절
보다 더 불길하다. 나는 그 자리에 딱 멈춰 서서 도망칠 궁리부터

한다. 몸을 틀기도 전에 새까만 물체가 부릉부릉 소리를 낸다. 잠밖에서 지겹게 듣던 소리가 잠 속에서도 사람을 괴롭힌다. 이건 잠이 아니라 분열이다. 평화가 아니라 파괴로 똘똘 뭉친 공격이다. 나는 딱딱하게 뭉친 불신으로, 검은색의 소리를 달고 게걸스레 달려오는 물체를 본다.

으, 버스가, 새까만 색의 버스가 내 앞에 선다. 나는 새까만 색의 버스보다 더 새까매진 얼굴로 버스 앞 유리창엔 써진 고향으로 가는 관광버스라는 글씨를 본다. 고향을 관광으로 간다는 말인가 관광으로 고향을 간다는 말인가? 이렇든 저렇든 고향으로 간다는 버스가 왜 저 지경으로 새까맣단 말인가. 불안감을 떨쳐내지 못하면서 또 예의 고놈의 생각이라는 걸 한다. 저 시커멓기만 한 버스엔 무엇이 들어있을까? 관처럼 생긴 저 낯짝이 의미하는 건 무엇일까? 하고 많은 것 중 나는 왜 하필 이 시간 이곳에서 저런 괴상한 것과 마주쳤을까? 이런 곳에선 전혀 없으리라고 생각했던 의문이 다시 활개를 친다. 이렇게 하려고 잠을 잡은 건 아닌데 나는 또 생각이라는 괴물에 질질 끌려간다. 생각의 낫에 하나씩 살점이 베이려는 순간 버스 문을 열고 한 남자가 내려온다. 남자는 턱에 까만 수염을 더부룩하게 달고 나를 향해 담배연기를 푸우— 뱉는다. 수염의 꼬락서니도 역겹거니와 담배연기를 뱉는 모양새도 구역질이 난다.

남자는 여전히 디스를 피우고 있다. 검정색 줄무늬 남방에 같은 색 넥타이를 매고 가슴엔 플라스틱 명찰이 반듯하다. 명찰에 적힌 이름은 보나마나 김기수다. 으, 하필이면 저 자를 여기서 이렇게 만나다니 이건 말이 안 된다. 김은 태연히 내게 악수를 청하며 담배연기를 내 얼굴 복판에다 푸우— 하고 뱉는다. 김의 저 버르장머리 없는 태도는 불쾌하기 짝이 없다. 그렇다 해도 나는 끽소리도 못한다. 김이 담배연기를 뿜는 버릇은 내가 가르쳐 준 것이며 한번도 수정하지 않았던 탓에 아직도 저지경이다. 나는 마지못해 김의 손을 잡는다. 김은 벌써 다섯 개째라고, 묻지도 않은 말을 한다. 나는 대꾸를 할까 말까 하다 세 개가 아니었냐고 반문한다. 김은 더부룩한 수염을 한 번 쓰윽 훑어가며, 물론 그땐 세 개였지만 지금부턴 내 맘대로라고 말한다. 내 맘대로 라니? 김은 결코 자기 마음대로 할 수 없는 인물이다. 내게 유감이 있다 쳐도, 김은 제 멋대로 세 개의 담배를 다섯 개로 고쳐 피울 수가 없다. 김은, 김기수라는 장의차 운전기사는 내 소설에 나오는, 내가 만들어낸 인물이다. 그런 김이 언제 내 펜을 벗어나 세 개의 담배를 다섯 개로 수정할 수 있단 말인가. 이것은 나를 전복하는 짓이자 유린하는 짓이며 한마디로 개 같은 짓이다.

　김은 알게 뭐냐는 식으로 다시 디스 한 가치를 꺼내 여자 알몸 모양의 라이터에 불을 붙인다. 김은 담배연기를 내 얼굴에다 푸우— 뱉으며, 여자의 알몸은 몇 그램의 에너지를 김에게 반사시킬 것인가 6면 7절에 있는 말씀! 하더니 컬컬 웃는다. 이럴 수가! 김은, 내가 김이 담배를 피우는 장면에 썼던 대목을 읊조린다. 대체 저 김은 뭘 어째 볼 작정으로 나를 파헤치는가. 나는 초조하게, 아주 초조하게, 한꺼번에 괴리의 덩어리를 삼킨 자의 얼굴로 김이 푸우— 뱉는 담배연기만 맞는다. 김은 빤빤하게 웃어가며 이것으로 여섯 개째의 담배가 되는 셈이라고 말한다. 그래서 어쨌다는 말인가. 까짓 것, 그런 것쯤으론 내 소설이 망가지지 않는다. 그런 소모품 따위로 김이 내 소설을 까뭉개겠다면 어림없다. 김은 내가 골초라고 명했던 걸 잊고 세 개의 담배라는 숫자만 기억한다. 협소하고 어리석고 멍청하기 짝이 없는 놈!

김을 비웃지만 은근히 두렵기도 하다. 김이 한 말도 한 말이지만 언제 장의차를 버리고 관광버스를 운전하게 되었는지, 누구의 사주를 받고 내가 준 역할을 가차 없이 버렸는지, 끔찍하게도 두렵다. 그렇다고 내색하기도 뭣해 나는 짐짓 아무렇지도 않은 표정으로 관광버스는 운전하기가 괜찮으냐고 묻는다. 김은 담배연기로 복수라도 하려는지 연신 내 얼굴에다 담배연기를 푸우푸우 뱉으며 괜찮다 뿐이냐고 컬컬 웃는다. 그래서 나를 초대했다면서 어서 버스에 오르라는 말까지 한다. 젠장, 대체 이게 어찌된 일인지. 김은 내게 명령을 하거나 부탁을 하거나 혹은 애원을 하는 따위는 절대 할 수 없다. 김에게 있어 나는 노란색의 중앙차선이나 형법과도 같다. 헌데 날 초대를 했느니 말았느니 건방지다 못해 사약을 받아도 시원찮을 발언을 한다.

나는 이 알 수 없는 사실에 으스스 떨어가며 버스 앞 유리창에 붙어 있는 종이를 본다. 고향으로 가는 관광버스라는 글씨가 커다랗게 나를 압박한다. 김은 내 고향이 어딘 줄 알고 나를 고향으로 데려가겠다고 설쳐대는 것일까. 김이 꽁초를 구둣발로 으깨더니 툭툭 내 등을 치며 어서 타라고 한다. 나는 어느 새 김의 묵직한 손에 떠밀려 관광버스에 오른다. 김은 이제 내가 만든 소설 속의 인물이 아니다. 나를 조종하고 누르며 어쩌면 죽일 수도 있는 권세를 가진 자가 되어버렸는지도 모른다. 그런데 누가? 누가 김에게 그런 권세를 주었단 말인가.

버스에 올라서도 혼란해진 머리를 추스르지 못한다. 김이 또 한 번 내 등을 툭툭 치며 자리에 가 앉으라고 말한다. 그제야 버스 안을 둘러본다. 차 안엔 사람들로 꽉 차 있는데 여자건 남자건 하나같이 잠을 잔다. 도대체 이들은 누구일까. 나보다 먼저 와 자리를 차지한 것을 보면 이들은 일찌감치 고향으로 갈 작정을 한 것이 분명하다. 그렇다면 이들의 고향과 내 고향은 같다는 말이 된다. 빈 자리로 가다 말고 의문에 가득 찬 눈으로 김을 돌아본다. 김은 그런 나를 힐끔 보더니 자는 사람들을 향해 그만 깨라며 손바닥을 탁탁 두 번 친다. 사람들은 마치 최면에서 깨듯 부스스 일어나 나와 김을 번갈아본다. 무섭게 낯익은 얼굴들이, 그러나 대단히 낯선 표정의 얼굴들이, 창으로 찌르듯 나를 향한다. 어째서 저들은 나를 죽일 듯이 쏘아보는가. 내가 저들에게 무슨 잘못이라도 저질렀단 말인가. 나는 그만 움츠러드는 몸을 숨기듯 빈 자리로 가 앉는다.

김은 그런 나를 보며 감탄하듯이, 혹은 통쾌하다는 듯이, 집게 손가락으로 나를 가리키며, 저 사람은 우리를 만든 작가이며 원죄

268

에 속하는 사람이기도 하다고 소개한다. 나 참, 감히 소설 속의 김기수가 소설 밖으로 튀어나와 작가인 나를 좌지우지하다니 판타지도 이런 판타지는 없다. 더구나 원죄를 선사한 극악무도한 인간으로 취급하다니 으, 이럴 수는 없다. 나는 자고 싶어 수면병을 자청한 것이지 불면증을 준 저들을 만나러 온 것은 아니다. 나는 내려야 한다. 이 잘못된 버스에서 내려 진정 잠의 잠을 찾아가야만 한다. 관광버스라 속였던 이런 몹쓸 횡포는 내 소설에서조차 없다. 저들은, 김기수를 대표로 한 저들은, 감쪽같이 나를 속인 것이다. 자리에서 일어나 통로로 나온다. 김은 어느새 낌새를 챘는지 자동문을 걸어 잠그고 차를 출발시킨다. 나는 여지없이 관광버스에 갇혀 고향으로 가는 대열에 합류하고야 만다.

누군가 나를 툭 친다. 한 쪽 눈이 째진 청년이 자기를 알아보겠냐고 묻는다. 나는 생각이 나지 않는다고 대답한다. 청년은 어이가 없다는 듯 네가 나를 이렇게 째보로 만들고도 생각이 나지 않느냐며 멱살을 잡는다. 나는 청년의 손아귀에 잡혀 캑캑거린다. 청년이 유난히 찌부러진 한 쪽 눈을 내 눈에 들이대며 똑똑히 보라고, 이게 바로 네가 만든 눈이라며 거품을 문다. 찌부러진 눈에선 눈물인지 비인지 고름인지 모를 액이 흘러내린다. 흘러내린 액이 내 무릎에 떨어지며 분통으로 팅팅 불어터진 이름을 말한다.

청년 째보의 이름은 박승진이다. 승진은 오늘도 노트북 가방을 메고 지하철을 탄다. 지하철을 타서도 승진은 자리 같은 건 거들떠보지 않는다. 개선장군모양 지하철 안 한가운데에서 다리를 떠억 하니 벌리고 서서 영자 타임지를 편다. 승진은 깨알같이 써진 타임지를, 도대체 무슨 말인지 전혀 알아먹을 수도 없는 알파벳을 보며, 이따금 어깨에 멘 노트북 가방을 추스른다. 강남역에 도착하자 승진은 영자신문을 말아 쥐고 지하철에서 내린다. 강남역 지하상가를 몇 바퀴쯤 돈 다음 3번 출구로 나간다. 빼곡히 깔린 빌딩들이 승진에게 간드러지게 웃는다. 승진은 빌딩들을 둘러보며 그래도 역시 빌딩이라며 오늘은 어느 빌딩으로 갈까 휘휘 둘러본다. 바로 눈앞에 복합빌딩이 보인다. 승진은 승진가를 부르듯 복합빌딩으로 들어간다.

일층엔 패스트푸드점이, 이층엔 영어학원이, 삼층엔 성형외과 병원이, 사층엔 웨딩전문 업체가, 오층엔 여행사 사무실이, 육층엔 PI(개인 이미지 관리) 컨설팅 사무실이, 그 외에 숱한 종류의 사무실들이 들어차 있다. 승진은 엘리베이터 앞에서 노트북 가방을 한번 추스른 다음 영자 타임지를 편다. 엘리베이터 앞에 선 사람들은 엘리베이터가 내려오기만을 기다릴 뿐, 승진도 영자 타임지도 거들떠보지 않는다. 승진은 옆에 선 사람들을 할끔할끔 쳐다보며 영자신문을 다른 면으로 바꾼다. 사람들은 무감각한 표정으로 엘리베이터가 내려오기만을 기다린다. 엘리베이터가 열리고 사람들이 내린다. 길고 흰 머플러를 목에 두른 여자가 사뿐히 승진의 곁을 스쳐간다. 승진은 고개를 있는 대로 빼고 흰 머플러가 안 보일 때까지 쳐다본다.

승진은 엘리베이터가 닫히기 직전에야 안으로 들어간다. 이 사람 저 사람들이 층을 누른다. 승진은 21층 맨 꼭대기 층을 누른다. 그제야 사람들이 힐긋거리며 승진을 본다. 그러면 그렇지, 승진은 의기양양 노트북 가방을 추스르며 올라가는 숫자에 눈을 박는다. 21층이라 …… 21층에 맞는 몸값은 얼마나 될까. 승진은 지금 21층 전체를 전용 집무실로 사용하는 CEO의 몸값을 계산한다. 오억, 오십 억, 오백 억 …… 승진의 입가에 누르께한 웃음이 번진다.

21층의 복도는 한겨울만큼이나 써늘하다. 승진은 두리번거리며 복도를 걸어간다. 얼쩡대는 사람이란 하나도 없고 사무실로 보이는 방들은 어쩐지 폐쇄된 듯하다. 승진은 복도 끝에 있는 사무실로 가 기웃이 문을 열어본다. 사무실은 책상 하나만 덜렁 있을 뿐 먼지만 뽀얗다. 승진은 이게 아닌데 하면서 사무실로 들어간다. 눈이 닳게 사무실 안을 훑어봐야 의자 하나 전화기 하나 보이지 않는다. 승진은 차라리 잘됐다면서 영자 신문으로 책상 위의 먼지를 탁탁 털어낸다. 먼지가 건축공사장에서 이는 것만큼이나 부옇다. 승진은 먼지를 훼훼 저으며 책상 위에 걸터앉는다.

승진은 노트북 가방에서 도시락을 꺼낸다. 이런 사무실에서 도시락만 까먹어도 CEO 근처에 온 것이나 진배없다. 빌딩이 있고 엘리베이터가 있는 한, CEO의 자리는 눈앞의 햄버거다. 혹시 또 모른다. 엘리베이터를 타는 족속들 가운데 CEO에 버금가는 알파걸이 한눈에 달려온다면, 어쩌면 길고 흰 머플러 그 여자가 알파걸일 수도 있다. 승진은 CEO와 알파걸의 꿈이 알알이 박힌 밥을 씹어 먹으며 비지직 웃는다.

웃음과 밥알이 하나로 녹아들기도 전에, 사무실 문이 벌컥 열리고 웬 중무장한 듯한 사내들이 저벅저벅 승진에게로 온다. 갑옷을 입은 것도 아니요 긴 칼을 찬 것도 아닌데, 사내들은 갑옷보다 긴 칼보다 더한 무장을 한 듯이 보인다. 승진은 밥알을 가득 문 채 깍두기 머리의 사내들을 멀거니 보기만 한다. 사내들은 멀뚱멀뚱 쳐다 보기만 하는 승진을 다짜고짜 책상 위에서 끌어내린다. 승진은 바닥으로 나동그라지며 머리에 불똥이 튄다. 어쭈, 이것들이 내 몸값이 얼마나 나가는 줄 알고 요따구로 쌩까? 니들은 다 죽었다.

승진이 고소장 서두를 막 작성하려는 찰나, 깍두기 중 하나가 승진을 걸어찬다. 야 새꺄! 토낀다고 끝난 줄 알어? 사장 어딨어? 어디 숨었는지 당장 불어 새꺄! 자다 말고 봉창을 두드려도 유분수지, 보도 듣도 못한 사장을 어디서 구해다 대령을 하라는 말인가. 또 다른 깍두기가 노트북 가방을 보더니 뭔가 정보가 될 만한 게 들어있을지도 모른다며 가방을 연다. 이를 보자마자 승진은 진격 나팔소리에 미친 듯이 달려가는 용사와도 같이 노트북 가방을 여는 깍두기에게로 달려든다. 승진은 기습이란 바로 이런 것이라는 시범을 보여주고 있으나, 깍두기는 방어란 바로 이럴 때 이렇게 하는 것이라는 시범을 보여준다. 즉, 승진이 입 안 가득 문 밥알을 깍두기의 얼굴에다 분수처럼 쏟아내며 내 가방을 열지 말라고 달라붙는 것과 동시에, 깍두기는 신상품으로 나온 새 구두로 승진의 한쪽 눈을 날렵하게 옆차기 한다. 승진은 한쪽 눈을 움켜

잡고 아구구구 멀찌감치 나가떨어진다.

　승진이 울부짖든 말든 깍두기는 노트북 가방을 열더니 안에 든 물건들을 하나씩 집어던진다. 어? 이게 뭐야? 이거 우산 아냐? 이건 칫솔이네, 이건 수건, 이건 휴지, 이건 비누 …… 아예 살림을 차려갖고 다니시누만. 노트북 가방에 노트북은 없고 에라 미친놈아 이거 액세서리로 들고 다닌 거 아냐? 깍두기는 빈 노트북 가방을 승진의 코앞에다 던지며 새로 산 구두의 성능을 다시 한번 시험한다. 승진은 아픈 게 아니라 기절을 해가며 두서없는 생각에 빨려든다. 빌딩 꼭대기 층을 좋아한 죄 밖엔 없다, 엘리베이터 타기를 좋아한 죄 밖엔 없다, 노트북 가방을 좋아한 죄 밖엔 없다 …… .

　나는 째보 승진의 눈을 보며 쓰다 만 소설의 일부가 떠오른다. 승진은 찌부러진 눈을 내 눈에 집어넣을 기세로 이래도 모른 척하기냐며 멱살 잡은 손을 마구 흔든다. 한 쪽 눈이 찌부러진 탓인지 성한 눈은 보통의 눈보다 열 배쯤 커 보인다. 커다란 구슬, 아니 커다란 알사탕 같은데 승진은 그 큰 눈으로 나를 백 번쯤 잡아먹었다 토해놓는다. 나는 승진의 눈에 갈렸다 부서졌다 해가며 승진을 굳이 째보로 만들지 않아도 되었을 거라는 생각이 든다. 어차피 사는 모습이라는 게 간장 된장 고추장일 때보다 액세서리로 살 때가 더 많지 않은가. 승진은 승진의 말대로 빌딩과 엘리베이터와 노트북 가방을 좋아한 죄 밖엔 없다. 그런 것마저 없다면 사는 건 너무 허전하다. 너무 쉽고 간단해서 살 맛이 없다.

　째보 승진은 건너편 자리의 여자를 가리키며, 눈이 이 지경만 되지 않았어도 저 여자한테 작업이 들어갔을 거라고 말한다. 눈을 이렇게 만든 대가로 자신을 CEO로 마무리해 주어야 하며, 그렇지 않으면 자신과 똑같은 째보로 만들어 버릴 것이라고 으름장을 놓는다. 나는 어처구니없는 말을 들으며 승진이 가리키는 쪽으로 고개를 돌린다.

여자는 망사로 된 희고 긴 머플러를 흘러내리듯 목에 살짝 두른 채 무연히 창밖만 본다. 흰 머플러와 창밖을 보는 옆모습이 하나로 엮이며 잡힐 듯 말 듯한 실루엣을 던진다. 마치 바람에 살짝 날리다 내려앉고 살짝 날리다 내려앉는, 속이 훤히 비치는 커튼 속에 숨어있는 여자를 보는 듯한 느낌이 든다. 여자에게서 묵은 그리움 같기도 하고 설익은 희망 같기도 한 것이 뭉글뭉글 묻어나온다. 저 여자를 어디서 보았던가, 언제 가까이서 만났던가. 빛도 감정도 투과할 수 있을 만큼 투과해 여느 사람은 감당이 안 될 듯한 분위기다. 나는 이 넘쳐나는 분위기가 어쩐지 마음에 익는다. 저 여자는 째보 승진의 말대로 승진과 같은 시기에 만났을 수도 있다. 나는 승진의 손을 뿌리치며 여자에게서 흘러나오는 공상인지 망상인지 모를 음을 잡는다.


다애는 며칠 전 마지막이 된 사무실로 들어가 책상 하나만 덜렁 남은 사무실을 둘러본다. 그만 둔 사무실을 어제도 오늘도 왜 출근했는지 자신이 생각해도 씁쓸하니 우습다. 갈 데가 없어서이기도 하지만 매일 출근했던 몸이 알아서 자동으로 데려온 것이다.

다애는 창가로 가 밖을 내다본다. 2주 전부터 잠적했던 사장은 저 밖 어딘가에 구겨 박혀있을지도 모르고, 부장이 알아서 처리한 서류라고도 할 수 없는 서류들은 쓰레기장 근처를 떠돌지도 모른다. 다애가 할 일은 유령회사가 되어버린, 어쩌면 오늘 저녁 뉴스에 떠들썩하게 나올지도 모를 이 사무실을 완전히 잊는 일이다.

　바람이 돌돌 말려 복합건물 21층 유리창에 부딪힌다. 다애는 창을 연다. 빌딩 사이를 얽히고설키게 돌아다니던 바람 한 점이 건너온다. 길게 늘어뜨린 흰 머플러가 살풋 날리는가 싶더니 이내 내려앉는다. 다애는 창을 닫는다. 마주보지 않는다고 전화로 이런저런 말로 사람의 혼을 홀렸던 여자, 클럽으로 동글동글 웨이브를 만든 긴 머리에 꽃무늬 터번을 쓴 여자, 거울이 된 창 안에서 쓸쓸한 표정을 탄다.

　다애는 사무실을 나와 엘리베이터를 탄다. 어제로 두 번 다시 타지 않을 줄 알았던 엘리베이터를 오늘도 탄다. 오늘로 마지막이다 싶은 엘리베이터도 내일 또 타러 올지도 모른다. 다애는 엘리베이터에서 내리면서 한 남자와 스친다. 남자는 고개를 빼고 퀸카인지 얼파걸인지를 보듯 하지만 말짱 헛것을 보는 것이다. 그럴듯하게 노트북 가방을 메고 그에 맞는 그럴듯한 여자를 찾는가 본데, 그럴듯한 여자는 그리 쉽게 찾아지는 게 아니다. 이런 복합건물엔 그럴듯한 여자보다는 복합적인 여자들이 들락거린다. 모래 속에서 진주를 찾겠다고 작심한 게 아니라면 차라리 대기업 사옥 근처나 얼쩡대는 게 수고와 노고를 덜어준다.

다애는 건물을 나와 호수공원으로 간다. 호수공원 한 쪽에 흰 페인트로 칠한 다리가 곡선을 그으며 걸려있다. 다애는 다리가 잘 보이는 공원 벤치에 앉아 교량이 아닌 다리를 본다. 곡선의 다리 사이로 곡선의 가을바람이 불어온다. 다애는 손바닥을 펴 가을바람의 언저리를 만진다. 가을을 타고 다리를 찍는 남자가 진정 있을 것인지, 다애는 바람을 만지다 말고 주변을 둘러본다. 집에서 쫓겨난 듯한 누추한 얼굴들 몇이 호수를 배경으로 배회할 뿐, 다리를 찍는 가을남자는 눈 씻고 봐야 없다. 다애는 벤치에서 일어나 호수공원을 나온다.

다애가 탄 버스가 대형 마트 앞에 선다. 마트 옆에 실개천이 있고 실개천 위로 새로 세운 듯한 다리가 시멘트 냄새를 풍긴다. 다리, 그 다리 위로 한 남자가 걸어간다. 다애는 떠나려는 버스에서 급히 내린다.

아방가르드 풍의 스커트자락을 날리며 다애는 다리 쪽으로 간다. 실개천은 조용히 흐르고 남자는 실개천보다 더 조용히 다리 위를 걷는다. 다애는 숨을 고르며 다리 위로 올라간다. 남자가 다리 이 끝에서 저 끝으로, 저 끝에서 이 끝으로 걷는다. 다애는 다리 입구에 서서 어깨까지 내려온 머리칼 끝을 손가락으로 꼬았다 풀었다 한다. 남자가 다애를 보는 듯하더니 다리 저쪽으로 간다. 다애는 블라우스 단추를 한 개 더 풀고 남자 뒤를 따라간다. 남자는 다리 바닥을 보기도 하고 난간을 보기도 하지만 뒤돌아보지는 않는다. 다애는 침을 꼴깍 삼킨다. 이 남자야말로 다리에 심취한 남자이며 가을과 꼭 맞아떨어지는 남자다. 가을남자, 영화에서 배운 남자는 바로 이런 남자다.

　다애는 다리 위를 걷는 남자와 자신을 제 삼자의 눈으로 그려본다. 풍성하게 흘러내린 머리칼과 바람에 날리는 회고 긴 머플러, 낭만을 원석으로 수놓은 아방가르드풍 스커트. 21층 빌딩에서 찌들고 찌든 때는 완벽하게 벗고 오직 환상으로 환생하는 격이다. 이런 풍경은 다리 저편, 먹고 살려고 복닥거리는 사람들에겐 분명 딴 세상으로 보일 것이다. 모두가 다 몸담고 싶어 몸살이 나는 그 딴 세상을, 그냥 놔둘 사람은 없다. 디지털카메라로 찍어 개인 홈페이지와 블로그에 올리고 신문사의 독자사진란에다 보내려 들 것이다. 제목은 메디슨 카운티의 다리.

　다애는 남자에게 다가가 연극 대사를 읊듯 말을 건넨다. 다리를 좋아하시나 봐요. 이 다리의 이름은 무엇인가요? 남자는 꽃무늬 터번과 긴 머플러를 번갈아보며 퉁명스레 답한다. 다리를 좋아해서가 아니라 새로 만든 다리가 튼튼한지 걸어보고 있었소. 내 새끼들과 아내가 수시로 이용할 다리가 튼튼하지 않음 어쩌겠소. 자고로 다리란 튼튼해야 하는 게 덕목이오. 성수대교처럼 부실하면 사람 여럿 잡지 않겠소? 그런 꼴 당하지 않으려 사전 답사를 하는 중이오. 만약 어디 한 군데라도 잘못된 게 보이면 고발할 생각이오. 그리고 이 다리의 이름은 용천다리요. 저기 다리 앞대가리에 써 있는 것도 못 보았소? 쳇, 이런 실개천에서 용이라니 …….

　다애는 남자가 말을 마치기도 전에 뛰다시피 내려온다. 세상엔 저렇게 삭막하게 사는 인간도 있다. 빌딩에 치여 거짓에 치여 사는 판에 낭만 좀 추구하고 살면 어디가 덧날까.

다애는 버스정류장으로 가 한강으로 가는 버스를 탄다. 오늘은 기필코 다리를 만날 요량이다. 그동안 시간이 없어 다리를 찍는 남자를 만날 기회가 없었지만 오늘은 남는 게 시간이다. 가을도 초입으로 들어갔겠다 사진을 찍을라치면 오늘 같은 날이 제격이다. 더구나 한강만큼 다리가 많은 곳도 드물다. 약간 걸리는 게 있다면 육중한 교량이라 분위기가 좀 딸린다는 점이다. 그래도 사진작가들이 철학을 넣어 찍으면 메디슨 카운티의 다리가 되는 것이다. 메디슨 카운티의 다리 ……

다애는 한강 둔치를 걸으며 언뜻 나무다리가 떠오른다. 언젠가 한 번 가본 적이 있는 생태공원이 눈에 어른거린다. 다애는 구두창이 닳게 생태공원으로 간다.

생태공원은 한적한 대낮이 대자리를 펼쳐놓은 듯 정갈하다. 그 정갈함 속에서 쑥부쟁이, 물쑥, 줄, 부들, 이름을 알 수 없는 넝쿨과 야생초들이 뒤엉켜 키를 키운다. 야생초 뒤엔 다애가 그토록 애걸복걸하던 나무다리가 서 있다. 다리란 여기와 저기를 이어주는 것이지만 저 다리는 꼭 그렇지만도 않다. 이쪽 맨땅에서 습지 한가운데까지만 나 있기 때문에 약간 무리를 해서 다리다. 그래도 난간도 있고 버팀 다리도 있으니 다리는 다리다. 다애는 짙은 갈색 나무다리를 향해 내려간다. 여름내 자란 풀들이 키를 넘어 다애를 웃돈다. 다애는 나무숲과 같이 무성해진 풀숲을 헤쳐 가며 나무다리 앞으로 간다.

　사람은 보이지 않고 따끔하다 싶은 햇빛만이 물과 풀숲에 내려 앉는다. 다애는 적요하기만 한 이 대낮의 한가운데서 문득 외로움에 치를 떤다. 치를 떨다 말고 다애는 눈을 왕방울로 뜬다. 풀숲에 난 길 저 쪽에서 남자가 걸어온다. 다애는 깜짝 놀란 것보다 더 빠르게 외로움이 싹 가신다.

　다애는 냉큼 나무다리 위로 올라간다. 남자는 무겁게 보이는 검은 가방을 메고 풀숲만 둘러보며 온다. 헌데, 가방보다 더 무거워 보이는 무엇인가가 목에서 치렁댄다. 오, 사진기! 남자는 바로 사진기를 멘 것이다. 다애의 가슴이 쿵쾅쿵쾅 널뛰기를 한다. 이제 야 비로소 메디슨 카운티의 다리 임자를 만나게 된 것이다. 다애는 꽃무늬 터번을 매만지며 다리 아래로 시선을 옮긴다. 습지에서 초가을의 덥고 습한 기운이 몰칵몰칵 올라온다. 다애는 끈끈한 기운에 화장이 지워지기라도 하면 어쩌나 몹시 신경이 쓰인다. 그러나 절호의 찬스는 아무 때나 오는 게 아니다. 그래서 절호의 찬스라는, 빛나는 이름을 달게 된 것이 아닌가.

　다애는 다리 난간에 가슴을 대고 애써 녹녹한 표정을 짓는다. 물 위에선 소금쟁이들이 얼음판인양 미끄러지듯 떼지어 돌아다닌다. 물자라는 먹이를 찾아 벌겋게 날아오르며 갈색의 몸을 햇빛에 반짝인다. 물매암이는 동글동글 돌아다니고 게아재비는 실같이 가는 몸을 몸짱처럼 으스대며 수초 위에서 선탠 한다. 다애는 마치 동화작가인 양 생물학자인 양 물 위의 곤충들에 여념이 없는 듯, 또 어느 면에선 가을을 타는 여인이 인생을 관조하는 듯, 간간히 한숨을 쉬는 것도 잊지 않는다. 주변에 누가 있는지 누가 오가는지 전혀 모르는 체, 다리 난간에 붙어 하염없이 습지만 주시한다. 습지만 주시하는 게 아니라 이런 생각도 한다. 순간 포착이란 바로 이런 것을 말한다. 이런 순간을 포착해서 찍는 사진이야말로 포토상 감이다. 어서 찍어라, 어서 찍고 내게로 와라, 와서 연락처를 줘라. 그렇게 되면 연락을 하는 대신 종이에다 이 나무다리에서 만나고 싶다는 글을 써서 붙이리라.

지성이면 감천이라고 했던가. 하늘이 감동을 먹은 소리가 찰칵찰칵 난다. 다애는 절대 소리 나는 쪽을 돌아보지 않는다. 돌아보는 순간 메디슨 카운티의 다리는 수소풍선을 타고 저 먼 우주로 날아가다 빵 터질지도 모른다. 그런 미련한 짓은 절대 금물이며 죽어도 인연을 맺은 적이 없다. 다애는 세상을 아예 잊은 듯 몸을 부드럽게, 슬로우 슬로우로 돌려 다리 난간에 등을 기댄다. 등을 기대기만 한 것이 아니라 저 멀리 하늘을 올려다본다. 청아한 소리와도 같은 가을하늘, 그 하늘 아래서 한 여인이 포대째 부둥켜안은 그리움을 하실하실 풀어낸다. 찰칵찰칵, 찰칵찰칵. 여인에게서 하실하실 나오던 그리움이 렌즈 속으로 들어간다. 다애는 이제 하늘을 보는 대신 군락을 이룬 수초더미를 먼 시선으로 본다. 찰칵찰칵, 찰칵찰칵. 분명 환청은 아니다. 새가 삼각관계로 싸우는 소리도 아니고 꽃등에가 꽃을 물어뜯는 소리도 아니다. 이 소리는 자연과 과학이 화합을 이루는 소리이며 남자가 여자를 찾는 소리다. 이제 취할 포즈도 다 떨어져 가는데 남자는 왜 이리 굼뜨게 나오는 것일까. 참는 김에 더 참아보자. 헌데 햇빛이 너무 따갑다. 기미가 눈 밑에서 뺨에서 무럭무럭 키 자라는 소리가 난다. 에구, 이러다 폭삭 늙어 할머니가 되면 어쩌나.

인고의 시간이 지나자 우주의 기를 타고 이심전심이 효력을 발생한다. 사진기를 멘 남자가 다애에게로 다가온다. 다애는 여전히 세상을 저버리고 상념에 젖은 자세로 일관한다. 남자가 나무다리와도 같은 짙은 갈색의 목소리로 말한다. 양해도 구하지 않고 사진을 찍었습니다. 실례가 되었다면 용서하십시오. 다애는 타임머신을 타고 비로소 세상 속으로 들어온다. 남자는, 그러니까 메디슨 카운티의 남자는, 저녁노을과도 같은 분위기를 물씬 풍긴다. 다애는 펄펄 뛰는 기쁨을 초인적으로 삼킨다. 뿐만 아니라, 실례······라니 그런 실례라면 많이많이 해 주시면 사례하겠······ 는 말도 생으로 삼킨다. 거기다 한 단계 높여 달짝지근한 미소를 살짝, 아주 살짝 흘리며 늪지로 시선을 돌린다. 늪지에선 한낮의 해를 먹은 수온이 후덥지근하게 올라온다. 이제 늪지는 괴롭다. 아직 해로운 단계까지는 가지 않았지만 빨리 끝낼수록 이롭다.

남자는 말없이 늪지만 보는 여자가 늪지보다 더 괴롭다. 사진을 찍어주었으면 고맙다고 인사하고 차나 한잔 사드리겠다고 하면 될 일을, 뭘 저리 사색에 잠긴 척 늑장을 부리나 싶다. 차림새를 보아하니 이런 여자는 열차바퀴를 꽃으로 만들었다고 하면 좋아할 타입이다. 생활은 없고 꿈만 꾸면서 나 이거 좋아하니까 이거 사줘, 나 저거 좋아하니까 저거 사줘, 징징거리면서 그것을 매력인 줄 착각하는 여자다. 이런 여자는 장의차에 태워 삼백육십오 바퀴쯤 돌렸다 내려놓아도 정신을 차릴까 말까 하다. 남자가 그렇게 해 봐 말아 망설이는 순간 여자가 남자 쪽으로 고개를 돌린다.

다애는 남자가 더는 말이 없자 너무 뜸을 들인 건 아닌지 남자의 기색을 살핀다. 남자는 턱에 수북하게 수염을 달고 머리 역시 턱수염 못지않게 수북하다. 수북한 수염과 머리, 이는 자유의 상징이며 메디슨 카운티의 다리다. 다애는 너무 감격한 나머지 쓰러질 뻔한다. 쓰러지면 누가 책임지나 일찌감치 알아챘는지, 남자가 벌어질 사고를 미연에 방지한다. 제 이름은 김기수라고 합니다. 취미삼아 사진을 찍는데 우연히 댁을 보게 되었습니다. 분위기가 하도 좋아 염치 불구하고 몇 커트 찍긴 했는데 인화해서 붙여드리려면 어디다 …… .

다애는 평소의 다애와는 달리 몸을 약간 꼬아가며 배시시 웃는다. 아니요, 그런 건 아무래도 좋아요. 저는 그냥 이 다리가 좋아서 온 건데 …… . 이 다리 이름이 뭔지 아세요? 다리 이름이야 아무 거나 갖다 붙이면 된다. 말이 떨어지기 무섭게 연락처 주기가 뭣해 여자는 이리 딴소리를 늘어놓는다. 김기수는 여자에게 쿵작을 맞추려 고개를 오도 정도 갸웃하며 글쎄요 …… 한다. 다애는 또 배시시를 던지며, 메디슨 카운티의 다리랍니다 하고 말한다. 김기수는 무슨 놈의 다리가 서양 이름인가 아연하다. 아무래도 이 여자는 서양물이나 좋아하는 허영덩어리다. 허영덩어리에겐 더 큰 허영덩어리가 제격이다. 김기수는 그러냐고 하면서 서론을 대폭 줄이고 일사천리로 나간다. 자신은 운전을 잘 하는 편이라 기계로 된 것은 무엇이든 다룰 줄 아는데 카메라는 물론 승용차, 대형버스, 모터보트, 경비행기까지 몰 줄 알며, 그중에서도 경비행기 모는 걸 제일 좋아한다고 말한다. 다애는 메디슨 카운티의 다리가 이렇게도 이상적으로 잘 응용이 되나 놀랍기만 하다. 하긴 그렇다. 메디슨 카운티의 다리에다 종이쪽지나 붙이고 하염없이 세월을 기다리는 것보다, 모터보트로 다리 밑이나 왔다 갔다 하는 것보다, 경비행기로 다리 위를 골백번 넘나드는 게 훨씬 알차다.

다애는 배시시를 화들짝으로 바꾸면서, 졸지에 메디슨 카운티의 다리는 없던 걸로 하면서, 김기수에게 바짝 달라붙는다. 연락처 여기 있다, 언제 만나서 사진 줄 거냐, 기회가 되면 아니 빠른 시일 내에 나도 경비행기를 타고 싶다, 어떻게 하면 탈 수 있겠냐 ······.

일방적인 대화가 무성히 꽃을 피워 낙화가 될 무렵, 김기수는 느긋하게 디스를 꺼내 여자 알몸 모양의 라이터로 불을 붙인다. 다애는 김기수의 라이터를 보자 마치 연적이라도 본 듯 뽀드득 빠드득 이를 간다. 시작도 하기 전에 질투라는 요물이 다애를 치고 들어오는데, 다애는 속수무책으로 당하지만은 않는다. 다애는 순발력도 좋게 그 라이터 좀 구경하자며 빼앗다시피 여자 알몸 모양의 라이터를 받아 쥔다. 김기수는 더욱 더 느긋하게, 느긋하다 못해 느끼해진 눈빛으로 다애의 얼굴 복판에다 푸우― 하고 담배연기를 뿜는다. 다애는 남자가 자신의 얼굴에다 담배연기를 뿜었음에도 싫어지는 게 아니라 좋아진다. 유혹은 말로만 하는 게 아니라 이렇듯 담배연기로도 할 수 있다. 이럴 때는 흡연이 아니라 프러포즈다.

다애는 프러포즈를 받자 무척이나 자신감이 생긴다. 이 라이터, 경비행기 태워주면 그때 줄래요. 다애는 연적이 될 뻔한 라이터를 잽싸게 핸드백에다 넣는다. 김기수는 그 라이터가 없다고 담배를 못 피울 것도 아니면서 못 피울 것 같이 말한다. 그 라이터가 아님 영 담배 맛이 나지 않는데 …… 할 수 없군. 일단 이렇게 하기로 합시다. 경비행기를 타기 전에 관광버스부터 탑시다. 경비행기는 아무나 아무 때나 탈 수 있는 게 아니니까 관광버스부터 타서 체력을 적응시킨 다음 경비행기를 타는 겁니다. 대신 제가 다애 씨를 위해 관광버스를 통째로 전세 낼 테니 바람이나 맞지 마십시오.

빙고! 이렇게 해서 역사적인 메디슨 카운티의 다리는 경비행기, 아니 관광버스로 결판을 냈다.


다애는 창밖을 보며 무슨 생각을 하는지 내가 쳐다보는 것도 눈치 채지 못한다. 나는 다애의 구불구불한 머리칼과 길게 늘어뜨린 흰 머플러에서 눈을 떼지 못한다. 굽슬굽슬한 머리칼은 왠지 쓸쓸해 보이고 목을 한 바퀴 감아 늘어뜨린 머플러는 처량맞아 보인다. 나는 지금 다애에게 죄책감을 느끼고 있는지도 모른다.

다애가 돌연 고개를 돌리더니 운전하는 김기수를 본다. 김을 보는 눈빛에 의혹과 원망이 얼룩진다. 김은 룸미러로 다애를 보더니 내게 눈을 맞추며 씨익 윙크를 한다. 다애를 후리던 솜씨로 나까지 후리겠다는 뜻이 역력하다. 으, 저 자식이 근데! 나는 김을 패 주고 싶어 몸이 단다.

다애가 김의 등 뒤로 가더니 무슨 말인가를 한다. 나는 귀를 세워가며 다애가 하는 말을 듣는다. 기수 씨, 운전하느라 피곤하지? 이거 쌍화탕인데 마시면서 해. 근데 나를 위해 관광버스를 전세 냈다고 했으면서 저 사람들은 다 뭐야? 다애는 쌍화탕을 따 김에게 건네주며 차 안의 사람들을 가리킨다. 김은 뻔뻔스레 쌍화탕을 마시며 저 사람들은 다 다애 씨를 위해 오늘 하루 일당을 주고 고용한 엑스트라라고 말한다. 다애는 배시시도 화들짝도 아닌 으하 으호를 웃으며 운전하는 김의 볼에다 입을 쪽 맞춘다. 김은 이거 보라는 듯 룸미러로 내게 또 한 번 씨익 윙크를 던진다. 저런 사기꾼! 나는 주먹을 불끈 쥐고 벌떡 일어난다. 이를 보기 무섭게 김은 마이크를 뽑아, 운전중에는 자리에서 일어나면 안 된다고 경고조의 말을 거침없이 뱉는다. 나는 그 자리에 털썩 주저앉는다. 김은 이제 내가 제거할 수 없는 인물이 되어버렸다. 그는 소설 속에서 자생하여 소설을 휘젓고 다닌다. 저 다애만 해도 생태공원에서 김과 수작을 부리는 장면까지만이다. 헌데 지금 다애와 김은 관광버스까지 전세 내어 나를 끌고 간다. 이런 일이 어떻게 있을 수 있는지, 내가 돈 것인지 소설이 돈 것인지 머리가 깨진다.

다애는 생글생글 자기 자리로 돌아오며 나와 눈이 마주친다. 나는 참을 수 없어 다애에게 한마디 한다. 다애 씨, 이건 소설이야 소설! 정신차리라구! 다애는 여전히 생글거리며, 그렇죠 소설이죠. 이렇게 소설 같은 일이 나한테도 생긴다구요. 아저씨도 나를 위해 이 차를 탔어요?

으, 이럴 때는 어떤 말을 어떻게 해야 좋을까. 메디슨 카운티의 다리는 변절자의 얼굴로 나를 희롱한다. 울화가 통하지 않고 연민이 거절당한다. 다리는 그렇게 오만불손하게 돌연변이가 되어 나를 혼돈에 빠뜨린다.

나와 다애가 떠드는 것을 듣고 앞이며 뒤며 옆에 앉았던 사람들이 벌떼로 대든다. 뭐라구? 네가 우릴 그렇게 만든 작자란 말이지? 에끼 나쁜 놈! 난 호수공원에서 누추하게 있지 않았어. 집에서 쫓겨난 게 아니라 마누라가 지겨워 나온 것뿐이라구! 다른 한쪽에서 귀청이 떠나가게 왕왕 떠든다. 나를 뭐로 보고 그렇게 무드도 모르는 불상놈으로 만들었어? 그러고도 왕창 잘난 줄 알고 이 버스를 탔단 말이지? 왕왕거리는 소리가 채 끝나기도 전에 여기저기서 말들이 벌떡벌떡 일어난다. 흥, 우리가 뭐 아까징끼인가? 쓰윽 바르기만 하면 되게? 저 인간한테선 화약 냄새가 나! 뻥! 뻥! 뻥! 뻥을 오죽이나 잘 쳤어야지. 흐흐흐! 저 낯짝 좀 봐. 완전 불량식품이라니까. 허긴 그려. 이십오 년 동안 죄다 구라만 쳐댔으니 멀쩡할 리가 있나. 근디 그렇게 많이 한 말들을 어찌 다 책임질 수 있을라나 몰러. 책임은 무슨 책임, 걱정도 팔자시네. 냅둬유. 저 양반은 소설 빼문 한입거리 밖엔 안 되니께. 그럼 우리 심심한데 한입거리를 한입거리로 먹어보실까? 아, 그럽시다. 한입거리로 한바탕 먹어치웁시다.

말들이 끝나기 무섭게 다애가 소리친다. 여러분! 진정하세요! 원래 소설이란 그런 거 아닌가요? 그리고 여러분들은 자꾸 소설 소설 하는데 여긴 소설 속이 아니에요. 관광버스 안이라구요. 소설과 현실을 분간하지 못하고 이러시면 안 돼요!

으, 세상이 거꾸로 돌아가는지 내가 거꾸로 돌아가는지 알 수 없다. 이런 판에 종지부라도 찍을 셈인지 김이 차를 세운다. 나를 비롯한 차 안의 모든 시선들이 일제히 김에게로 쏠린다. 김은 거들먹거리는 투로 한술 더 뜬다. 저 사람으로 말할 것 같으면 노트북 가방보다 더한 액세서리를 달고 살았습니다. 소설이라는 액세서리를 달고 남의 사생활도 할끔, 지 사생활도 할끔, 남의 맘도 할끔, 지 맘도 할끔, 그 덕에 우린 이렇게 일그러지고 저렇게 꼬부라진 몰골로 살아왔던 겁니다. 다시 말해 저 사람은 관광을 하듯 소설을 썼다 이겁니다. 바로 이 관광버스와도 같은 소설 말입니다. 그런 이유로 저 사람은 자기가 쓴 관광버스를 타고 고향으로 가야 합니다. 그 고향이라는 데가 어딘지는 말 안 해도 잘 아실 겁니다. 여러분! 우리 화장, 수장, 풍장, 조장, 매장, 빙장, 이걸 몽땅 다 합친 장례를 치르러 갑시다!

김은 말을 끝내자마자 액셀러레이터를 있는 대로 밟는다. 김이 소설이라 말했던 관광버스는 어딘지도 모를 곳으로 우당탕탕 구른다. 나는 말에 치여 속력에 치여 정신을 잃는다.

어디선가 곡소리가 난다. 나는 가물가물 주위를 둘러본다. 그렇게 시끌벅적대던 사람들도 새까만 관광버스도 보이지 않는다. 나는 그동안 너무 오래 잤거나 신경이 파괴되어 환상을 보았거나 둘 중 하나다. 나는 그만 일어나려 버지럭댄다. 그런 내 손에 동그랗고 매끄러운 물체가 기분 좋게 잡힌다. 동전 같기도 하고 단추 같기도 한 물건은 아, 황금의 단추! 황금의 단추는 단추 전체에 트로피가 음각으로 꼼꼼히 새겨진 것으로 보면 볼수록 더 보고 싶게 한다. 황금의 단추를 얼른 재킷 단춧구멍에다 끼워본다. 이렇게 맞을 수가 있나 싶게 쏙 들어맞는다. 서둘러 황금단추를 재킷에다 꿰맨 다음 꼈다 풀어보고 꼈다 풀어본다. 한 번씩 꼈다 풀어볼 때마다 황홀감이 아랫도리에서 간으로 십이지장으로 허파와 심장과 혓바닥과 귓구멍으로 꾸물꾸물 퍼진다. 눈을 지그시 감고 그 감칠맛에 도취한다. 도취의 심연에 영원히 입주하려는 찰나, 갑자기 재킷이 와락 열리더니 그 안에서 인골들이 데굴데굴 쏟아져 나온다. 나는 피할 새도 없이, 일사분란하게 층을 만든 인골의 벽에 갇혀 헐떡헐떡 숨을 몰아쉰다. 허연 인골들이 그런 나를 무섭도록 무표정하게 쳐다본다. 나는 벌벌 떨어가며 인골들을 냅다 걷어찬다. 내 키만큼이나 나를 에워싸고 있던 인골들이 와르르 무너진다. 나는 졸지에 인골들을 뒤집어쓴 채 쓰러진다. 가만 보니 인골들엔 언젠가 무슨 상인가를 탔던 내소설로 빼곡하다. 나는 끌로 새겨진 듯 인골에 박힌 내 소설에 파묻힌다.

곡소리가 노래하듯 이어진다. 나는 서서히 호흡이 가늘어지며 곡소리 끝에 나는 소리를 듣는다. 이십오 년 동안 오직 소설만 쓰신 분을 이렇듯 갑자기 작별하게 돼서 애통하기 그지없습니다. 단편소설과도 같이 열정적으로, 늘 새로움을 추구하며 사신 분이었는데 이렇게 타계하시다니 이것은 문단의 비극이며 역사의 손실이며 ······ .

저 목소리는 분명 김기수다. 말은 점잖게 하나 비아냥거림이 질퍽인다. 김은 내가 누워있는 복판에다 담배연기 대신 뭔가를 내던진다. 나는 보지 않고도 그게 무엇인지 안다. 그동안 잠 못 이루며 쓴 소설뭉치와 언젠가 쓰다 만, 곁눈질이라는 단편소설이다. 김은 제를 지내는 척하며 마지막까지 나를 우롱한다. 나는 그런 김에게 보여주려 황금단추를 찾는다. 방금 전까지 달려있던 황금단추는 간데없고 짙은 노랑의 양은단추만이 대롱거린다. 나는 조잡스럽기 짝이 없는 그 양은단추를 보고 또 본다. 김은 이런 나를 보더니 컬컬 웃으며 말한다. 작가양반, 이제 그만 시달리고 편히 가소. 어차피 소설 아니오. 나는 김이 번들번들 해대는 소리를 들으며 깨우지 마시오 라는 팻말을 떼려 기를 쓴다. 팻말은 떼어지지 않고 나는 팻말에 적힌 글을 읽으며 내 눈을 의심한다. 그동안 이 소설의 주인공으로 활약한 공로에 감사패를 수여함. ❏